AS MULHERES DO MEU PAI

JOSÉ EDUARDO AGUALUSA

AS MULHERES DO MEU PAI

Copyright © José Eduardo Agualusa, 2007
Publicado em acordo com Agência Literária Mertin, Nicole Witt – Literarische Agentur Mertin Inh. Nicole Witt e.K. Frankfurt am Main, Alemanha.
Copyright © Editora Planeta do Brasil, 2023
Todos os direitos reservados.
Título original: *As mulheres do meu pai*

Preparação: Thais Rimkus
Revisão: Laura Folgueira e Valquíria Della Pozza
Projeto gráfico: Jussara Fino
Diagramação: Márcia Matos
Capa: adaptada do projeto gráfico original de Compañía
Imagem de capa: Alex Cerveny

Dados Internacionais de Catalogação na Publicação (CIP)
Angélica Ilacqua CRB-8/7057

Agualusa, José Eduardo
  As mulheres do meu pai / José Eduardo Agualusa. - São Paulo: Planeta do Brasil, 2021.
  336 p.

ISBN 978-65-5535-611-3

1. Ficção angolana I. Título

21-5398   CDD A869.3

Índice para catálogo sistemático:
1. Ficção angolana

 Ao escolher este livro, você está apoiando o manejo responsável das florestas do mundo

2023
Todos os direitos desta edição reservados à
EDITORA PLANETA DO BRASIL LTDA.
Rua Bela Cintra, 986 – 4º andar
Consolação – 01415-002 – São Paulo-SP
www.planetadelivros.com.br
faleconosco@editoraplaneta.com.br

Para Karen Boswall, com quem descobri Faustino Manso e suas mulheres. Para Jordi Burch, que nos acompanhou na viagem. Para Sérgio Guerra, que a tornou possível.

Calou-se a voz magnífica: quem agora cantará para mim enquanto bordo? Enganaste-me, prometeste-me que ficarias comigo até que chegasse o fim e que me darias a mão para eu não sentir medo, e é tão longa a viagem. Medo é o que sinto agora. No fim voltaste a deixar-me. Não sei se conseguirei perdoar-te.

Sumário

13   PRIMEIRO ANDAMENTO
109 SEGUNDO ANDAMENTO
159 TERCEIRO ANDAMENTO
231 QUARTO ANDAMENTO

PRIMEIRO ANDAMENTO
(allegro ma non troppo)

Oncócua, sul de Angola
domingo, 6 de novembro de 2005

Acordei suspenso numa luz oblíqua. Sonhava com Laurentina. Ela conversava com o pai, que, vá-se lá saber o porquê, tinha a cara do Nelson Mandela. Era o Nelson Mandela e era o pai dela, e no meu sonho tudo isso parecia absolutamente natural. Estavam sentados ao redor de uma mesa de madeira escura, numa cozinha idêntica em tudo à do meu apartamento na Lapa, em Lisboa. Sonhei também com uma frase. Acontece-me frequentemente. Eis a frase: "De quantas verdades se faz uma mentira?".

A luz, filtrada primeiro por uma rede muito fina, presa à janela, e outra vez pelo mosquiteiro a envolver a cama, deslizava puríssima, numa torrente incrédula, contaminando a realidade com sua própria descrença. Virei a cabeça e dei com o rosto de Karen. Dormia. Ao dormir, Karen volta a ser jovem, como suponho que fosse antes da doença (da maldição).

Estamos em Oncócua, num pequeno posto médico gerido por uma organização não governamental alemã. Oncócua, como tantas outras vilas de Angola, foi desenhada com largas avenidas, para ser, no futuro, uma grande cidade. O futuro, todavia, atrasou-se. Talvez nunca chegue. Levantei-me com cuidado e espreitei pela janela. Uma enorme montanha, com o formato de um cone perfeito, flutuava no horizonte. Duas mulheres mucubais avançavam sem ruído. A mulher mais alta não devia ter mais de dezesseis anos, cintura estreita, pulseiras coloridas nos finos pulsos dourados; lembrei-me, ao vê-la, de um verso de Ruy Duarte de

Carvalho – *os seios: frágeis acúleos na placa do peito*. Ruy Duarte escreveu belos versos sobre os seios das meninas mucubais. Compreendo-o bem. Se eu fosse poeta, não teria outro tema. A segunda mulher cobria o tronco com um pano verde e amarelo. Mancava um pouco.

— São bonitas, não são...?

Karen estava sentada na cama, o cabelo castanho em desalinho. Disse-lhe:

— Sonhei com a Laurentina...

— A sério? Isso é bom. As personagens começam a existir no momento em que nos aparecem em sonhos.

— No meu sonho ela era indiana. Uma rapariga de cabelo liso, olhos grandes, pele muito escura.

— Não pode ser. Talvez meio indiana, não te esqueças de que o pai é português...

— O pai?! Qual deles...?

— Boa pergunta. O Faustino Manso era luandense, mulato ou negro. O que a adotou era português, e o biológico...

— Não pensamos nisso...

— Tens razão, não pensamos nisso. Quem diabo era o verdadeiro pai da Laurentina...?

(Mentiras primordiais)

Fecho os olhos e no mesmo instante regresso à tarde em que a minha mãe morreu. O meu pai recebeu-me à porta do quarto.
— Ela está muito agitada — murmurou. Tenta acalmá-la.
Entrei. Vi seus olhos acesos na penumbra.
— Filha! — Colocou-me na mão um envelope. — Chamam-me. Tenho de ir. Isto é para ti, Laurentina. Perdoa-me...
Não voltou a falar. Mais tarde apareceu Mandume. Lembro-me de vê-lo ajoelhado aos pés da cama, segurando a mão da minha mãe. O meu pai, em pé, de costas para nós. O meu pai, ou melhor, o homem que até aquela tarde eu acreditava que fosse o meu pai. Está agora sentado diante de mim. Tem um rosto seco, anguloso, com as maçãs do rosto salientes. A cabeleira é farta, grisalha, penteada para trás. Deve ter ensaiado a pergunta noites a fio na solidão do seu quarto de viúvo:
— De quantas verdades se faz uma mentira? — Fica calado um momento, o olhar perdido em algum ponto atrás de mim, depois acrescenta com ênfase: — Muitas, Laurentina, muitas! Uma mentira, para que funcione, há de ser composta por muitas verdades.
Olhos brilhantes, úmidos. Sorri tristemente.
— Era uma boa mentira, a nossa, uma mentira composta por muitas verdades, e todas elas felizes. Por exemplo, o amor que a Doroteia tinha por ti era realmente um amor de mãe. Tu sabes disso, não sabes?
Olho-o atordoada. Levanto-me e vou até a janela. Posso ver dali o pátio iluminado pelo sol. A figueira que salvei, há anos, tirando-a

de uma pequena jarra quebrada, numa lixeira, e plantando-a num enorme vaso de barro, se dá bem junto à comprida chaminé de tijolo que divide o pátio. Cresceu muito, e muito torta, como é próprio da natureza das figueiras. A buganvília, ao fundo, já perdeu todas as flores. Janeiro declina. Um mês ruim para se morrer, mesmo em Lisboa, onde até no inverno surgem com frequência, desgarrados e sonolentos, como papoulas dispersas num campo de trigo, dois ou três esplêndidos dias de verão.

O meu pai teria gostado que eu fosse um rapaz. Até os doze anos, ignorando os protestos da minha mãe, comprava-me calções e boinas, e jogava bola comigo. Temos uma ligação muito forte. Tivemos sempre.

— A Ilha, papá, como é o tempo em Moçambique nesta época?

A pergunta não o surpreende. Julgo que se sente aliviado por poder mudar de assunto. Suspira.

— Em janeiro — diz — costuma fazer muito calor na Ilha. O mar é de um verde luminoso, a água quente, filha, chega aos trinta e cinco graus, uma sopa de esmeraldas. — Tira uma moeda do bolso. — Lembras-te?

— Eu me lembro, claro. Seguro na moeda. Vinte réis. Está muito gasta, mas ainda assim consigo ler a data sem dificuldade: "1824". O meu pai encontrou a moeda numa praia da Ilha, no primeiro dia em que lá chegou, o mesmo em que conheceu a minha mãe. Doroteia fazia quinze anos; Dário, quarenta e nove. Foi a 18 de dezembro de 1973. Nasci dois anos depois. Penso nisso, no meu nascimento, e uma revolta súbita toma conta de mim. Tenho consciência de que a minha voz se torna mais aguda e de que estou a ponto de chorar. Não quero chorar.[1]

— Estou aqui a tentar compreender como é que vocês foram capazes de me esconder uma coisa dessas durante tantos anos! Podes explicar-me...?

Dário encolhe-se como um rapazinho. No meu escritório, presa a uma das paredes, há uma fotografia emoldurada de Nelson Mandela, e outra, logo ao lado, do meu pai. A semelhança entre os dois, não obstante a diferença de raças, impressiona as pessoas.

---

1. Choro muito. Choro no cinema, nos casamentos, choro a ler qualquer coisa, eu sei lá, *O amor nos tempos do cólera*. Comovem-me os desastres ou as alegrias de amor dos outros, mas não me lembro de ter chorado alguma vez em razão de meus próprios desaires.

— Conversei muitas vezes com a tua mãe acerca do teu nascimento. Eu queria dizer-te, mas a Doroteia não me deixava. Há verdades, argumentava ela, que mentem mais do que qualquer mentira. A tua mãe, a tua mãe biológica, não quis ficar contigo. Era uma menina de quinze anos, filha de um dos homens mais ricos da Ilha, um comerciante indiano. Apaixonou-se por um músico angolano que passou por lá, vindo de Quelimane, e engravidou. Entretanto, o homem foi embora. Voltou para Luanda, tanto quanto sei, e a rapariga enlouqueceu de dor. Deixou de se alimentar. O pai quis matá-la ao descobrir que estava grávida, quis expulsá-la de casa, uma loucura, mas a mãe impôs-se. O pai esperava que ela morresse no parto. Ela e a criança. Achava que assim seria melhor para todos.

— Lembras-te do nome do tal músico?

— Lembro, Lau, é claro que lembro. Também me lembro do nome da menina, era uma menina ainda, a tua mãe biológica: Alima. O músico, esse, toda a gente o conhecia. Foi uma figura muito popular naquela época...

— Popular como?

— Popular, filha, como se é popular! Tinha gravado vários discos, *singles*, e as canções dele passavam bastante nas rádios. Era um homem distinto, elegante, lembro-me de vê-lo sempre muito bem-vestido. Um tipo negro, talvez mulato escuro, vestido com terno de linho branco, o lenço espreitando no bolso do casaco, no lado do coração. Ah, importante, o sapatinho bicolor e, na cabeça, sempre bem erguida, um belo panamá...

— Como se chamava?

— Faustino. Faustino Manso. Uma figura, o Faustino Manso.

(Carta de Doroteia para Laurentina)

"Querida filha,
Hei de chamar-te filha até o fim.
Há algo que tens de saber, e quero que o saibas por mim, porque, se não o soubeste antes, foi por minha culpa, porque me faltou a coragem.
Não vieste do meu ventre. No mesmo dia em que nasceste, eu perdi uma menina. No quarto onde estava, numa clínica modesta, na Ilha de Moçambique, outra mulher deu à luz. O parto correu mal, e ela não sobreviveu. Os pais dessa mulher perguntaram-me se queria ficar com a criança, e eu disse que sim. A partir do instante em que olhei para ti, amei-te como a uma filha autêntica.
Era isso que te queria dizer. Perdoa-me não o ter dito antes.
Ajuda o teu pai. É ele quem me preocupa. Dário não sabe viver sozinho. Tivemos as nossas zangas. Penso que fui, muitas vezes, demasiado áspera com ele. Mas o amo muito, compreendes? Foi o único homem da minha vida. Sempre me custou aceitar que tivesse amado outras mulheres antes de mim. Pior – enquanto estava comigo. Mas são assim os homens.
Foste o melhor que a vida me deu.

A tua mãe,
Doroteia"

(Pecado é não amar)

Infeliz coincidência. Não sei como o chamar. Faustino Manso, o meu pai, morreu ontem à tarde. Comprei no aeroporto, ao desembarcar, o *Jornal de Angola*. A notícia, breve, seca, vem na página de cultura:
"Morreu o Seripipi Viajante. Faustino Manso, 81 anos, faleceu na madrugada de ontem, na Clínica Sagrada Esperança, ilha de Luanda, após prolongada doença. Manso, a quem admiradores chamavam o Seripipi Viajante, foi um músico muito popular durante os anos 1960 e 1970 não apenas em Angola, mas em toda a África Austral. Viveu em diversas cidades angolanas e também em Cape Town, África do Sul, e em Maputo, então Lourenço Marques. Regressou a Luanda, de onde era natural, em 1975, logo após a independência. Foi durante muitos anos funcionário do Instituto Nacional do Livro e do Disco. Deixou viúva a senhora Anacleta Correia da Silva Manso, além de três filhos e doze netos."

As páginas da necrologia são mais eloquentes. Quatro anúncios trazem o nome de Faustino Manso. O primeiro é assinado por Anacleta Correia da Silva Manso. É o maior. A fotografia é também um pouco maior e mais recente. Reza assim:
"Partiste sem um último adeus, marido, apagou-se o sol na minha vida. Calou-se a voz magnífica: quem agora cantará para mim enquanto bordo? Enganaste-me, prometeste-me que ficarias comigo até que chegasse o fim e que me darias a mão para eu não sentir medo, e é tão longa a viagem. Medo é o que sinto agora. No fim voltaste a deixar-me. Não sei se conseguirei perdoar-te."

O segundo é assinado pelos três filhos: N'Gola, Francisca (Cuca) e João (Johnny). A fotografia mostra Faustino Manso abraçado a uma guitarra.

"Querido pai, conhecemo-nos tarde, mas, felizmente, não demasiado tarde. Partiste, mas nos deixaste as tuas canções. Hoje cantamos contigo: Nenhum caminho tem fim / Longe do teu abraço."

O terceiro e o quarto anúncios apanharam-me de surpresa. Sentei-me, aturdida, sobre a minha mala. Pedi a Mandume que me fosse comprar uma garrafa de água. Acho que só então me dei conta do calor. Ascendia do chão, úmido e denso, colava-se à pele, enrolava-se no cabelo e era ácido como o hálito dos velhos. Uma tal Fatita de Matos, em Benguela, assina o único anúncio sem fotografia. O texto é curto, mas explícito:

"Pecado é não amar. Pecado maior é não amar até o fim do amor. Não me arrependo de nada, Tino, meu seripipi. Repousa em paz."

No último anúncio, o meu pai posa para a posteridade, no vigor dos seus trinta anos, sentado à mesa de um bar. Diante dele tem uma garrafa de cerveja. Distingue-se o rótulo: "Cuca". Enquanto escrevo estas notas, também eu bebo uma Cuca. É boa, muito leve e fresca. Releio o texto:

"Pai querido, abraça a mãe quando a encontrares. A Leopoldina esperou tanto tempo por esse abraço. Diz-lhe que os filhos dela, os vossos filhos, sofrem de saudades, mas que pensam em vós todos os dias e que o vosso exemplo de coragem e de honestidade nos orienta, e orientará, sempre. A nossa terra ficou mais triste sem a alegria do teu contrabaixo. Quem o tocará agora? Dos teus filhos, Babaera e Smirnoff."

*

Os pais de Mandume se casaram em Lisboa, em 1975, ambos com vinte anos. Marcolino estudava arquitetura. Manuela, enfermagem. Deviam ser bastante ingênuos, ainda hoje são. Manuela disse-me:

— Naquela época éramos todos nacionalistas, parecia uma doença. Odiávamos Portugal. Queríamos terminar os cursos e regressar à trincheira firme do socialismo em África.

Manuela deu-me a ouvir velhos discos, em vinil, de música angolana. Há várias canções que falam na trincheira firme do socialismo em África. Assim mesmo, sem a menor sombra de ironia. A burocracia portuguesa não aceitou que o primeiro filho do casal se chamasse Mutu, em homenagem a um rei do planalto central de Angola: Mutuya-Kevela. Ficou Marcelo para efeitos oficiais e Mutu para a família e amigos mais próximos. Mandume, o filho do meio, chama-se na realidade Mariano, e Mandela, o mais novo, Martinho. Em 1977, ano em que nasceu Mandume, os dois irmãos de Marcolino foram fuzilados em Luanda, acusados de envolvimento numa tentativa de golpe de Estado. Marcolino ficou muito transtornado. Nunca mais falou em regressar. Concluído o curso, conseguiu emprego no ateliê de um arquiteto, também ele natural de Angola, requereu a nacionalidade portuguesa e dedicou-se inteiramente ao trabalho. Conheci Mandume há sete meses. O que primeiro me atraiu nele foram os olhos. O brilho dos olhos. O cabelo, dividido em pequenas tranças espetadas, dá-lhe um ar de rebeldia que contrasta com a doçura dos gestos e da voz. Gosto de vê-lo caminhar. No mundo em que ele se move não existe atrito.

— Como um gato?

Aline, num sopro, os lábios úmidos, debruçada sobre a mesa.

— Se dizemos que alguém caminha suavemente, as pessoas lembram-se logo dos gatos.

Não, querida Aline, Mandume não parece um gato. Há, nos gatos, na forma como se movem, uma espécie de arrogância, um imperial desdém pela pobre humanidade, e isso não tem nada a ver com Mandume. Ele é ao mesmo tempo humilde e desafiador. Pelo menos é assim que o vejo. Talvez seja dos meus olhos. Pode ser amor. Aline riu, lembro-me dela rindo quando pela primeira vez lhe falei de Mandume. Tem um riso bonito. É a minha melhor amiga.

— E Mandume, o que significa?

Mandume? Ah, outro rei. Um soba cuanhama que se suicidou durante uma batalha, no sul de Angola, contra tropas alemãs. Mandume, o meu Mandume, não está muito preocupado em saber quem foi a personagem histórica a quem deve o nome. Quando lhe perguntei como se chamava, disse-me:

— Mariano. Mariano Maciel.

E foi Mário, o técnico de som, um homem baixo, pálido, com o cabelo ralo, mas comprido, muito loiro, quem contrapôs sorrindo:

— Aliás, Mandume, o preto mais branco de Portugal.

Frase infeliz. Reagi com violência:

— Sim?! E isso era pra ser um elogio...?

Era pra ser um elogio. Hoje sou tentada a concordar com o pobre Mário e até já utilizei a mesma frase contra Mandume. Há momentos em que me sinto realmente apaixonada por ele. Noutros, porém, quase o odeio. Irrita-me o desprezo que demonstra em relação a África. Mandume decidiu ser português. Está no direito dele. Não creio, porém, que, para se ser um bom português, tenha-se de renegar todos os seus ancestrais. Eu sou certamente uma boa portuguesa, mas também me sinto um pouco indiana; finalmente, vim a Angola procurar o que em mim possa haver de africano.

Mandume acompanhou-me, renitente.

— Enlouqueceste? O que vais tu fazer em África...?

Veio, afinal, para me salvar de África. Veio para nos salvar. É um querido, eu sei, tenho de ter mais paciência com ele. Além disso, gosta do que faz. Passa o dia a perseguir-me com a câmara de vídeo. Digo-lhe que filme isto ou aquilo, o que ele finge fazer, mas, quando dou por isso, está a filmar-me.

Rio de Janeiro, Brasil
sexta-feira, 24 de junho de 2005

10h - Jantei ontem com Karen. Ela quer muito que eu a ajude a escrever um roteiro para um filme musical, ou com uma forte componente musical, sobre a situação das mulheres no cone sul de África.

20h - Karen veio buscar-me no hotel e depois caminhamos até a praia. Passamos parte da manhã, e umas boas horas depois do almoço, a conversar sobre o filme. Esboçamos um enredo. Queremos contar a história de uma documentarista portuguesa que viaja até Luanda para assistir ao funeral do pai, Faustino Manso, famoso cantor e compositor angolano. A partir de certa altura, Laurentina decide reconstruir o percurso do pai, o qual, durante os anos 1960 e 1970, percorreu toda a costa da África Austral, de Luanda à Ilha de Moçambique. Faustino ficava dois ou três anos em cada cidade, às vezes um pouco mais, fundava uma família e voltava à estrada. Em cada cidade visitada, Laurentina grava os testemunhos das viúvas de Faustino e dos seus numerosos filhos, bem como de muitas outras pessoas que conviveram com ele. O retrato que pouco a pouco começa a emergir é o de um homem misteriosamente complexo. No final, Laurentina descobre que Faustino era estéril.

*

Vi Karen Boswall pela primeira vez num dos palcos do Centro Cultural Franco-Moçambicano, em Maputo. Uma saxofonista de cabelos castanho-

-claros, com desenhos de inspiração étnica, a tinta negra, no rosto e nos braços. Os restantes músicos, divididos entre marimbas, percussão e duas guitarras, eram todos muito jovens, com idênticos motivos tribais pintados a tinta branca sobre a pele escura. O grupo chamava-se Timbila Muzimba. Veio-me à memória a imagem do baiano Carlinhos Brown e da orquestra Timbalada, anos atrás, com um aparato cênico muito semelhante e a mesma alegre e poderosa mistura de ritmos tradicionais e contemporâneos. O Centro Cultural Franco-Moçambicano ocupa o edifício do antigo Hotel Clube, construído em 1896, e tornado famoso na época colonial pelas suas amplas varandas e elegantes colunas em ferro forjado. Foi em agosto de 2003, no decurso do Festival d'Agosto, uma iniciativa do Teatro Trigo Limpo, de Tondela, Portugal, em conjunto com a companhia moçambicana Mutumbela Gogo. A sala estava completamente cheia. A meu lado direito, um rastafári elegantemente vestido com terno azul-claro, às riscas brancas, acompanhava o ritmo com a cabeça. Perguntei-lhe se a saxofonista era moçambicana.

— Negativo, *brother* — assegurou-me, sacudindo as tranças. — É zimbabuana.

Não era, mas só descobri isso no ano seguinte, em setembro, durante a 31ª Jornada Internacional de Cinema da Bahia. Acabara de chegar ao hotel, vindo do aeroporto, e preenchia uma ficha de inscrição quando Karen entrou, carregando uma mala amarela, em plástico, igual à minha, e uma caixa metálica com o saxofone. Não a reconheci. Mais tarde alguém nos apresentou, mas nem nessa altura me dei conta de que aquela mulher alta, bonita, com um forte sotaque moçambicano, era a mesma que eu vira a tocar saxofone. Karen fora a Salvador apresentar um dos seus documentários sobre música popular de Moçambique, *Marrabentando*. Disseram-me:

— É uma cineasta inglesa que vive em Maputo há quinze anos.

Vi o filme num telão ao ar livre. Ainda a noite não havia caído, e, ao redor da pequena praça onde a organização da jornada mandara colocar um enorme telão, o trânsito atropelava-se num ruidoso furor mecânico. O pouco que consegui ver, e ouvir, agradou-me. Quando o filme terminou, Karen apareceu com o saxofone e começou a tocar. Só então percebi que já a vira antes.

(Das raízes)

O meu velho não queria que eu viesse. Disse-me para ter muito cuidado com toda a gente, em particular com as pessoas mais simpáticas e bem-falantes, aquelas que, em vez de um aperto de mão, abrem logo os braços.
— Primeiro abraçam-te, filho, depois estrangulam-te.
Não precisava prevenir-me. Nunca gostei de África. Vi como África destruiu os meus pais. Li alguns dos livros que guardam no escritório, isso a que alguns chamam literatura angolana: "A vitória é certa, camarada! A poesia é uma arma, sábado vermelho". Panfletos políticos, escritos, o mais das vezes, com os pés. Raízes? Raízes têm as plantas e é por isso que não se podem mover. Eu não tenho raízes. Sou um homem livre. Era inteiramente livre até conhecer Laurentina. Digo-lhe:
— Tu és a minha pátria, o meu passado, todo o meu futuro...
Ri-se trocista. Não me compreende. Doroteia gostava de mim. Eu gostava dela. Dei-lhe a mão, no hospital, enquanto ia morrendo. Laurentina sofreu imenso com a morte da mãe. Pouco antes de morrer, entregou-lhe uma carta, dizendo-lhe que fora adotada. Laurentina meteu logo naquela cabeça dura a ideia de que tinha de conhecer os pais biológicos. Fiquei horrorizado quando me disse que pretendia regressar a África.
— Enlouqueceste? O que vais tu procurar em África...?
Raízes. Queria procurar raízes.
— Raízes têm as árvores — gritei-lhe —, e nem eu, nem tu somos africanos.

Não me escutou. Laurentina é teimosa. Ou determinada, como prefere dizer o velho Dário. O certo é que, quando embica com uma coisa, nada a demove. Não a deixei vir sozinha. Sugeri-lhe fazer um documentário sobre o seu regresso a África e o reencontro com a família. Gostou da ideia.

E aqui estamos.

(Os sonhos cheiram melhor do que a realidade)

O meu pai é um homem de paixões. Durante alguns anos, dedicou-se à fotografia e ao cinema. Comprou uma câmara de filmar Super-8, que levava para toda a parte. Foi por causa dele e do seu entusiasmo, e por causa também daquela velha câmara, hoje minha, que me tornei documentarista. Lembro-me, eu era adolescente, em Lisboa, de Dário armar um pequeno telão na sala de visitas, e de projetar slides, ou filmes, sobre Lourenço Marques ou a Ilha de Moçambique. Num deles estou eu, com pouco mais de um ano, numa piscina, dentro de uma boia com o formato de um pato, a bater na água com ambas as mãos. Ao fundo, o imenso mar anil. Noutro filme aparece a minha mãe com uma vara de pesca nas mãos. Dário via as imagens em silêncio, saboreando um martíni. No fim, suspirava:

— Ah, Moçambique! Foram anos felizes. Às vezes sonho com aquele tempo. Depois acordo e ainda sinto nos lençóis o cheiro de África. Quem não sabe o que é o cheiro de África não sabe a que cheira a vida...!

Quando o avião aterrou em Luanda e abriram as portas, parei um instante no topo das escadas e enchi os pulmões de ar. Queria sentir o cheiro de África. Mandume abanou a cabeça, infeliz.

— Merda de calor!

Enfureci-me.

— Ainda nem pisamos em terra e tu já protestas. Não sabes apreciar as coisas boas?

— Que coisas boas?

— Sei lá, o cheiro, por exemplo. O cheiro de África!
Mandume olhou-me, perplexo.
— O cheiro de África?! Cheira a xixi, caramba...!
Fiquei calada. Cheirava mesmo.

(O funeral)

Faustino manso foi enterrado nesta tarde. Vesti uma camisa azul-escura, saia preta, justa, meias da mesma cor. Prendi o cabelo no alto da nuca. Mandume gosta de me ver com o cabelo assim. Acha que pareço mais alta. Sou alta. Tenho um metro e setenta e cinco, menos dez do que ele. Telefonei para a recepção pedindo que me chamassem um táxi. Explicaram-me que não existem táxis em Luanda, pelo menos não aquilo a que na Europa designamos dessa forma, mas que poderiam conseguir-me um motorista com viatura própria. Concordei. O motorista apareceu meia hora depois, um homem bonito, seco de corpo, maçãs do rosto salientes e queixo quadrado. Quis saber como se chamava.

— Pouca Sorte, menina.

Gostei do "menina". Há anos que ninguém me chama assim. Estranhei o nome.

— Pouca Sorte? Isso é alcunha, claro. Qual o seu verdadeiro nome?

— Albino. Albino Amador. Chamam-me Pouca Sorte porque as mulheres não gostam de mim.

Disse isso com um sorriso malandro, revelando uns dentes perfeitos, luminosos. Pouca Sorte tem uma voz grave e um sotaque alegre, porém discreto, mais elegante do que o comum da população. O carro, uma furgoneta azul – há-os aos milhares aqui em Luanda –, chama-se Malembelembe. Tem o nome gravado, a tinta preta, na janela de trás. Perguntei-lhe o significado. Pouca Sorte voltou a mostrar o mesmo sorriso alegre.

— Malembelembe é assim como quem diz devagarinho. Devagarinho vai...

Mandume acompanhou-me. Havia muita gente no cemitério do Alto das Cruzes. As pessoas pareciam conhecer-se todas. Abraçavam-se. Algumas mulheres choravam nos ombros umas das outras. Ninguém estranhou a nossa presença. Um homem com uma larga barba de patriarca, flamante e revolta, avançou para junto da urna e, erguendo a voz, voltado para a multidão, falou longamente sobre a vida do meu pai. Consegui tomar algumas notas:

"Vi pela primeira vez o Faustino Manso, devia ele ter uns doze anos, e eu nem dez, em casa do meu pai, no dia em que Joe Louis derrotou Max Schmeling. O meu pai era na época uma das poucas pessoas em Luanda que possuía um aparelho de rádio. Lembro-me de estarmos todos à volta do aparelho e da alegria que foi quando Joe Louis derrubou o alemão logo no primeiro round e voltou a ser campeão mundial de pesados. Assim que terminou a transmissão do combate, ouviu-se um piano. Então o Faustino levantou-se e anunciou: 'Quando for grande, quero ser pianista'. Disse aquilo com tanta seriedade que ninguém se riu.

"A minha comadre que me perdoe, mas não posso deixar de referir aqui a paixão do meu amigo pelo belo sexo. Faustino amava as mulheres. [...] É verdade que ele costumava dizer que, de todas as mulheres que teve, amou apenas uma única, dona Anacleta, sua esposa, e acredito que sim, pois foi afinal aos seus braços que retornou, após vinte e tantos anos de errância através de África.

"Amigo Faustino, meu velho amigo, a vida é um sonho rápido. Olho para trás e vejo-te a jogar futebol – jogavas mal – com o Velhinho, o Mascote, o Camauindo, o Antoninho, filho do Moreira da taberna, que era o capitão. Lembro-me ainda do Zeca Pequenino, o nosso guarda-redes, que depois se tornou profissional, ficou quase famoso e se esqueceu de nós. Hoje, quem se lembra dele? Olho para trás e vejo-te, anos mais tarde, a tocar piano nos bailes da Liga Africana.

"Uma ocasião, já tu tinhas partido há muito, fui a Lourenço Marques, e levaram-me a jantar ao Hotel Polana. Quando entrei no salão, o pianista começou a tocar o Muxima. Eras tu, com alguns cabelos brancos, mas sempre jovem e elegante. Disseste-me: 'Aqui não entram pretos', e de fato éramos os dois únicos homens de cor ali dentro. Soltaste uma daquelas tuas gargalhadas cheias de vida, cheias de som e de fúria, e acrescentaste: 'Sinto-me como uma gazela a pastar entre leões. O truque é agitar a juba e rugir'. A verdade é que Faustino Manso sempre entrou onde bem quis. Nunca aceitou ficar à porta e nunca ninguém se atreveu a deixá-lo à porta."

Assim que o velho terminou de falar, fez-se um silêncio quase absoluto. Insetos zumbiam. Reparei nas frangipanas, despidas de folhas, mas cobertas de flores. Grandes flores brancas, com cinco pétalas, pousadas sobre os ramos nus como espantados flocos de neve. Um anjo de pedra orava, de joelhos, mesmo à minha direita. Avancei um pouco. Diante da urna estava uma mulher idosa, muito elegante, muito frágil, amparada por outras duas. Vi-a erguer o rosto e começar a cantar, primeiro num frágil fio de voz, depois ganhando asas, numa língua sem esquinas, que deve ter sido concebida especialmente para ser cantada. Pouco a pouco, as outras mulheres juntaram-se à viúva, e depois todos os homens, e finalmente as crianças, num coro perfeito. A melodia era de uma beleza arrepiante. Só me apercebi de que estava a chorar quando uma rapariga muito bonita, esguia, com o cabelo curto, à rapaz, pintado de loiro, me estendeu um pacote de lenços de papel.

— Tome, prima, fique com todos. Eu vim preparada. Venho sempre...

— Prima...?

— Não somos primas?! Acho que aqui somos todos primos. Eu sou Merengue, filha do general N'Gola...

Foi Merengue quem me levou até dona Anacleta. A velha senhora olhou-me um momento, intrigada:

— Desculpa, menina, não me estou a lembrar de ti. Tu és filha da...?

Enchi-me de coragem.

— Sou filha do falecido — respondi. — Sou filha do seu marido.

Pensei que fosse zangar-se comigo. Receei que me expulsasse do cemitério aos gritos. Aconteceu o contrário. Abraçou-me com sincera ternura, quase alegre.

— Tu és ainda muito nova. Tens o quê? Trinta anos? Só podes ser a caçula, a Laurentina. Fico feliz que tenhas vindo, filha. Bem-vinda à tua família.

*

Foi assim que me achei, após o funeral, na casa do general N'Gola, o segundo filho de Anacleta. A casa fica no final de uma rua desolada e poeirenta, sem árvores, que dá para um pequeno morro inteiramente coberto por barracas. Merengue, a minha sobrinha, disse-me que na época colonial essa era uma rua onde habitavam pessoas de classe média alta. Agora veem-se vivendas muito bonitas, bem cuidadas, embora meio escondidas atrás de muros altos, lado a lado com outras quase em ruínas. Merengue também me disse que as vivendas em Luanda custam uma fortuna, mesmo as mais degradadas. Muitas foram ocupadas na altura da independência por camponeses pobres, vindos dos musseques, que as depredaram e aviltaram. Vendem-nas agora por preços absurdos, um milhão de dólares, ou mais, e depois desaparecem. Fiquei fascinada. Gostaria de filmar um documentário sobre uma dessas pessoas. Saber o que faz um pobre que ganha, de repente, um milhão de dólares. Vai para onde? Mandume, pelo contrário, está horrorizado. Queixa-se constantemente do ruído, da confusão do trânsito, das multidões sem rumo pelas ruas. Disse-lhe:

— Energia!

— Energia?

— Energia. O que eu sinto é a energia. Esta cidade vibra.

A verdade é que não sei ainda se a amo ou se a odeio. Falo de Luanda. A vivenda do general N'Gola fica no centro de um pequeno jardim tropical, com palmeiras, bananeiras, um lago redondo com repuxo e peixes vermelhos. Havia diversas mesas de ferro dispostas ao redor de uma piscina muito bonita. As pessoas conversavam tranquilamente. Bebiam e comiam. À mesa a que nos sentaram estava um jovem empresário – "importo vinhos e bebidas espirituosas", disse-me, ao apresentar-se – acompanhado da mulher, uma rapariga gordinha, com rosto perfeito, recém-formada em economia no Rio de Janeiro. Estava ainda um rapaz alto, de ombros largos, que me cumprimentou com alegre irreverência:

— Tia Laurentina, acertei? A avó contou-me. Houve quem tivesse feito apostas sobre quantos filhos do avô Faustino, filhos desconhecidos, claro, apareceriam no funeral. Apareceram dois, você e um militar lá do sul...

Devo ter corado. Ele percebeu o meu desconforto.
— O que foi? Não se zangue. Você faz parte da família. Lamento que não tenha conhecido o velho em vida. Ele era uma pessoa extraordinária. Estamos todos felizes por você ter aparecido. Eu, em particular, que ganhei uma tia tão bonita. Ainda não me apresentei? Perdão, chamo-me Bartolomeu, Bartolomeu Falcato, e sou o filho mais velho da Cuca...
Mandume interrompeu-o.
— Quantos filhos teve o seu avô?
Bartolomeu riu-se. Riram-se com ele o empresário e a mulher.
— Segundo o avô dizia, dezoito. Sete mulheres e dezoito filhos.
— Era um homem africano. — O empresário piscou-me, cúmplice.
— Aqui em África ainda sabemos fazer filhos, não é como vocês lá na Europa. Quem está a salvar a Europa da implosão demográfica são os imigrantes africanos. Os europeus deixaram de fazer filhos. Têm, presumo eu, outras coisas com que se ocupar...
— Quantos filhos você tem?
— Eu?! Só um, mas eu ainda sou muito novo...
— Muito novo? Tens trinta e três, meu camba. Aqui na terra já és cota. — Bartolomeu dizia isso às gargalhadas. — Lembra-te de que a esperança de vida em Angola é de quarenta e dois anos. Já uma criança que nasça em Portugal pode viver setenta e sete anos. Um angolano de trinta e três anos equivale a um português de sessenta e oito. A tia tem razão, enquanto africano, tu és uma fraude!
— E você, quantos filhos tem?
— Nenhum, tia. Sou uma fraude completa. Para começar, tenho esta cor, que não me dá credibilidade nenhuma enquanto africano. No mês passado fui a Durban, a um encontro de escritores. Havia escritores de vários países da chamada África negra, além de um norte-americano, um indiano e uma jovem indonésia - por sinal, linda de morrer. Alguns escritores não esconderam o espanto quando me apresentei: "Bartolomeu Falcato, angolano". Dois quiseram saber se viajava com passaporte português. A terceira pessoa que me fez essa pergunta, a jovem indonésia, teve pouca sorte. Explodi. Disse-lhe que no meu país só os policiais de fronteira é que costumam pedir-me o passaporte. Ainda lhe perguntei se trabalhava para os serviços de emigração. Ganhei uma bela inimiga, claro. Quer ver o meu bilhete de identidade, tia? Leia aqui,

onde diz raça, consegue ver? Está escrito branco. Já o meu irmão mais velho, ali naquela mesa, sim, esse, o escurinho, foi classificado como negro. Filho do mesmo pai e da mesma mãe. Pelo menos da mesma mãe é de certeza...

— Como é então, Bartolomeu?! — ralhou o jovem empresário. — Vamos mostrar mais respeito pelos cotas!

Bartolomeu riu-se. Dir-se-ia que estávamos numa festa de aniversário, embora eu tenha surpreendido uma ou outra senhora a limpar com o lenço uma lágrima furtiva. Dona Anacleta, não. Presidia à maior das mesas, muito direita, muito digna, comandando as empregadas com a simples autoridade do olhar. Bartolomeu pousou a mão no meu braço.

— Soube que é documentarista...

— Sim, sobrinho, venho sendo.

— Então já temos mais alguma coisa em comum, além do parentesco. Eu trabalho para a televisão. Aqui podemos dizer apenas "a televisão". Só há uma. Fiz um curso de cinema em Cuba. Além disso, escrevo. Publiquei dois romances. — Mandume reparou na mão dele. Não disse nada. Bartolomeu continuou: — Também soube que pretende realizar um documentário sobre esta viagem.

— Como soube?

— Neste país tudo se sabe. Tenho uma proposta. Talvez lhe interesse...

— Só admito propostas honestas...

— Esta é honesta, tia. Gostaria de filmar contigo. E vamos tratar-nos por tu, está bem? Gostaria de filmar contigo um documentário sobre a vida do velho Faustino. Um *road movie*. A minha ideia seria partir de Luanda, com um bom jipe, e parar em todas as cidades onde ele viveu: Benguela, Moçâmedes, Cape Town, Maputo, Quelimane e Ilha de Moçambique. Entrevistaríamos as pessoas que o conheceram, músicos que trabalharam com ele. Hugh Masekela, por exemplo. Sabias que o velho tocou com o grande Hugh Masekela...?

Eu não sabia. Escrevo estas notas no quarto onde estamos instalados, no Hotel Panorama, um edifício elegante, erguido sobre as areias da Ilha. Tem o mar à frente e o mar atrás. Através da janela vejo as luzes da cidade refletidas no espelho preto da baía. À noite, vista daqui, Luanda parece uma metrópole imensa e desenvolvida. A escuridão oculta o lixo e o caos. Penso no meu pai. Quis saber o que achava Mandume acerca da proposta de Bartolomeu.

— Uma completa estupidez! — gritou-me. — A nossa ideia era apenas filmar o encontro com a tua família. Ficamos mais duas semanas, conforme o combinado, e depois regressamos a Portugal.

Tentei argumentar. Quanto mais penso no projeto do meu jovem sobrinho, mais me entusiasmo. Disse-lhe que me parecia uma excelente ideia e que me faria bem. Ajudar-me-ia a descobrir o meu pai. E em Moçambique poderia procurar Alima, a minha mãe biológica.

— Imagine-se... E se eu encontrar a minha mãe?

— Sim, se a encontrares, o que é que lhe dizes?! — ironizou Mandume. — "Olha, mamã, sou a tua filha. A filha que tu pensaste que tinha morrido no parto..."

Irritei-me. Gritei:

— Já estou farta de ti!

Mandume saiu do quarto furioso. Bateu a porta.

Passa da uma da manhã e ainda não regressou.

Durban, África do Sul
domingo, 23 de março de 2006

(Fragmentos de uma entrevista com Karen Boswall)

"Sou filha de uma professora e de um analista químico. O meu pai nasceu em 1924, em Portsmouth, um porto da Armada Britânica. Levou muita porrada durante a Segunda Guerra Mundial – o porto, não o meu pai. O meu pai era filho de marinheiro e de uma empregada doméstica, aquelas da época vitoriana, que ficavam no andar de baixo, com os restantes serventes, à espera de que o patrão ou a patroa tocassem uma campainha para os chamar. O pai dele nunca estava em casa. Alistou-se na Marinha durante a guerra e morreu muito jovem. Gente pobre. A irmã do meu pai morreu de tuberculose. Deve ter sido uma das últimas pessoas em Inglaterra a morrer de tuberculose. A minha mãe nasceu em 1927, em Beaminster, uma vila rural de Dorset, no sudeste da Inglaterra. Era filha de farmeiros. Antes de se casarem, os meus avós eram atores. A minha avó estava noiva de outro homem. Conheceu o meu avô quando representava o papel de Kate, o verdadeiro nome dela, na peça de Shakespeare *Muito barulho por nada*. O meu avô fazia o papel de professor. Apaixonaram-se, o que foi um escândalo – isso nos anos 1920 –, porque a minha avó cancelou o casamento previsto e fugiu com o meu avô. Mais tarde foram para Portsmouth e abriram uma mercearia. O meu avô entregava leite de porta em porta, com cavalo e carroça.

A minha mãe é uma mulher muito sociável, extremamente simpática. Tanto o meu pai quanto a minha mãe estudaram, progrediram, estão ambos reformados, mas vivem até hoje no terror de um eventual regresso à pobreza. Eu nasci em Londres, catorze anos depois de os meus pais se casarem. A minha mãe teve um filho que morreu, depois nasceu a minha irmã, e eu nasci três anos mais tarde. O meu pai não queria filhos. Criou-nos com muita distância. Acho que me transformei naquilo que sou hoje porque procurei sempre o amor do meu pai. Ele pintava, foi um bom pintor, e tocava violino – violino cigano, a família dele era cigana. Creio que estamos ligados ao famoso Circo Boswall.

"Comecei a tocar flauta com sete anos, depois clarinete. Tocava muito bem. Aos dezesseis anos, já era profissional. Decidi mudar para o saxofone a fim de continuar a progredir. Também aprendi a tocar piano. Saí de casa nessa época. Comecei a viajar. Trabalhei primeiro na Áustria, dando aulas de inglês a japoneses, uns tipos interessantes, mais ou menos à margem da lei. Ao mesmo tempo, pintava. Fiz a minha primeira exposição individual com dezoito anos. Vendi tudo. Também vivi seis meses em Israel, onde integrei uma coletiva de compositores de música clássica. E então comecei a compor. Voltei para Inglaterra e abandonei a música clássica. Juntei-me a uma banda de jazz afro-latino, os Legless, expressão que serve para designar alguém meio embriagado ou que dançou demais. Vivi a seguir em Nova York, com uma bolsa de estudos. Em Nova York pintei muito. Fiz grandes instalações multimídia, esculturas que falavam, coisas assim. No início dos anos 1980, de regresso a Londres, envolvi-me com uma banda de lésbicas, em meio à militância nos movimentos feministas e ecologistas, ao apoio às greves dos mineiros e às manifestações contra a política de Margaret Thatcher. Éramos oito na banda, e todas queriam dormir comigo. Eu era o grande desafio. Viajávamos muito. Durante as turnês, que às vezes duravam semanas, podíamos não falar com um único homem. Ficávamos em hotéis só para mulheres e íamos a bares e a restaurantes só para mulheres. Alemanha, Suíça, Holanda. Tu andas nessas cidades todas e vês os triângulos cor-de-rosa sinalizando os estabelecimentos homossexuais. São muitos. A maior parte das minhas companheiras na banda se casou com homens. Apenas duas continuam a fazer música. Fui para a cama uma única vez com uma mulher. Não chegou a acontecer nada. Só uns beijos. Aquilo não era para mim.

"Comecei a interessar-me por música africana no início dos anos 1980. Havia um bar que tocava música africana. Ouvíamos coisas fantásticas. O primeiro músico africano que eu comecei a ouvir foi o Youssou N'Dour. Depois vieram o Abdullah Ibrahim, o Hugh Masekela, o Fela Kuti, o Manu Dibango.

"Cheguei a Moçambique em 1990 para compor a música e fazer o som de um filme chamado *Uma criança do sul*, do diretor brasileiro Sérgio Rezende. Logo no primeiro dia em Moçambique, toquei saxofone com um grupo local. Ainda voltei para Londres, mas quando me chamaram novamente, para fazer outro trabalho, fiquei.

"Em 2002 fui convidada para fazer um documentário sobre mulheres contaminadas com aids. A minha ideia era contar o drama de Antonieta, uma senhora soropositiva moderna e inteligente, que ganhava a vida, com o apoio de uma organização não governamental, a sensibilizar outras mulheres para o uso do preservativo. No decurso da pesquisa, percebi que muitas mulheres moçambicanas preferem manter-se fiéis às tradições, ainda que com isso coloquem em risco a própria saúde. Antonieta, por exemplo, decide em determinada altura levar a filha, Matilde, para cumprir um ritual de iniciação numa aldeia remota no interior da Zambézia. Ela sabe que os ensinamentos que a filha vai receber ao longo desse ritual contradizem o que ela própria ensina. Ainda assim, na opinião dela, o mais importante é não irritar os espíritos. Então, decidi filmar os ritos. Passei semanas nessa comunidade. A única maneira de chegar lá era caminhar a pé durante muitas horas. Uma vez conseguimos alugar bicicletas. Lembro-me do homem que as alugou. No regresso, depois de nos deixar junto à estrada, colocou uma das bicicletas nas costas e lá se foi, de regresso à aldeia, pedalando na outra, quinze quilômetros, com subidas e descidas e piso de areia [...]. Pensei em cumprir os ritos, embora estivesse um pouco assustada, porque desde pequenas aquelas mulheres esticam os lábios da vagina. Julguei que me obrigariam a fazer isso. Felizmente, não [...]. Éramos uma equipe de quatro pessoas e filmamos durante sete dias e sete noites. Batuques o tempo todo. Há um lugar onde os homens tocam os batuques. Só os batuqueiros podem assistir, quatro batuqueiros.

Não tínhamos água nem energia. Fazíamos grandes fogueiras para conseguir luz. Levei Gita Cerveira como técnico de som. Sidónio, o meu marido, fazia a produção. O câmara era Giulio Biccari, um italiano radicado em Cape Town [...]. Cada menina tem a sua madrinha. As mães também vão. Preparam a comida enquanto as madrinhas se ocupam das meninas num lugar secreto. Todo o ritual tem a ver com o sofrimento da mulher. As mulheres devem servir os homens, dar-lhes filhos e uma vida sexual feliz. Não se trata de aulas, são rituais simbólicos, mas isso eu só vim a entender muito tempo depois. Enquanto filmava, não percebia o que estava a acontecer. Contratei sete tradutores, mas todos me davam versões diferentes. Pouca gente que fala português fala também a língua daquela região. Enquanto estava a montar o filme, tinha a percepção de que aquilo era fantástico, mas que não entendia nada [...]. O filme veio a chamar-se *Dançando na corda bamba*, e inclui uns seis minutos com os rituais de iniciação. Mas eu tinha muito mais material: poderia ter feito um outro documentário. Porém, na mesma noite em que o filme estreou, a 1º de dezembro, Dia Internacional de Combate à Aids, num cinema em Cape Town, no exato momento em que estavam a passar as cenas dos rituais, o depósito de água no prédio em que eu trabalhava, um prédio novo e bonito, arrebentou e destruiu todo o material bruto. Eu tinha enviado diversos rolos para revelar num laboratório de Cape Town. Os técnicos ligaram para mim confusos: os negativos estavam queimados. Comecei a me sentir mal. Menos de um mês depois de ter concluído o filme, os médicos diagnosticaram-me um câncer de mama."

Luanda, Angola
domingo, 1º de outubro de 2006

(Excerto de um texto que estou a preparar para o catálogo de uma exposição de Kiluange Liberdade – jovem artista plástico angolano radicado em Lisboa –, a ter lugar nas instalações do Centro Cultural Português)

"Luanda. Ou Lua, como é conhecida na intimidade. Também Loanda. Literariamente: Luuanda (ver Luandino Vieira). De seu nome completo, São Paulo da Assunção de Luanda, foi fundada em 1575 por Paulo Dias de Novais. Vinte anos mais tarde, chegaram à nova urbe as doze primeiras mulheres brancas, que logo arranjaram noivos, se casaram e tiveram filhos. Em 1641, a cidade foi ocupada pelos holandeses, que saíram a toque de caixa, apenas sete anos depois. A 15 de agosto de 1648, uma tropa carnavalesca de brancos, negros e índios, trazida até África nos galeões do imensamente próspero latifundiário e escravocrata carioca, não obstante natural de Cádis, na Espanha, Salvador Correia de Sá e Benevides, desembarcou em Luanda. Iludidos por uma série de manobras audaciosas de Correia de Sá, mais de mil soldados holandeses se renderam, abandonando duas fortalezas praticamente intactas a um exército exausto de menos de seiscentos homens.

Começou dessa forma uma esplêndida confusão de raças, línguas, sotaques, apitos, buzinas e atabaques que, com o passar dos séculos, não fez mais que se aprimorar. O caos engendrando um caos maior.

Hoje, misturam-se pelas ruas de Luanda o umbundo oblongo dos ovimbundos. O lingala (língua que nasceu para ser cantada) e o francês arranhado dos regrês. O português afinado dos burgueses. O surdo português dos portugueses. O raro quimbundo das derradeiras bessanganas. A isso se juntam, com os novos tempos, uma pitada do mandarim elíptico dos chineses, um cheiro de especiarias do árabe solar dos libaneses e ainda alguns vocábulos em hebreu ressuscitado, colhidos sem pressa nas manhãs de domingo, em alguns dos mais sofisticados bares da Ilha. Mais o inglês, em tons sortidos, de ingleses, norte-americanos e sul-africanos. O português feliz dos brasileiros. O espanhol encantado de outro cubano que ficou para trás.

E toda essa gente movendo-se pelos passeios, acotovelando-se nas esquinas, numa espécie de jogo universal da cabra-cega. Moços líricos. Moças tísicas. Empresas de esperança privada. Chineses (de novo) em revoada. Meninos vendendo cigarros, chaves, pilhas, pipocas, cadeados, almofadas, cabides, perfumes, telemóveis, balanças, sapatos, rádios, mesas, aspiradores. Meninas vendendo-se à porta dos hotéis. Meninos apregoando quimbembeques, espelhos, colas, colares, bolas de plástico, elásticos para o cabelo. Meninas negociando cabelo loiro, "100% humano", em tranças, para tiçagem. Mutilados hipotecando as próteses. Quitandeiras mercadejando mamões, maracujás, laranjas, limões, peras, maçãs, uvas suculentas e remotos kiwis.

Tio! Paizinho! Meu padrinho! Ai, olha aqui o teu amigo. Carapauê! Vai por quinhentos, o disco, meu *brother*!

... Lavo...

... Guardo...

... Engraxo...

Se fosse uma ave, Luanda seria uma imensa arara, bêbada de abismo e de azul. Se fosse uma catástrofe, seria um terremoto: energia insubmissa,

estremecendo em uníssono as profundas fundações do mundo. Se fosse uma mulher, seria uma meretriz mulata de coxas exuberantes, peito farto, já um pouco cansada, dançando nua em pleno Carnaval.
Se fosse uma doença, um aneurisma.
O ruído sufoca a cidade como um cobertor de arame farpado. Ao meio-dia, o ar rarefeito reverbera. Motores, milhares e milhares de motores de carros, geradores, máquinas convulsas em movimento. Gruas erguendo prédios. Carpideiras carpindo um morto, em longos, lúgubres uivos, num apartamento qualquer de um prédio de luxo. E pancadas, gente que se insulta aos gritos, clamores, latidos, gargalhadas, gemidos, *rappers* berrando a sua indignação sobre o vasto clamor do caos em chamas."

(A menina e a galinha)

Saí do quarto batendo a porta. Felizmente há portas. O que eu queria naquele momento era atirar-me ao mar. Na praia, a poucos metros da água, dei com um homem acocorado, inteiramente nu, a defecar. Aquele homem salvou-me a vida. Sou um suicida elegante. Não me deito a afogar num esgoto. Corri ao longo da praia até que o cansaço venceu a raiva. Sentei-me. Creio que estou no filme errado. Não tenho sido feliz nestes últimos meses, menos ainda nestes últimos dias. Acho que a última vez que me senti feliz foi a viajar sozinho pelo Maranhão, de mochila às costas, e, antes disso, no Rio de Janeiro, a passear de bicicleta na orla da Lagoa. Vim para Luanda porque julguei que esta viagem me aproximaria de Laurentina. Queria compreendê-la. Não consigo. Ela não permite que eu me aproxime.

 Esta cidade é um somatório de horrores: pobreza mais racismo mais estupidez mais ignorância mais conservadorismo mais machismo mais intolerância mais arrogância mais ruído. Muito ruído. Ruído por toda a parte, e a todas as horas do dia e da noite. Alguém me declamou ontem, ao jantar, uma meia dúzia de versos que um poeta local escreveu sobre os negros norte-americanos. Sorte a vossa, diz o poeta, não com as palavras que agora me ocorrem, mas, enfim, o que importa é o sentido, sorte a vossa porque vos levaram daqui como escravos e agora os vossos filhos não morrem de malária nem de fome. Ri. Riram todos à mesa. Isso eu admiro nessa gente. A capacidade que tem de troçar da própria desgraça. Sobre o resto, concordo com o poeta. Felizmente os meus pais ficaram em Portugal. Nasci em Lisboa. Sou português. Houve uma fase da vida, entre as dores e os ardores da adolescência, em que tive dúvidas. Não sabia muito bem a que mundo pertencia. Essas coisas. Não há quem não enfrente crises de identidade. Mandela, o meu irmão mais novo, criou um grupo de hip-hop, chamado Os Cabeças de Cartaz, com três colegas do liceu. Um dos membros do grupo é um rapaz loiro, muito magro e desajeitado, que dá pelo nome de MC Bué. Um dia foi lá a casa. Ao fim de alguns minutos de tranquila cavaqueira, cerveja e tremoços, o meu pai perguntou-lhe se tinha nascido em Luanda.

— Não, cota, nasci na Amadora.
— Não nasceste em Angola...?!
— Eu, não, cota! Sou puro tuga mesmo...
— Mas os teus pais são angolanos, é claro...
— Não, não são! São da Amadora, os dois...
— Essa agora! Tu falas como se fosses angolano. Tens sotaque luandense e tudo...
— Ah, cota, no meu bairro só tinha manos. Na escola também. Éramos eu e mais cinco pulas. Melhor, quatro pulas e um cigano. A gente escolhia entre ser cabo-verdiano ou angolano. Eu escolhi ser angolano.

Quanto a mim, se ainda tivesse dúvidas, essa viagem teria me esclarecido. Estava eu ali, de olhos postos na noite imensa, a pensar desordenadamente na minha vida pretérita, em Laurentina, no que faria a seguir, quando uma menina se sentou na areia, à minha direita. Não devia ter mais de doze anos. Esguia, cabelos entrançados, uns olhos que ardiam no escuro como carvões em brasa. Uma galinha-do-mato saiu da escuridão e aninhou-se ao lado dela.

— Paizinho. — A voz da menina era alegre, um pouco rouca. — Estou com fome.

Trazia um vestido claro, de um tecido fino, quase transparente. As pernas eram lisas e compridas. Nos pés, muito pequenos, sandálias de plástico. Deu-me a mão.

— Vem!

Fui. Ela conduziu-me até uma casa escura, entalada entre outras casas ainda mais escuras. A galinha-do-mato nos seguiu. Subimos dois lances de escadas e fomos dar a um pequeno pátio com mesas de plástico.

O pátio debruçava-se sobre o abismo ansioso do mar. Um rapaz chinês surgiu diante de nós, sorrindo muito, curvando-se em complexas mesuras, e conduziu-nos a uma das mesas. Havia apenas três comensais. Um casal de chineses, a um dos cantos, e um homem branco, mirrado e soturno, de costas para nós. A menina ignorou o menu que o empregado nos estendia.

— Quero o vinte e dois.
— Como te chamas?
— Alfonsina.
— Onde moras?
— Na praia.
— E os teus pais, onde estão os teus pais?
— Ficaram na guerra...
— Ficaram onde?
— Lá. Na guerra. — Silêncio, um exíguo silêncio retrospectivo. Depois um olhar avaliador, um sorriso ligeiramente trocista. — Tu és português, claro!
— Sou. Soubeste pelo sotaque?
— Não. Porque te mexes como um português.

O empregado trouxe uma travessa com pato à Pequim e um pratinho de arroz. Alfonsina comeu em silêncio, concentrada, como se comer fosse a sua maneira de comunicar-se com Deus.

Quando terminou, colocou o prato de arroz debaixo da mesa, junto à galinha-do-mato.

— É tua, a galinha?
— Yá!
— Parece um cão.
— Julga que é um cão. Foi criada por uma cadela. A pobrezinha morreu, a Pintada ficou sozinha. Faz tudo o que faz um cão, só não ladra, mas quase. Queres ver o que lhe ensinei? Pintada, dá a pata!

A galinha saltou debaixo da mesa e estendeu a pata direita. A menina riu. Ri com ela. Peguei na câmara de vídeo (nunca a largo) e filmei a galinha.

— Tu fazes filmes?
— Faço.
— Eu entrei num filme...

— Entraste num filme?
— Yá! Desses de sexo, sabes? Eu e mais umas cinco meninas. Um italiano que veio aqui e fez.
Olhei-a horrorizado. Guardei a câmara. O homem sentado diante de nós rodou a cadeira, de forma a ficar virado para mim. De frente, parecia ainda mais mirrado. Tinha dentes amarelos e uma barba de três dias, agreste, dura como arame farpado. Sorriu. Se os cactos tivessem boca e sorrissem, seriam assim.
— Vai-me desculpar — disse. — Ouvi a conversa. Nunca confie num homem voltado de costas para si. Ouço muito. Antigamente, era pago para ouvir. Agora sou empresário. Tenho investimentos no ramo das pescas.
Abriu a carteira e tirou um cartão. Dobrou-lhe um dos cantos e enfiou-o no bolso da minha camisa.
— Caso precise. Pois, como lhe dizia, ouvi a conversa. Não leve muito a sério o que a menina disse. É puta, catorzinha. A cidade está cheia delas. Você sabe, a guerra...
Alfonsina levantou-se.
— Já vou...
Saiu a correr. Quando chegou à porta, assobiou. A galinha soltou um grasnado áspero, que realmente parecia um latido, largou o prato de arroz e seguiu-a num alvoroço de asas. O homem espetou em mim os pequenos olhos fúnebres.
— Tem um cigarro?
— Não. Não fumo.
— Faz bem. Eu também não. Deixei de fumar há muito tempo. Fumar mata, não é? A mim levou-me um pulmão. Agora o que me mata é o tédio. Então você faz filmes?
— Faço. Sou operador de câmara.
— Estou a perceber. Você é filho de quem?
— Desculpe?!
— O seu pai, como se chama o seu paizinho? Porque você pode até ser português, tudo bem, mas o seu pai é angolano, não é assim?
— Por que quer saber?
— Calma, calma, não se aborreça. Fui treinado para fazer perguntas. Às vezes distraio-me. Esqueço-me de que esse tempo já passou. Não tem

de responder, claro. Mas, se me permite, em relação à menina, esqueça o que ela disse. Fantasias. No nosso país também existe prostituição, como em toda a parte, e eventualmente infantil, mas é tudo à toa, cada um por si, não se pode falar em estruturas organizadas e muito menos para fazer filmes, pornografia. Há quanto tempo está em Luanda?

— Três dias.

— Ah, ainda não viu nada. Você é jovem, divirta-se. Luanda é uma bela cidade. Uma das cidades mais bonitas de África. E a baía, tão linda, tão linda, não é? Acho que não há nenhuma outra cidade que se possa comparar a Luanda, a não ser, talvez, o Rio de Janeiro. Além disso, temos aqui as noites mais agitadas do continente, e mulheres maravilhosas, mulatas, pretas, inclusive loiras. Falsas loiras, claro, mas as falsas loiras são como os Ray-Ban falsos: mesmo não sendo autênticas, fazem-se notar.

Levantou-se. Tirou um maço de notas e pousou-o sobre a mesa.

— Deixe-me ser eu a pagar. Se por acaso precisar de mim, tem o meu cartão. Fique bem...

Saiu. Pedi uma cerveja e fiquei um bom tempo sozinho. Já passava da uma da manhã quando o empregado veio me dizer, com muitos sorrisos e salamaleques, que gostariam de fechar o restaurante. Regressei ao hotel, em passadas largas, um pouco assustado, porque já me passara a vontade de morrer, e, nesta cidade, a noite – como direi? – é realmente noite, a noite antiga, dos primeiros tempos, densa e rumorosa e cheia de perigos, ainda que supostos. Os perigos supostos assustam tanto quanto os reais. Laurentina esperava por mim, muito nervosa. Gostei de vê-la assim.

(Depoimento de Dário Reis)

O que queres que te conte, filha?
A minha vida?
Bem, levei uma vida simples, não há muito para contar.
Fui uma criança feliz. Nasci aqui mesmo, em Ílhavo, numa família numerosa. Lembro-me muito bem da casa em que nasci. Hoje é um restaurante. No frontispício tinha gravada a data da construção: 1900. O meu pai comprou-a por um preço muito inferior àquele que ela valia porque estava assombrada. O proprietário anterior era um brasileiro, mas não um brasileiro autêntico, um ilhavense que enriqueceu no Brasil, na Amazônia, e voltou, já velho, casado com uma mulher muito mais jovem, meio índia. Bem, dizem que o desgraçado encontrou a mulher com um vizinho, na cama, e a matou a tiro. O tribunal o absolveu. Naquela época era assim, um homem tinha o direito, tinha até o dever, de matar a mulher se a encontrasse com outro em tratos íntimos. O fantasma da índia costumava aparecer nas noites de lua cheia. Ela aparecia na cozinha, debruçada sobre um alguidar, a lavar a ferida da bala, no peito, com um pano encharcado, e a murmurar ladainhas numa língua de trapos. O meu pai não era rico, nunca teria dinheiro para comprar uma casa assim, então foi um golpe de sorte. A nós, os meninos, a índia não incomodava. Nas noites de luar, evitávamos entrar na cozinha. Eu a vi uma única vez e achei-a bonita. Cabelos negros, lisos, olhos fundos. Reparo agora que a Laurentina se parece muito com ela.

Naquela casa, além dos meus pais, dos meus dois irmãos e do fantasma da índia, claro, viviam ainda duas irmãs da minha mãe e três sobrinhos, filhos de um tio que, uma vez viúvo, emigrou para os Estados Unidos, deixando as crianças ao cuidado dos meus pais. Nos primeiros anos, o meu pai ainda foi recebendo, embora irregularmente, notícias do irmão e algumas poucas notas de vinte dólares. Depois as cartas foram rareando, e as notas também, até que nos esquecemos dele. Muito mais tarde, já nos anos 1970, fui a Nova York de férias com a minha mulher e o encontrei. Uma daquelas coincidências que um escritor renegaria, por receio de que a sua ficção perdesse verossimilhança, tirando o caso do Paul Auster, o qual, como sabes, aprecia as coincidências. Bem, aconteceu que fomos assaltados em Nova York. Três garotos, com facas e matracas, numa rua do Harlem. Comecei a discutir com eles, Doroteia agarrada a mim, a chorar, e eu aos gritos, em bom português que é como eu grito melhor, porque não gosto que me roubem, nem dinheiro, nem sonhos, nem tempo, nem energia, e então apareceu um policial e eles fugiram. O polícia, não vais acreditar, chamava-se Dário, Dário Reis, como eu. Ora, eu chamo-me Dário em homenagem ao tal irmão do meu pai que imigrou para os Estados Unidos. O policial era filho dele. O meu tio tinha quase cem anos, mas ainda estava lúcido e forte. Ficou aflito quando o filho me levou lá a casa e lhe explicou quem eu era. Os meus primos, os meus primos portugueses, nunca chegaram a conhecer o pai.

Cresci feliz naquela casa. Sempre quis ter muitos filhos, acho eu, por vontade de reconstruir o ambiente da minha infância. Mas não foi possível. Adiante: sabes como me apaixonei pelos livros? Sabes, claro, contei-te esta história muitas vezes. Foi através de mim, pelo menos julgo que sim, tenho esse orgulho, que tu começaste a interessar-te por livros, depois pela fotografia e, ainda mais tarde, pelo cinema, não foi?

Sim, entendo, isto é um depoimento. Então conto de novo, como se não te conhecesse.

Voltemos à casa em que nasci. No meu quarto, que dividia com um dos meus primos, Idalino, descobri um dia, descobrimos os dois, uma portinhola oculta atrás de um armário. Essa portinhola, fechada à chave, mas que cedeu facilmente quando a forçamos, dava para um cubículo retangular, com umas breves escadas, quatro ou cinco degraus, não mais, que permitiam o acesso a uma estreita janela, quase uma seteira, por onde entrava um pouco de luz. Espreitando pela janela, podíamos ver as salinas da Malhada ou, durante a noite, distinguir o farol da barra de Aveiro. Com alguma imaginação, conseguíamos até escutar o lento desdobrar das ondas na praia da Costa Nova, a uns cinco quilômetros de distância. Os meus pais nunca suspeitaram da existência daquele quarto secreto, nem o resto da família, porque fizemos um pacto de silêncio, selado a sangue, eu e Idalino, e cumprimos – o meu primo pelo menos cumpriu, porque que eu saiba não falou disso a ninguém até morrer. Morreu há dois anos, solteiro e sem filhos, no Canadá. Eu cumpri mais ou menos, enfim, não disse a nenhum dos meus irmãos nem aos meus primos. Contei-te a ti. Quando eras mais pequena, gostavas que eu te contasse essa história. Naquele quarto encontramos um grosso volume encadernado, cujo título, entretanto, esqueci. Era um romance interminável, no qual as personagens se sucediam umas às outras, torrencialmente, e iam mudando de nome e de sexo, iam mudando de raça, e algumas, inclusive, até de espécie, de forma que a partir de certa altura já não se sabia muito bem quem era quem ou até se todas elas não seriam uma só e única personagem. Eu sei lá, talvez Deus!

Fascinante, não achas?

Eu, cá, acho. Continuo a achar.

Bem, um dia o livro desapareceu. Passei o resto da vida a ler velhos romances, enfiado em bibliotecas e alfarrabistas, para descobrir quem escreveu aquilo, o que diabo era aquilo, tal enormidade, mas nunca consegui. Foi esse livro, afinal, esse livro improvável, que me levou a estudar letras. Escolhi germânicas porque presumi que o livro fosse uma tradução do inglês. Hoje já não estou tão seguro. Formei-me em Coimbra. Tinha vinte e três anos e a vida inteira pela frente. Sentia-me acanhado em Portugal, como se tivesse vestido por engano um casaco alheio, que me ficasse demasiado justo nos ombros. Não conseguia me mexer. Sufocava. Foi então que decidi concorrer para o chamado Quadro Comum do Ultramar e fui colocado em Moçambique. Fiz o meu batismo de voo em primeira classe, muito bem instalado, ainda hoje estou para saber por quê. Foi a primeira e única vez que viajei de primeira classe. A partir daí, o Estado nunca mais me concedeu tais mordomias. Em Lourenço Marques, tinha à espera o meu primo Idalino, que viveu em Moçambique uns bons vinte e cinco anos antes de mudar-se para o Canadá, em 1973. Parece que adivinhava o que iria acontecer. Instalei-me na casa dele. Dei aulas em Lourenço Marques durante muitos anos e, depois, mudei-me para Quelimane. Foram tempos felizes, ali, diante do rio dos Bons Sinais. Namorei muito, com raparigas pretas, brancas, mulatas, indianas – houve, inclusive, uma albina –, mas nunca me casei. Julguei que nunca me casaria, até o instante em que pela primeira vez pousei os olhos naquela que viria a ser a minha esposa, Doroteia, a minha querida Doroteia, isso no dia 18 de dezembro de 1973, na Ilha de Moçambique. Sabes que idade ela tinha? Vais assustar-te, fazia quinze anos nesse dia. Lembro-me como se fosse hoje. Eu estava na Ilha de Moçambique, a passear um casal de portugueses radicados na África do Sul, e numa tarde entrei num bazar para comprar um chapéu e a vi. Doroteia estava acompanhada por uma irmã bastante mais velha, mas era tal o aprumo com que se movia, tanta a compostura, que seria possível dizer que era ela quem conduzia a outra. Não lhe disse nada. Regressei a Quelimane com o coração aflito. Não podia admitir, nem sequer para com os meus botões, que me tinha apaixonado por uma garota de quinze anos. Porém, a partir desse dia, sempre que me era possível, voltava à Ilha para pescar, passear de barco, fazer fotografias e uma vez por outra lá dava com ela. Descobri facilmente quem era. Tornei-me amigo do pai, um pequeno comerciante goês, e assim, pouco a pouco, fui-me aproximando. Doroteia apaixonou-se por mim, não obstante a diferença de idades. Se te dissesse que enfrentei grandes dificuldades para convencer o pai a aceitar-me como genro, estaria a mentir. O velho Justiniano estava a atravessar uma situação econômica complicada, e o casamento da filha o aliviava. Ele próprio era muito mais velho que a esposa. Nós nos casamos, portanto, eu e a minha Doroteia, poucas semanas depois de ela ter completado dezesseis anos. Eu queria ter muitos filhos, como lhe disse, mas, já se sabe, o homem põe e Deus dispõe. O meu primeiro filho morreu ao nascer, com o cordão enrolado no pescoço, por pura negligência do médico. Foi um dos piores momentos da minha vida. Doroteia voltou a engravidar. Também dessa vez não tivemos sorte. Abortou ao fim de três meses e teve de ser internada para fazer uma raspagem. Em 1975, muito próximo da independência, no meio de toda a agitação política, brancos contra pretos, pretos contra brancos, os portugueses a fugirem, eu sei lá, a minha querida Doroteia engravidou de novo. Foi uma gravidez difícil. As três últimas semanas ela passou numa cama do hospital. No mesmo quarto estava uma rapariga, também de origem indiana, ou meio indiana, chamada Alima. Lembro-me muito bem dela. Olhos grandes, tristíssimos. Dizia-se que o pai da criança era o Faustino Manso, um músico angolano que vivera uns anos largos em Moçambique e desaparecera de repente sem deixar rasto. O pai de Alima, um homem enorme, cinzento, de grandes orelhas, chamado Ganesh, aparecia às vezes no hospital, mas nem sequer entrava no quarto para ver a filha. Percorria o átrio, em fortes passadas, para a frente e para trás, sempre com os olhos presos no chão. Dona Renuka, mãe da rapariga, era uma senhora muito magra, frágil como um sonho, todavia prática, e por quem ganhei certa afeição. Doroteia e Alima entraram em trabalho de parto quase ao mesmo tempo. O parto da Doroteia correu mal. Perdemos a criança. O parto da Alima foi igualmente complicado, ela entrou em coma, mas a menina salvou-se. Dona Renuka entregou a menina à minha mulher e a enfermeira que fez o parto fechou os olhos à troca. Nenhum de nós pensou que a Alima se salvasse...

... No entanto, sim, salvou-se...

... Nunca mais soube nada dela. Talvez ainda viva na Ilha de Moçambique. Talvez, entretanto, tenha morrido...

... Morre-se muito em África. Morre-se de paludismo, febre amarela, cólera, tifo, morre-se de bala perdida, morre-se de desgosto ou de cansaço. Às vezes imagino que veio para Portugal, como nós, imagino que se casou e que teve outros filhos. Acontece, por vezes, cruzar-me com uma mulher indiana numa rua de Lisboa e pensar: *Será Alima?* E depois ela desaparece numa esquina, e eu fico parado, atormentado, a imaginar maneira de lhe pedir perdão...

Quicombo, Angola
domingo, 30 de outubro de 2005

16h33 – Estamos parados junto ao rio Quicombo. Tenho certeza de que existe uma imagem destes altos paredões de terra num dos quatro álbuns do fotógrafo português Cunha e Morais. Comprei o conjunto, há uns bons vinte anos, no armazém de um dos principais alfarrabistas de Lisboa. Naquela época, Cunha e Morais ainda não havia sido resgatado do esquecimento pelos Encontros de Fotografia de Coimbra. Poucos o conheciam. O responsável pelo armazém, um alemão enigmático, com particular senso de humor, que, sem nunca ter pisado em África, sabia tudo sobre o continente, fez-me um bom preço pelos quatro álbuns. Suponho que simpatizava comigo. As fotografias de Cunha e Morais, recolhidas em Angola na segunda metade do século XIX, ajudaram-me a construir o meu primeiro romance. Voltei numa tarde, depois de o publicar, aos domínios poeirentos do velho alemão. Ele recebeu-me no alto da escadaria, atulhada de livros, que conduzia ao primeiro andar.

— Soube que você já não é mais um simples estudante — disse-me, sorrindo. — Agora é escritor. Os preços vão mudar.

Muita água correu por esse rio desde que Cunha e Morais o fotografou. A paisagem, porém, manteve-se quase idêntica. Um grupo de mulheres e de crianças dança kuduro ao som de um enorme rádio a pilhas. Reconheço a poderosa voz de Dog Murras:

"Levanto às cinco estou de volta às vinte todo o dia na praça
a vender a fuba

as costas doem muito
filhos lá em casa morrem de fome, ai, mas a alegria é bué
já chegou a paz a Angola."

A luz, muito doce, derrama-se sobre as águas do rio. Acompanho, com o olhar, um friso de altas palmeiras ao longo do lento leito. À sombra delas prospera um bananal.

Saímos de Luanda ao fim da manhã. Ao contrário do que havia sido combinado, em vez de num jipe, estamos a fazer a viagem numa carrinha, daquelas que em Angola, e um pouco por toda a África, cumprem o papel de táxis coletivos. Enfim: um candongueiro. Rezo para que seja ainda dia quando chegarmos à Canjala.

Benguela, Angola
segunda-feira, 31 de outubro de 2005

Caía a noite quando azarado apontou com o queixo para uns morros, ao longe, e anunciou:
— A Canjala... — Como se dissesse: "A Senhora Dona Morte...".
O trecho da Canjala, cenário de sangrentas emboscadas durante a guerra, continua por reconstruir. Ali se preservam, intactos, muitos milhares de ferozes buracos, talvez a maior coleção do mundo. Naquela tarde estavam esfaimados. Lançaram-se contra nós com a voracidade de piranhas. Azarado lutou bravamente, durante quatro horas, tentando, com guinadas súbitas, mas sem nunca reduzir a velocidade, evitar a ávida goela dos monstros. Por fim, exausto, já a noite descera sobre nós, mudou de tática e optou por os atropelar. Os malditos reagiram aos guinchos, aos pulos, ameaçando virar o candongueiro. Então, de repente, afastaram-se, ficaram para trás, deixando que se abrisse diante de nós, como um milagre, um liso trecho de asfalto. Azarado suspirou, pisou fundo no acelerador, pousou o queixo no volante e adormeceu. A carrinha galgou a berma e lançou-se, novamente aos saltos, sobre o chão tumultuoso da savana. As malas pulavam à volta como se tivessem vida. Finalmente paramos. Houve um instante de assombro – vivíamos! Jordi foi o primeiro a falar:
— Grande buraco, muadié!
— Não foi um buraco — acordou-o Karen. — Saímos da estrada!
Saltei da carrinha para avaliar os estragos. Os dois pneus do lado direito estavam completamente murchos. Azarado abanou a cabeça.
— Pouca sorte. Só trouxemos um pneu.

Senti o sangue ferver. Em primeiro lugar, combináramos com Azarado que ele traria um jipe, mas apareceu, à última hora, com aquela espécie de pesadelo motorizado. Em segundo lugar, adormecera ao volante. Finalmente, trouxera um único pneu sobressalente. Explodi:

— E agora, mais-velho, passamos a noite aqui?!

Azarado lançou-me um olhar de caxexe. Murmurou:

— Não há maca!

Disse qualquer coisa em umbundo ao ajudante, e este puxou de uma navalha e começou a cortar capim. Abriu depois um golpe redondo no pneu e enfiou a custo o capim lá dentro. Eu nunca tinha visto nada parecido. Jordi, eufórico, batia fotos.

— Genial!

— O pneu aguenta?

— Aguenta, pois.

Azarado nasceu em Benguela. É um homem elegante, de rosto liso, muito bem barbeado. Ninguém lhe dá mais de quarenta anos. Fez cinquenta há poucos dias. Na época colonial, tentou carreira de cantor. Formou uma banda de rock chamada Os Inesquecíveis, mas o projeto não deu certo. Após a independência, foi camionista, pescador, barbeiro, porteiro num hotel de Luanda e outra vez camionista. Tem dezoito filhos.

— De quantas mulheres?

A pergunta o pegou desprevenido.

— Ah, não sei. Só fazendo as contas... — Contou nos dedos. — Anacleta, três filhos. Fatita, dois filhos. Leopoldina, três filhos...

Karen olhava-o, fascinada. Quase conseguia escutar o pensamento dela.

— E os filhos? Você sabe o nome de todos eles?

— Claro. Todos os meus filhos têm o nome de bebidas...

— De bebidas...?!

— Exatamente, bebidas. Quando a minha primeira filha nasceu, eu estava sentado num bar com uns amigos a beber uma Cuca. Ficou Cuca.

Mais tarde, já aqui, em Benguela, no hotel A Sombra, depois de nos despedirmos de Azarado, Karen puxou-me por um braço.

— Reparaste nos nomes dos filhos? Achei fantástico...

Passava da meia-noite. O pneu empalhado não resistiu mais de vinte minutos. Desfez-se rapidamente em tiras, de forma que acabamos por chegar ao Lobito rodando diretamente sobre a jante. Na entrada do Lobito, há uma boa oficina mecânica. Mudamos a roda e seguimos viagem. Sinto-me exausto. Felizmente, o quarto é confortável. Tenho uma cama larga, só para mim. Vou dormir bem.

(A partida)

Mandume acordou-me às cinco e meia. Lavado, vestido, perfumado e (estranhamente) muito bem-disposto.
— Vamos?
Às seis em ponto, descemos para o hall. Pouca Sorte esperava-nos sentado numa poltrona, de pernas cruzadas, a ler um jornal. Levantou-se, cumprimentou e ajudou-nos a arrumar as malas e as mochilas na furgoneta. Comprei ontem dez garrafas de água, de um litro e meio cada, além de cerveja, refrigerantes, chocolates e pacotes de bolachas. Também comprei medicamentos. Coube tudo. Espaço não falta. Bartolomeu atrasou-se. Às seis e vinte, liguei para ele. Disse-me que estava a caminho. Meia hora mais tarde, já Mandume começava a ficar impaciente, um pequeno jipe dourado estacionou diante do hotel. Bartolomeu saltou do jipe, a forte cabeleira negra num alvoroço, olheiras fundas, como se não tivesse dormido à noite. Só percebi quem conduzia o jipe quando Merengue saiu para nos cumprimentar. Também ela parecia ter acordado naquele mesmo instante. Vestia um conjunto de treino vermelho e preto, tênis amarelos. Reparei que tinha uma marca roxa no pescoço. Abraçou-me.
— Façam boa viagem...
Senti-lhe, na pele, um perfume aceso, a chocolate e pimenta, explosiva mistura. Bartolomeu pôs-se a rodar, com uma expressão de desgosto, em torno da furgoneta.
— É nesta lata ferrugenta que vamos atravessar a África Austral?

Partiu de mim a sugestão para que levássemos a Malembelembe. Em Angola é caríssimo alugar um carro. Um bom jipe, então, fica por um preço impossível. Pouca Sorte pediu-nos apenas cinquenta dólares por dia. Disse-me que costuma ir com frequência a Benguela para rever a família e fazer pequenos negócios, sempre nesse carro. Também me assegurou, e outras pessoas disseram-me o mesmo, que todos os dias algumas dezenas de candongueiros enfrentam igual desafio e, de forma geral, conseguem chegar ao fim. O comentário de Bartolomeu o irritou.

— O veículo é sólido — rugiu. — Já foi a Benguela tantas vezes que nem precisa de motorista. Sabe o caminho sozinho. Às vezes adormeço em Porto Amboim e, quando acordo, estou a chegar ao Lobito.

— Eu preferia que você não adormecesse...

Pouca Sorte olhou-o enfurecido, encolheu os ombros e entrou no carro. Pouco falou durante o percurso até Porto Amboim. Tirando um ou outro troço da estrada, em más condições, foi uma viagem agradável. A paisagem é lindíssima. Tenho finalmente a sensação de estar em África, nos vastos espaços sem arestas de que o meu pai sente tantas saudades, horizonte aberto, terra vermelha e os gigantescos embondeiros dos cartões-postais. Escrevo à mesa de um restaurante, numa pequena esplanada, em frente ao mar. Faz um sol magnífico. Sábado. A praia agita-se de gente. Crianças, rapazes musculosos, mulheres gordas com os filhos ao colo. Mandume e Bartolomeu foram tomar banho. Mandume um pouco desconfiado - "Será que a água é limpa?" -; Bartolomeu animadíssimo. Vejo-os daqui. Mandume se afastou. Nada ao longo da costa, num crawl perfeito. Bartolomeu fala animadamente com uma rapariga alta. Adivinho-lhe o límpido fulgor dos dentes. Sinto (estupidamente) uma ponta de ciúmes.

Lobito, Angola
segunda-feira, 31 de outubro de 2005

Uma menina dorme, de cócoras, sobre um pedestal, com um pano amarelo a cobri-la por inteiro. Expõe-se (e oculta-se) ali como uma obra de arte. Jordi salta do carro fascinado e dispara a máquina. Flamingos passam fleumáticos, ao longe, alongando o langor da tarde. A menina desperta, e os seus olhos espantados assomam brilhantes sob o pano. Jordi recua. Regressa ao carro.

— Assustaste-a ou assustaste-te?

Ele não responde. Fotografar é devassar. Suponho que por vezes Jordi sinta isso como um soco.

*

Conheci Jordi Burch em outubro de 2004. Fizemos juntos uma reportagem sobre Barcelona para uma revista portuguesa de viagens. Optamos por construir um pequeno conto, uma espécie de fotonovela, com a ajuda de uma jovem estudante italiana que se prestou a assumir o papel da personagem principal. "Outono em Barcelona" conta a história de Montserrat Montaner, uma rapariga portuguesa que, após perder a mãe, chega a Barcelona levando à guisa de roteiro um conjunto de cartas do pai, falecido anos antes, numa prisão da Indonésia, e que ela nunca chegou a conhecer. Criei a figura de Montse a partir do próprio Jordi, também ele órfão de pai catalão e mãe portuguesa. Voltei a lembrar-me dessa história mais tarde, quando me encontrei com Karen, no

Rio de Janeiro, para imaginar um roteiro no qual se reunissem, sem esforço, os dois principais temas em que ela tem trabalhado nos últimos anos, enquanto documentarista: música popular africana e a difícil vida das mulheres na África Austral. Assim, de certa forma, *As mulheres do meu pai* principia num "outono em Barcelona". Jordi Burch perdeu o pai aos dezesseis e a mãe aos vinte. Perdeu, ainda, o mais velho dos dois irmãos. Esse somatório de tragédias podia ter feito dele um sujeito cínico, inclinado às sombras, propenso à solidão. No entanto, fortaleceu-o.

— O pior que me podia acontecer já aconteceu. Agora tenho o direito de ser feliz.

Nunca o vi aborrecido. A alegria dele contagia os outros. Quando decidi convidá-lo para viajar conosco, isso pesou tanto quanto a qualidade do seu trabalho. Foi uma boa decisão. Jordi tem feito fotos que nos poderão ser úteis mais tarde, quer durante a escrita do roteiro, quer para promover o projeto.

Por que são extraordinárias as fotos de Jordi?

Fotografar é iluminar. Jordi antipatiza com Sebastião Salgado porque um dia ouviu o grande fotógrafo brasileiro insurgir-se, num rápido aparte, contra os colegas mais jovens, os quais, para obter uma perspectiva original, são capazes de subir para os candelabros e de praticar contorcionismo e outras artes circenses. O meu amigo tomou o aparte como sendo dirigido contra ele. Não creio. Jordi ilumina os seus objetos de forma inesperada. Nas suas imagens não é a perspectiva que surpreende; é a luz interior das personagens.

*

Revi o Hotel Terminus, no Lobito. Lembro-me de, criança, ter almoçado lá algumas vezes. Do que me lembro:

Dos empregados de mesa, muito hirtos, em resplendentes fardas brancas. Hoje, sempre que vejo um almirante, recordo-me dos empregados de mesa do Hotel Terminus. Se bem que nunca vi almirantes com tanta dignidade.

De uma conversa entre os meus pais e algum amigo sobre um prato servido no almoço, que misturava fruta com carne. A eles aquilo parecia excentricidade. O amigo dos meus pais citou o fato de ter comido algo idêntico na África do Sul. Durante muitos anos alimentei grandes ilusões acerca da originalidade da cozinha sul-africana.

Por mais que me esforce, não me recordo de mais nada. O Hotel Terminus foi inteiramente recuperado por um banco privado angolano. Atrás, nas areias puríssimas da praia, ergue-se agora um bar-bangaló. Também me lembrava de uma praça, em frente ao porto, onde reencontrei uma enorme tartaruga em cimento, um pouco desconjuntada. Almoçamos, muito bem e por bom preço, no Tamaris, um restaurante decadente, mas digno, propriedade de uma senhora que tem o mesmo nome da minha avó paterna: Rosa Maria Carvalho. No andar superior, funciona um pequeno casino. Também passeamos pela Restinga. Belíssimas praias. Terminamos a tarde com um mergulho nas águas mornas da baía Azul.

(O acidente)

Os buracos surgiram sem aviso. A Malembelembe avançava aos saltos, enlouquecida, desdizendo o próprio nome. O tejadilho pareceu-me de repente demasiado baixo. Tentávamos proteger a cabeça com almofadas. Julguei que o meu corpo fosse se desconjuntar. Mandume abraçou-me. Senti seu tronco tenso e suado. Gritava em meio ao ruído, mas eu não compreendia o que dizia. A noite arremessava-se pelas janelas. Bartolomeu, sentado na outra extremidade, de frente para nós, gargalhava. Ergui a voz e pedi a Pouca Sorte para abrandar.

— Ele não consegue te ouvir — gritou-me Mandume ao ouvido. — Aliás, está a dormir!

— Como está a dormir?

— Está a dormir! Repara bem no retrovisor. Tem os olhos fechados. Já está a dormir há um bom bocado...

— Não consigo ver nada...

— Acredita em mim, está a dormir!

— Então acorda-o, caramba! Como é que alguém consegue adormecer e manter-se adormecido, ao volante, numa estrada assim?

Bartolomeu atirou-se para a frente. Mandume segurou-o, impedindo que esmagasse a cabeça contra a porta. Os dois gritaram qualquer coisa um para o outro. Bartolomeu levou alguns instantes a perceber o que Mandume lhe dizia; então, virando-se para frente, sacudiu Pouca Sorte. Os cinco segundos seguintes foram os mais assustadores de toda a minha vida. A Malembelembe galgou a berma e percorreu uns bons cinquenta metros, em grandes saltos, derrubando capim e morros de salalé, antes de, finalmente, se imobilizar, inclinada para a direita, em meio a uma densa nuvem de pó. A luz dos faróis, furando a custo a poeira vermelha, deixava ver, uns dois metros adiante, a dura parede de um embondeiro.

— Foi por pouco — suspirou Mandume. — Achei que morríamos...

Bartolomeu voltou-se contra Pouca Sorte, aos gritos:

— Porra, mais-velho, não lhe disse para não dormir?!

— A culpa foi sua! — A voz de Pouca Sorte soava estranhamente calma, uma voz de veludo, no meio do silêncio absoluto da grande noite ao redor. — Você assustou-me...

— Assustei-te?! Eu acordei-te, foi o que foi...!

— Sim, acordou. Se me tivesse deixado dormir, isso não teria acontecido...

Mandume abriu a porta e saiu aos tropeções. Saí também. Doía-me o peito, e tinha a sensação de que todos os meus órgãos internos haviam mudado de localização. Encostei-me a tremer ao tronco rugoso do embondeiro. Era enorme. Pelo que conseguia perceber, não havia ao redor nenhuma outra árvore. A lua mal se fazia ver, mas a luz das estrelas iluminava tudo, milhões e milhões e milhões delas, como eu nunca vira antes, ocupando o espaço inteiro, até a linha do horizonte, até o raso chão, acendendo-se e multiplicando-se e estalando em silêncio na imensidão sem fim do universo.

— Deus! — Quase rezei. — É tão bonito!

Pouca Sorte estava abraçado ao carro. Falava baixinho:

— Peço que me desculpe, minha Malembe. — Voltou-se para Bartolomeu, sem alterar o tom. — Você não devia ter-me sacudido! Disse-lhe que faço este caminho meio que a dormir. Faço mesmo. Acha que ia aguentar esses saltos todos se estivesse acordado?

Bartolomeu juntou-se a mim. Passara-lhe a fúria. Sorria.

— E agora, Pouca? Perdemos três pneus e só temos um de reserva, como vamos fazer...?

— Vamos esperar...

— Esperar o quê, cota?

— Esperar. Alguém virá.

Felizmente lembrei-me de trazer uma lanterna (oferta do meu pai) que é ao mesmo tempo um rádio e um alarme. Não tem pilhas. Para funcionar, gira-se uma manivela. Rodando uns cinco minutos, rapidamente, consigo luz para outros cinco e posso, além disso, escutar rádio. Encontrei uma estação angolana. Ouço-a enquanto, sentada no carro, escrevo estas notas e como chocolate. Cadbury com menta, fabricado na África do Sul. Não é comercializado na Europa, creio. Em Luanda, é vendido nas ruas. Sabe bem. Relaxa.

*

Ouço no rádio:
"Faz hoje duas semanas faleceu em Luanda o cantor e compositor Faustino Manso. Juntamente com os saudosos N'Gola Ritmos, de Liceu Vieira Dias, e com o Duo Ouro Negro, grupos infelizmente quase esquecidos, Faustino Manso foi buscar no folclore da região de Luanda a inspiração para suas composições. O Seripipi Viajante, como era chamado, aprendeu a tocar contrabaixo com um músico norte-americano que escapou de um navio de guerra, no início dos anos 1940, e se radicou em Luanda. A sua paixão pelo jazz levou-o a Cape Town, em 1958, onde tocou ao lado de músicos como Hugh Masekela e Abdullah Ibrahim, que então ainda se chamava Dollar Brand. Hoje, nesta *Hora das Cigarras*, vamos escutar alguns dos temas que o fizeram famoso."

*

Alguém veio – um decrépito Volkswagen com dois militares – enquanto Faustino Manso cantava "Luanda ao crepúsculo". O militar ao volante era alto e desengonçado; o outro, baixo e roliço, com um farto bigode em forma de vassoura. Dom Quixote saiu do carro e espreguiçou-se. Sancho Pança saiu também, preguiçosamente, fez menção de arrumar a enorme barriga dentro da calça, desistiu, aproximou-se do embondeiro e urinou com fragor. Dom Quixote admoestou-o:
— Capitão, olhe a menina!
Estendeu-me a mão.
— Acidente?
Expliquei-lhe o que tinha acontecido. Dom Quixote abanou a comprida cabeça descarnada, pesaroso.

— Não podem ficar aqui, assim, em meio a tantíssima noite. Ainda mais a menina, uma moça tão delicada. Estamos em território hostil. A guerra acabou, sim, mas há ainda por esses matos adentro uma meia dúzia de bandidos despardalados. Em 1999, eu quase morri aqui, sabia? Foi esse embondeiro que me salvou.

— Ia morrendo numa emboscada?

— Não, senhora. Foi a minha esposa que quase me matou...

— A sua esposa?

— Afirmativo. Eu estava a namorar, no interior da viatura, com uma moça de Benguela chamada Mil Flores, uma mulata clara... assim como a menina... Estava eu já – como posso dizer? – totalmente operacional quando a minha esposa apareceu. Quem nos denunciou foi, segundo apurei mais tarde, uma outra namorada minha, muito afligida de ciúmes, essa chamada Anunciação. Maria Rita, minha esposa, apareceu armada com uma catana. Não a vi chegar. Só dei por ela no instante em que partiu o vidro do lado do condutor. Mil Flores abriu a porta do outro lado e fugiu correndo, em toda a sua nudez, que era linda de se ver, em direção ao Lobito. Deus fez-me assim como vê, magro e ágil, tipo cabrito, mas estou velho, a minha mulher é muito mais jovem, tem mais fôlego, era questão de tempo até me apanhar. E se me apanhasse, zás!, lá ficava eu sem armamento, então subi no embondeiro.

— Não é possível! Como conseguiu?

— Como voam os gatos?

— Os gatos não voam!

— Não voam lá na Europa, menina. Aqui, voam! Ponha um galgo atrás de um gato a ver se ele não voa. Um gato aperreado trepa em qualquer árvore, mesmo que seja eucalipto. A depender do galgo, galga inclusive uma parede lisa. O certo é que voei, subi. Fiquei lá em cima, nu em pelo, mais em pele que em pelo, aliás, que pelos não tenho muitos, até que caiu a noite e Maria Rita se cansou e foi embora.

(Fatita de Matos, a amante infeliz)

Na ampla sala de visitas da casa de Fatita De Matos, Mana Fatita, na Restinga do Lobito, há cinco retratos a óleo, com um metro por um metro e meio. Em todos eles Fatita de Matos está sentada no mesmo cadeirão de verga, quase em idêntica posição, com um livro no regaço. A primeira tela foi pintada em 1946. Fatita tem vinte anos, ainda é virgem e está a ler *Amor de perdição*, de Camilo Castelo Branco. Na segunda tem trinta anos, quatro filhos ilegítimos e está a ler *Amor de perdição*. Na terceira tem quarenta anos, veste-se de preto pela morte do filho mais novo e está a ler *Amor de perdição*. Na quarta tela tem cinquenta anos, sete netos e continua a ler *Amor de perdição*. Finalmente, na quinta tela, tem sessenta anos, doze netos, três bisnetos e está a ler *Cem anos de solidão*, de Gabriel García Márquez. Todas as telas são de sua autoria.

— Faltam duas — digo-lhe. — Deixou de pintar?

Fatita sorri. Tem um sorriso jovem. O sorriso é o mesmo nas cinco telas. Não envelheceu.

— Não, não deixei de pintar, não gosto é de pintar velhas. — Cala-se. A filha mais velha, a doutora Pitanga de Matos, interrompe o silêncio. Diz que a mãe sofreu muito por causa de Faustino Manso. Fala sobre o amor da mãe como se o tivesse sofrido ela própria. Fatita de Matos limita-se a sorrir, vez por outra, um pouco trocista, ou, ao contrário, a confirmar com a cabeça, de olhos baixos. Pitanga de Matos é uma mulher robusta. A pele queimada reflete a luz como um espelho. Tem olhos cinzentos, muito vivos. Estudou economia socialista na antiga

Iugoslávia. Foi, durante dois ou três anos, vice-ministra das Finanças. Hoje dirige, com sucesso, uma empresa de pesca, sediada no Lobito, e uma fábrica de farinha de peixe no Tombua. A voz soa firme, levemente anasalada:

— A mamã conheceu o paizinho num baile de Carnaval. Amor à primeira vista. A orquestra dele estava a tocar um bolero, "Bésame mucho", você conhece, claro, toda a gente conhece.

Canta. A maneira como canta, o timbre, alguma coisa me faz lembrar Faustino Manso:

*"Bésame, bésame mucho,
como si fuera esta noche la última vez
bésame, bésame mucho,
que tengo miedo a perderte,
perderte después."*

— E então o papá começou a cantar, começou a cantar voltado para a mamã, os olhos presos aos olhos dela...

*"Quiero tenerte muy cerca
mirarme en tus ojos, verte junto a mí."*

*"Piensa que tal vez mañana
yo estaré lejos, muy lejos de ti."*

... Estava a ser sincero, lá isso estava, mas a coitadinha não percebeu. Começaram a namorar, às escondidas, uns beijinhos primeiro, uns apalpões a seguir, e, cinco meses mais tarde, a mamã apareceu grávida. Um escândalo! A mamã, filha única, foi sempre tratada como princesa. O meu avô era funcionário do Caminho de Ferro de Benguela, goês, um homem enorme, está vendo aquela fotografia? É ele. Somos parecidos. A minha avó, uma senhora de Benguela, com mentalidade muito conservadora, ficou de cama, arrasada. O avô fechou a mamã no quarto e ordenou às criadas que não lhe dessem de comer nem de beber, até que denunciasse o seu sedutor...

... Dizia-se assim, sedutor, eu acho até bonito...

... Ao terceiro dia, finalmente, ela deu um nome: Faustino Manso. O avô foi à procura dele, armado com uma pistola, mas não o encontrou. Tinha partido para Luanda. Então o avô tomou um vapor para a capital decidido a trazer Faustino à força para Benguela, se necessário, dizia ele, a pontapé, e obrigá-lo a se casar com a mamã. Chegou atrasado. Faustino casara-se dois dias antes...

Fatita de Matos sorri:

— Eu gostava do Faustino. Era um homem doce...

— Devia ser muito doce mesmo, puro chocolate! Tão doce, tão doce que, apesar de ele ter-se casado, continuaste a namorá-lo, sempre às escondidas. Depois de mim, vieram mais três filhos. O meu irmão caçula, um rapaz, morreu de paludismo aos quinze anos. Balantine, a segunda, vive no Rio de Janeiro. Malibu está em Luanda...

Fatita de Matos ergue o rosto num desafio.

— Quando Malibu nasceu, eu já estava casada com Faustino.

Pitanga encolhe os ombros.

— Casada? Casada é como quem diz. Casada à moda da terra...

*

Foi assim: Fatita de Matos acordou numa madrugada de temporal e deu com Faustino sentado na cama, completamente encharcado. Um relâmpago iluminou-o, e ela o viu como seria quarenta anos mais tarde: um velho esquálido e trémulo, que se apoiava às paredes para não cair. Quis saber o que acontecera. O velho respondeu: "Nada". Depois passou-lhe a mão pelos cabelos e disse-lhe que nunca mais voltaria a Luanda. Acrescentou: "Hei de ser teu até a hora da minha morte".

Fatita sonhara durante sete anos com aquele momento. Levantou-se e foi à janela espreitar a tempestade. Nos seus sonhos, Faustino aparecia numa noite idêntica. Abraçava-a, deitava-lhe a cabeça no colo, trançava-lhe o cabelo, e ela chorava. Acordava de manhã, muito cedo, com a almofada úmida de lágrimas. Diante da realidade, porém, Fatita de Matos não chorou. Veio-lhe, ao invés, uma vontade súbita de rir. Riu-se com raiva, em gargalhadas ásperas, revoltas, lembrando-se das noites que atravessara sozinha, da vergonha de encarar as pessoas na rua, dos risos atrás de si, do feroz silêncio do pai e dos desmaios da mãe, e sempre a rir agarrou numa cadeira e, com uma força de que não se sabia capaz, baixou-a sobre a cabeça e o espanto do amante. Nos filmes, especialmente nos filmes de caubóis, é comum alguém lançar uma cadeira à cabeça de outra personagem sem que a vítima pareça sofrer muito. Na realidade em que nos movemos, já se sabe, as cadeiras são mais duras, ou as cabeças, mais tenras, ou ambas as coisas, que no universo de fantasia em que habitam as estrelas de cinema. Faustino foi hospitalizado e permaneceu inconsciente durante três dias e duas noites. Quando finalmente abriu os olhos, atordoado, viu diante dele Fatita de Matos. Estava sentada numa cadeira, num canto, a ler *Amor de perdição*, inteiramente vestida de negro, como uma viúva antiga, e tão concentrada que se assustou ao escutar sua frágil voz:

— Está certo — murmurou o homem. — Prometo ser teu também depois da morte.

Não cumpriu nem sequer a primeira parte da promessa.

Faustino Manso só se tornou músico profissional depois que deixou Luanda. Na capital, trabalhava (vagamente) como funcionário do correio. Tocava contrabaixo, integrado numa banda de jazz, em festas particulares e num ou noutro clube, quase sempre aos fins de semana. No Lobito, conseguiu emprego como pianista no Hotel Terminus. Até essa altura nunca tinha tocado piano em público. Era um trabalho relativamente bem pago e que lhe assegurava muito tempo livre. Numa noite, um jovem sul-africano foi felicitá-lo. Chamava-se Basil du Toit. O pai, proprietário de uma cadeia de hotéis na África do Sul, enviara-o a Angola para estudar o mercado. Basil, natural de Cape Town, falou-lhe com enorme entusiasmo de Sophiatown e de como o jazz, de regresso a casa, vinha ganhando novas cores. Assegurou-lhe que, se ele quisesse um dia visitar a África do Sul, lhe daria todo o apoio.

Decorreram dois anos. Em 1965, numa manhã de dezembro quente e úmida, Faustino saiu de bicicleta. Tinha por hábito passar pelo correio, onde se demorava tempos à conversa com os antigos colegas. Regressou minutos depois, eufórico, agitando na mão uma carta de Basil. O sul-africano propunha-lhe um bom contrato para tocar em Cape Town durante três meses. Fatita viu-o tão entusiasmado que nem sequer procurou dissuadi-lo. Um mês mais tarde, logo depois do Natal, Faustino Manso embarcou num navio com destino à África do Sul.

*

A casa fica no meio de um enorme terreno maltratado e está rodeada por cinco palmeiras esgalgadas e uma mangueira jovem meio morta de sede. É um belo exemplo de arquitetura colonial: tem uma base em cimento, com elegantes arcadas, sobre a qual assenta uma leve estrutura em madeira, de um verde-esmeralda desbotado. A varanda, larga e fresca, circunda-a por inteiro. Vi edifícios semelhantes nas ilhas do Caribe.

— Não nasci nesta casa. Mudamo-nos para cá quando eu tinha quinze anos. Entretanto engravidei e fui viver com uma tia solteira em Benguela. Voltei depois que o meu pai morreu...

— E a sua mãe? Dava-se bem com Faustino?

— Não, não! Ignorava-o. Fazia de conta que ele não existia. Nunca lhe dirigiu palavra. Cheguei a convencer-me de que realmente não o via...

— Era como se o papá fosse um fantasma — confirma Pitanga. — Um dia entrou na casa de banho enquanto ele estava na banheira. O papá começou a gritar...

Fatita riu.

— É verdade. Já tinha esquecido. Faustino começou a gritar, e eu fui ver o que se passava. A mamã estava tranquilamente a fazer xixi. Disse-lhe: "Mãe, que vergonha, olhe o Faustino!". E ela, encolhendo os ombros: "Faustino? Qual Faustino? Não existe nenhum Faustino!". Era assim o tempo todo.

Lubango, sul de Angola
quarta-feira, 2 de novembro de 2005

Chegamos ontem de manhã ao Lubango. Estamos instalados num apartamento, no centro da cidade, com três quartos, casa de banho, cozinha e uma sala comum. Fica num terceiro andar sem elevador. Nesta manhã, tomamos o mata-bicho no Café Huíla, que fica no térreo do mesmo edifício e pertence também aos donos do apartamento. Parece ser o ponto de encontro da burguesia local. Está quase sempre cheio. Veem-se muitos brancos da terra, aqui chamados chicoronhos, corruptela irônica para "senhor colono". Olham-nos com alguma desconfiança. Não se aproximam.

    Passamos o dia de ontem a visitar os "pontos turísticos" e algumas possíveis locações para o filme: o Grande Hotel da Huíla, o Cristo-Rei, a serpenteante estrada da serra da Leba, a fenda da Tundavala. Jordi tirou muitas fotografias. Estamos a viajar com uma taxista, dona Augusta, que conhecemos logo na saída do aeroporto. O Grande Hotel da Huíla está agora pintado com as cores da Sonangol, vermelho e amarelo, um amarelo aflito, brusco como um tiro, que faz com que todo o edifício se destaque da paisagem urbana. O interior preserva uma certa elegância colonial. As estradas estão em excelente estado. O Cristo-Rei, uma réplica anã e um pouco tosca do magnífico Cristo Redentor, que vela pelo Rio de Janeiro, foi inteiramente recuperado. A partir dele tem-se uma vista geral da cidade. Fomos depois à Tundavala. Estava um céu de tempestade. Enormes flocos de nuvens escuras corriam em alvoroço para nascente. A luz do sol, iluminando-as de través, acentuava-lhes o relevo e o vigor. A estrada abriu-se de repente para uma larguíssima planície inteiramente coberta por enormes pedras cinzentas. O talhe das pedras e sua disposição sugerem uma desordem deliberada, um ato de inteligência, ainda que convulsa, como uma carta escrita por um louco. Só depois surge a fenda. Nenhuma fotografia lhe faz justiça. Sentimos, frente ao abismo repentino, que nos foge a razão. Aquilo não é possível. Todavia, está ali.

Fomos depois à Chibia. Queria mostrar a Karen o Bar da Inês. Fica na rua principal. Não há muitas ruas na Chibia. O proprietário, um senhor já de certa idade, mestiço muito claro, "branco à rasca", segundo dona Augusta, nasceu em Malanje e veio viver na Chibia logo depois da independência. Tem uns olhos de um azul diáfano, quase transparentes. Sportinguista ferrenho, pintou o pequeno espaço de verde e branco e colocou num dos cantos um leão de plástico. Disse-me que se lembrava muito bem da primeira vez que entrei no seu bar, quatro anos antes, acompanhando o escritor Jorge Arrimar, natural da vila, de regresso a casa após trinta anos de ausência. Sentei-me com Karen a uma das mesas.

— Compreendes por que te trouxe aqui...?

Ela não compreendia.

— Este vai ser o Bar da Leopoldina, minha querida, a terceira viúva de Faustino.

Karen balançou a cabeça.

— O bar pode ser este. Mas não vai estar na Chibia, e sim no Namibe. O Namibe é uma cidade costeira. Tem um porto. O nosso homem, não te esqueças, era uma espécie de marinheiro, em cada porto tinha uma mulher.

*

(Conversa com um homem de aspeto humilde, muito embriagado, à saída do Bar da Inês.)

— Mais-velho, peço ajuda, sofro da imagem...

— Sofre da imagem como?

— Sofro da imagem. Quero perguntar ao cientista: será que há outros que sofrem da mesma coisa que eu?

— Não entendo, você sofre exatamente do quê?

— Você fala com a pessoa na parede. A imagem fala contigo.
— Eu não falo com imagens...
— É isso, cientista, eu falo.
— E o que diz a imagem?
— Diz que vai morrer. Mas agora, agora, a voz está a desaparecer. A camisa é tipo cobra que está a andar no corpo. Vocês são cientistas, vocês transmitam, o meu nome é Elídio Cabinda.

(A primeira sereia estava morta)

Um breve cão, cor de areia, passou correndo. Deixou, ao passar, um cheiro forte de pelo molhado e peixe seco. O cheiro parecia ser nele a única coisa concreta. Outros cães, adiante, irromperam das dunas e juntaram-se ao primeiro. Mandume afastou-se em largas passadas, praia afora, num esforço para filmar a matilha. Gritei que tivesse cuidado. Acenou-me com a mão livre. Trazia o tronco nu, um lenço vermelho amarrado à cabeça.

— Não há perigo — assegurou-me Bartolomeu. — Só tem esses cães aqui, e eles não atacam homem...

Baía dos Tigres. Li o livro do Pedro Rosa Mendes. Devia tê-lo trazido. Já não lembro o que escreveu sobre esta antiga povoação de pescadores, hoje morta e enterrada (ou quase enterrada) pelas dunas vivas do deserto. Retive apenas a metáfora. Estamos a fazer a viagem até o Namibe, ou Moçâmedes – que era como se chamava a cidade na época colonial, depois de já se ter chamado também Angra do Negro – numa das traineiras da minha sobrinha. Mateus, o piloto, lançou âncora ao largo da baía dos Tigres e nós descemos a visitar fantasmas. Mandume reapareceu meia hora mais tarde, cansado de andar a correr atrás dos cães. Vinha misterioso.

— Quero mostrar-te uma coisa...

Sentou-se na areia, de costas voltadas contra o sol, de forma a lançar um pouco de sombra sobre a tela do vídeo.

— Estás a ver...?

Ri.

— Boa. Parece mesmo uma das sereias do Fontcuberta...

— Não fui eu que fiz isso, juro-te! Encontrei-o assim.

O fotógrafo espanhol Joan Fontcuberta alcançou notoriedade ao encenar, com muito bom humor, imagens de monstros míticos. Destaca-se na sua coleção uma curiosa série de fósseis de sereias. As imagens que Mandume gravou lembram aquelas: a parte superior do esqueleto de um homem, ou de um macaco, incluindo a caveira, ligada ao que parecem ser as ossadas limpas de um golfinho. A descoberta serviu para animar as hostes. Volta e meia ouço os gritos de Bartolomeu:

— Ali, ali, aos pulos na água, uma sereia!

A princípio, Mandume fingiu que se divertia com a brincadeira. Agora já não ri. Irrita-o a irreverência (por vezes um pouco brutal, reconheço) de Bartolomeu, tudo aquilo que nele, nos gestos, nas gargalhadas, há de insubmisso e desmedido. Abraçou-me. Soprou-me ao ouvido:

— Esse tipo é um ator, está a representar um preto ou aquilo que ele supõe que deva ser um preto. Eu sou preto e não sou assim.

— Talvez tu não sejas preto.

— Achas que não?

— Não sei. Afinal, em que consiste um preto?

*

Pouca Sorte seguiu por terra com a Malembelembe. Deve levar dois ou três dias para chegar ao Namibe. Faremos com ele o resto da viagem. Foi Pitanga quem sugeriu que viéssemos de traineira. Aceitei, curiosa, porque queria experimentar o que sentiu Faustino. O mar talvez ainda seja o mesmo, mas o barco era outro, certamente mais confortável, e a época também. Não tivemos muita sorte. A quatro horas de jornada, o céu escureceu e começou a chover. O vento levantou as ondas. Uivos e silvos e o pesado alvoroço da água a bater contra a madeira. A traineira dançava perigosamente. Se me debruçasse na amurada, via o mar a aproximar-se, ficando quase ao alcance dos meus dedos, e depois a afastar-se, a afastar-se, expondo quase todo o costado da embarcação.

— Ah, não! — suspirou Mandume. — Outra vez a Canjala, não...!
Disse isso e vomitou borda fora. Bartolomeu imitou-o. Eu aguentei-me. Acho que é genético...
... E não, claro, estou a enganar a mim própria. Esqueço-me com frequência de que o meu pai não é o meu pai; digo, que Dário não é o meu pai biológico. O pai de Dário foi capitão da Marinha Mercante. O avô paterno morreu na pesca ao bacalhau. Em Ílhavo, todo mundo tem alguém ligado ao mar. Só agora, enquanto escrevo estas linhas, me ocorre a evidência de que, afinal, não trago nas veias sangue de marinheiros. Uma pena, logo eu que tinha tanto orgulho disso...
E depois, de repente, tudo serenou. O mar confunde-se com o azul do céu. Não sei se navegamos ou voamos.
Talvez voemos.

*

Já se avista terra. Uma lâmina dourada a flutuar no horizonte. O mar acalmou. Deslizamos, como num sonho, sobre a tarde esplêndida. Mandume filma o branco casario ao longe. Bartolomeu grita:
— Namibeeeeeeeee...!
O velho Mateus sorri. Um sorriso manso. Quente como um abraço.
— Boa terra, Moçâmedes. Nasci aqui.

(O silêncio dos jogadores de xadrez)

O silêncio.
Não, os silêncios.
Poderia escrever um breve ensaio sobre o silêncio. Ou, antes, um catálogo de silêncios para a boa ilustração dos surdos:[2]

O silêncio que precede as emboscadas;
O silêncio no instante do pênalti;
O silêncio de uma marcha fúnebre;
O silêncio dos girassóis;
O silêncio de Deus depois dos massacres;
O silêncio de uma baleia agonizando na praia;
O silêncio das manhãs de domingo numa pequena aldeia do interior do Alentejo;
O silêncio da picareta que matou Trótski;
O silêncio da noiva antes do sim
Etc.

Há silêncios plácidos e outros convulsos. Silêncios alegres e outros dramáticos. Há aqueles que cheiram a incenso e os que tresandam a estrume. Há os que sabem intensamente a goiabas maduras;

---

2. Supondo que quem viva em pleno silêncio não saiba em que consiste o silêncio. Um cego sabe em que consiste a escuridão?

os que se guardam no bolso interior do casaco, juntamente com a fotografia do filho morto; os que andam nus pelas ruas; os silêncios arrogantes e os que pedem esmola.

O silêncio dos jogadores de xadrez distingue-se de qualquer outro. Aqueles dois à minha frente, adversários improváveis, produzem juntos um silêncio que eu reconheço de salões muito diversos deste que agora partilhamos. O primeiro jogador tem uma enorme cabeça de abóbora, afogueada pelo sol, e traz o pouco cabelo que lhe resta disposto em rubras tranças rebeldes, à solta pelos ombros. O segundo poderia ganhar a vida como modelo para turistas em busca de típicas figuras africanas, não fosse o fato de, nesta cidade meio abandonada, serem raros os visitantes: é um mucubal. É-o não como eu sou portuguesa, entenda-se, mas como é português um pauliteiro de Miranda vestido a rigor para um festival de folclore. Na verdade, existe uma diferença: o pauliteiro de Miranda não é um pauliteiro, está pauliteiro durante o tempo em que permanece no palco; depois, despe os trajes típicos e os substitui por uma calça de ganga e uma T-shirt com a cara do Bob Marley ou do Che Guevara. Numa ocasião, em Santiago do Chile, filmei um sem-teto que se vestia de índio mapuche. Trazia, inclusive, uma placa ao peito: "Índio autêntico. Made in Chile". Ao homem diante de mim só falta a placa. É alto, elegante, de ombros largos, feições bem desenhadas, costeletas compridas como um cantor de rock dos anos 1970. O cabelo está coberto por um lenço colorido, e traz à cintura uma espécie de tanga, também de pano. Dois colares de missangas, num dos quais está preso um alfinete-d'ama, chamam atenção (chamaram a minha) para o sólido pescoço e o peitoral forte. Cumprimentou-nos, quando chegamos, num português sem mácula. Perguntou a Bartolomeu se o Sporting havia ganho. Ficou feliz com a resposta:

– Grande Sporting!

Neste lugar, pelo visto, são todos adeptos do Sporting. O Bar da Leopoldina está pintado de verde e branco. Num dos cantos, preso à parede, numa espécie de altar, entre velas acesas, dei com um gato empalhado pintado de verde. "O que quer?", retorquiu o mucubal ao reparar meu espanto: "Foi o leão que se pode arranjar".

O mucubal fala com o companheiro num idioma seco e sibilante, que a mim parece russo. Victória, filha da terceira mulher do meu pai, serve mais duas cervejas aos jogadores. Peço-lhe três para nós. Pergunto-lhe:

— Estão a falar russo?

Acena que sim com a cabeça, cara fechada. Não foi difícil descobrir o Bar da Leopoldina. Ainda antes de aqui chegarmos, alguém nos preveniu de que Leopoldina falecera. Victória, a filha mais nova, gerencia o estabelecimento. Recebe-nos com simpatia, mas, assim que digo o meu nome e ao que venho, o sorriso desaparece.

— Não conheci o seu pai. Não me lembro dele. Abandonou-nos eu ainda não tinha nascido. Nunca o quis conhecer.

Vou ter de me esforçar para conseguir que fale comigo.

*

O ruivo chama-se Nicolau Alicerces Peshkov. O avô serviu a Nicolau II como oficial de cavalaria. Fugiu para Paris após a Revolução de Outubro e de Paris foi para Luanda, como um barco arrastado por uma tempestade vai parar a uma ilha sem nome, e lá se sentou para descansar e lamber as feridas. Casou-se com uma alemã, da Namíbia, montou um estúdio de fotografia e teve um único filho, ao qual deu o nome do último czar. O rapaz continuou o negócio do pai. Interessou-se também por cinema e, em meados do século passado, mudou-se para Benguela, alugando uma sala para exibir filmes. Infelizmente bebia muito, jogava, tinha certa propensão a amores infelizes. Morreu nos braços do filho mais velho, Nicolau II, o ruivo, deixando-lhe como única herança uma máquina de projetar e meia dúzia de películas em muito mau estado. Nicolau ganhou a vida, durante alguns anos, antes e depois da independência, a exibir clássicos do cinema, em preto e branco, nos bairros pobres de Lobito, Benguela, Namibe e Lubango e em aldeias de camponeses, ao longo da ferrovia. Foi derrotado pela televisão e depois pelo vídeo. Para conseguir um público interessado, viu-se forçado a procurar locais cada vez mais remotos. Desloca-se de bicicleta, sempre acompanhado por um adolescente magro, tímido, chamado James Dean. Posso vê-lo daqui, o miúdo James, sentado lá fora, à sombra de um muro, lendo um livro. Eu quis saber qual o seu verdadeiro nome. Olhou-me com estranheza.

— O meu nome autêntico é James, madrinha. James Dean.

Mostrou-me o bilhete de identidade. Chama-se de fato James Dean, raça negra, nascido no Lobito a 4 de julho de 1990. Nicolau II e James Dean conhecem bem o deserto. Percorrem-no de bicicleta. Detêm-se em qualquer acampamento de pastores, prendem um lençol a uma parede, ou a duas árvores grandes na ausência de uma parede; preparam o projetor e passam o filme. James Dean pedala a sessão inteira para produzir eletricidade.

— Numa noite sem lua, não há melhor sala de cinema — assegurou-me Nicolau, convicto. — Além disso, o filme é muito bom.

O filme é uma colagem, meio aleatória, de fotogramas. Nicolau montou-o, com uma paciência de santo, a partir do que sobrou dos filmes do pai: *A rainha africana*, *Casablanca*, *Vertigo*, *Há lodo no cais* e, naturalmente, *Fúria de viver*.

O seu companheiro de xadrez, "pode chamar-me João", foi raptado pelas Forças Armadas angolanas quando tinha doze ou treze anos. Aprendeu a disparar uma arma ao mesmo tempo que aprendia a falar português. Mais tarde, passou quinze meses em Moscou, estudando técnicas de persuasão, seja lá o que isso for (prefiro não saber), e saiu de lá fluente em russo. Desmobilizado em 1998, regressou a casa, ao deserto, e voltou a ser um simples pastor. "Um simples pastor" é expressão dele. "Técnicas de persuasão" também, claro. Sempre que vem ao Namibe, passa pelo Bar da Leopoldina para jogar xadrez com Nicolau II. Dá-lhe aulas de russo. O outro dá-lhe aulas sobre história do cinema.

*

(Fragmentos da entrevista com Victória Manso)

"Eu: Sua mãe costumava falar-vos de Faustino Manso?

V. M.: Não. Nunca penso nele como sendo o meu pai. Abandonou-nos antes de eu nascer. Depois a mãe teve outros maridos. Esse senhor não nos procurou nem depois que regressou a Angola. Julga que alguma vez ajudou a minha mãe? Nada. Nada de nada. Quando penso nele, o que sinto é muita raiva no coração.

Eu: Sabe como foi que a sua mãe conheceu o Faustino Manso?

V. M.: Sei o que dizem, que ele raptou a mãe. Roubou-a de seu povo. Levou-a para Sá da Bandeira. Ela trabalhava para ele.

Eu: Você conhece a família do lado da sua mãe?

V. M.: São mucubais.

Eu: Sim. Você os conhece?

V. M.: Não. Eles têm lá a vida deles. Nós temos a nossa.

[...]

Eu: Já alguma vez foi a Luanda?

V. M.: Não. Fui a Oshakati.

[...]

Eu: Quando Faustino saiu do Lobito, tinha como destino Cape Town. Sabe por que ficou aqui?

V. M.: Ele não ficou aqui. O cabrão deixou-nos, foi embora...

Eu: Ficou três anos...

V. M.: Sim, ficou três anos... Não, não sei por quê. Não quero saber. Pergunte ao meu irmão, o Babaera. Encontra-o no Lubango. Vá até lá e pergunte-lhe."

(Um herói à beira da estrada)

A Malembelembe galgava num concentrado esforço a serra da Leba. Mandume instalara-se, com a câmara de vídeo, junto a uma das janelas. Mostrava-se pela primeira vez entusiasmado com a paisagem.

— Grandes curvas!

— Grandes curvas! — concordou Pouca Sorte. — Esta estrada tem mais curvas que uma bela mulher.

Os rapazes riram. Bartolomeu deu-lhe um tapa nas costas.

— Tu acreditas na fidelidade, mano?

— Eu? Eu, não! Não acredito que um homem possa gostar de uma única mulher a vida inteira.

— Ouviste, tia? Essa é a perspectiva de um verdadeiro africano. Quanto a mim, acho que um homem que gosta de uma única mulher é porque não gosta de nenhuma. Não há homens fiéis, o que há são homens que não conseguem ser infiéis. Ouvi dizer que entre os mamíferos só as baleias são monogâmicas...

— Nem as baleias! — disse Pouca Sorte. — O que se passa é que são bichos bastante discretos.

Riram os três. Depois disso, fez-se silêncio. Mandume distraído a filmar a paisagem. Bartolomeu subitamente sombrio; a determinada altura pediu para Pouca Sorte encostar a carrinha. Saiu para a luz forte da tarde. Acompanhei-o. Ele abriu caminho entre o capim alto, dourado, até encontrar uma pequena cruz de pedra. Na base da cruz, havia uma placa em mármore. Li: "Aqui caiu Bernardo Falcato em defesa da pátria.

Repousa em paz, comandante".

Bartolomeu encarou-me.

— Era o meu pai. Tinha lágrimas nos olhos. Em 1975, no início da guerra civil, Bernardo Falcato, então jovem estudante de medicina, feito às pressas comandante das Fapla, tentou deter uma coluna blindada sul-africana. Acompanhavam-no cinco guerreiros mucubais. Quando acabaram suas balas, jogou fora a arma e desceu a estrada, de peito aberto, ao encontro de uma morte horrível.

— Já ninguém se lembra dele.

Bartolomeu enxugou as lágrimas com as costas da mão direita. Abracei-o, com força, sem saber como o confortar. Mandume apareceu nessa altura segurando a câmara de vídeo.

— Posso saber o que se passa? — Sua voz tremia. — Este tipo está a aborrecer-te?!

Veio-me uma vontade de lhe bater. Gritei-lhe:

— Cala-te, estúpido!

Nunca o tinha chamado de estúpido. Mas o pior foi o tom com que disse aquilo, uma lâmina de gelo que me cortou os lábios. Mandume olhou para mim, espantado, deu-me as costas e afastou-se. Há pouco, aqui no hotel, pedi-lhe desculpa. Expliquei-lhe o sucedido. Não adiantou muito. Sinto que nos estamos a afastar.

*

Houve um tempo em que o Lubango se orgulhava de possuir a maior piscina do mundo. Se nunca foi a maior do mundo, deve ter sido por pouco. Hoje, mesmo vazia, preserva a imensidade e continua a espantar os visitantes. Cerca-a um silêncio de árvores desencontradas. Ciprestes agudos estão espetados no chão, aqui e ali, ao lado de mangueiras redondas e frondosas. Logo atrás distinguem-se manchas de eucaliptos, depois pinheiros. Lembra-me um grande aeroporto internacional onde todas as raças estão juntas, acidentalmente, mas decididas a não se misturar.

Sobe-se uma escadaria de pedra e dá-se com um elegante edifício pintado de suave cor-de-rosa e branco: o Casino do Lubango. O coronel

Babaera, o irmão mais velho de Victória, esperava-nos à entrada. Um urso barbudo. Simpatizei imediatamente com ele. Foi como se o conhecesse desde sempre.

— Maninha?! Se me tivesses prevenido da tua chegada, e já agora da tua existência, tinha mandado matar um boi...

Babaera levou-nos no seu carro, um Hummer preto, para uma vivenda ampla, bonita, meio escondida atrás de um jardim muito bem cuidado. O muro é baixo, como o de quase todas as restantes vivendas na cidade, o que foi para mim uma boa surpresa. Em Luanda senti algumas vezes que me faltava ar, enquanto tentava encontrar um pouco de verde, um pouco mais de azul, correndo entre um confuso labirinto de muros altos. Aqui respira-se. O ar fresco e limpo faz bem, como um banho de mangueira que nos lava a alma.

— Luanda?! — Babaera riu quando lhe falei do meu desconforto. — A cidade capital é um horror, maninha. Primeiro Deus criou Angola, a seguir veio o Diabo e criou Luanda.

Babaera tinha apenas três anos quando Faustino partiu. Contudo, fala dele com admiração. Diz que o salvou de ser um simples pastor de bois. Guarda com carinho mão-cheia de lembranças, os passeios, à tardinha, de mãos dadas, o pai dando um nome ao canto dos pássaros, ensinando-lhe a atirar um pião, tocando piano com ele ao colo, falando na rua com as pessoas. Conhecia toda a gente.

— Vou te mostrar um tesouro, maninha...

Mostrou-me uma coleção de discos de Faustino que foi adquirindo, em diferentes países, ao longo de muitos anos: doze singles e três LPs. Falta-lhe apenas um single, raro, gravado na África do Sul. Um dos LPs tem, na capa, a imagem de uma jovem mucubal, alta e magra, diante da Fenda da Tundavala.

— Apresento-lhe a senhora minha mãe, dona Leopoldina...

Babaera tem três filhas, Muxima, Rosa Maria e Belita, e todas elas herdaram a postura altiva da avó. As duas últimas são gêmeas. Muxima, engenheira agrônoma, já casada, jogou na seleção nacional de basquete. Tem um metro e oitenta. Rosa Maria e Belita são miniaturas quase exatas da irmã, embora com a pele mais clara e o cabelo mais liso. Estudam gestão hoteleira em Cape Town. Vieram passar alguns dias de férias. Arrastaram Bartolomeu para a cozinha, demonstrando excessivo entusiasmo pelo primo (o que me irritou um pouco), e, ao fim de meia hora, serviram-nos um caldo de peixe que foi um dos melhores pratos que comi em toda a vida.

Após o almoço, Babaera levou-nos para uma pequena sala, com cadeiras dispostas de frente para uma enorme televisão de tela plana. Ligou o aparelho e colocou um DVD. Baixou as luzes.

— O que vão ver agora é um filme amador. Comprei-o de um comerciante português, em Lisboa, há meia dúzia de anos. Depois mandei passá-lo para DVD. Foi filmado junto à Tundavala, em 1957, provavelmente em dezembro...

Grão amarelo. Um céu com rasgões, súbitos fulgores. Pedras escuras, altas e rugosas, lançadas sobre um chão plano. Um caminho desenhando-se, como um labirinto, entre as pedras. E depois, ascendendo pela esquerda, uma bicicleta. Um homem, numa bicicleta, carregando um contrabaixo. A imagem salta. Veem-se três casais sentados no chão, em poses descontraídas, ao redor de uma toalha com pratos e comida. Comem. Riem. A imagem salta de novo. O que se vê agora é um homem esguio abraçado a um contrabaixo. O homem está sentado sobre uma das estranhas pedras negras que surgem no início do filme. Ao fundo, como num quadro, um escuro céu de tempestade. O homem toca. Não se escuta o que ele toca. O filme não tem som.

Parece uma imagem roubada de um sonho.

*

(Fragmentos de uma entrevista com o coronel Babaera Manso)

"Eu: Victória disse-me que talvez você soubesse por que motivo Faustino permaneceu três anos entre Moçâmedes e Sá da Bandeira em vez de seguir logo para Cape Town, como inicialmente pretendia...

B. M.: Por causa de uma mulher. Por que havia de ser? Uma senhora portuguesa que conheceu no navio. A senhora em causa era casada com um próspero fazendeiro, radicado aqui, no Lubango, mas passava grandes temporadas em Lisboa e em Luanda. O paizinho apaixonou-se por essa mulher e, ao invés de seguir viagem, decidiu esperar pelo próximo navio. Pretendia ficar no máximo três semanas. Acabou ficando três anos.

Eu: Como descobriu isso?

B. M.: O paizinho contou-me...

Eu: Contou-lhe?! Quando?

B. M.: Em Luanda. Eu convivi com ele em Luanda, já depois da independência, claro, durante todo o tempo em que prestei serviço na capital. Costumávamos almoçar na velha Biker, conhece? É uma velha cervejaria muito bonita, em frente ao *Jornal de Angola*, acho que já fechou. Vi-o pela última vez há uns cinco ou seis anos. Falamos muito sobre música, sobre viagens, sobre mulheres. Fomos bons amigos.

Eu: E a senhora portuguesa por quem Faustino se apaixonou?

B. M.: Ela se chamava Perpétua. O marido descobriu que os dois tinham um caso, interceptou uma carta do pai para dona Perpétua e fez a coisa mais estúpida que um homem pode fazer em circunstâncias semelhantes: matou-se! Enfiou uma bala na cabeça. Isso foi três ou quatro meses após o pai desembarcar em Moçâmedes, mas suponho que ninguém percebeu a coincidência, ninguém compreendeu o gesto do pobre homem. Dona Perpétua, essa, vendeu a fazenda e nunca mais se soube nada dela. Entretanto, apareceu a minha mãe, e o pai apaixonou-se por ela. Ele apaixonava-se com muita facilidade.

Eu: E por que foi embora?

B. M.: Basil du Toit, o amigo que o tinha convidado a ir para Cape Town, voltou a insistir. Então o pai fez as malas e foi embora...

Eu: Presumo que em Cape Town terá encontrado outra mulher...

B. M.: Naturalmente. Seretha du Toit, a irmã mais nova do Basil...

Eu: Uma bôer?!

B. M.: Uma mulher branca, loira, e isso em pleno processo de afirmação do apartheid. O pai era um homem corajoso. Seretha tinha apenas vinte anos. Vi fotografias dela, muito bonita. Coreógrafa. Hoje é uma pessoa conhecida. Muito respeitada.

Eu: Tem o contato dela?

B. M.: Não. Mas não deve ser difícil encontrá-la. Já disse, Seretha é uma figura pública. Esteve presa no tempo do apartheid. Hoje dirige um grupo de dança contemporânea. O nosso pai correspondeu-se com ela durante muitos anos."

(O segredo de Albino Amador)

Aqui, em Luanda, há dias passou por mim um candongueiro chinês.
Isto: chinês!
Um homenzinho magro, nervoso, de olhos afiados. Atirou-se adiante, num salto cego, como um peru bêbado depois de lhe cortarem a cabeça. Travei, desequilibrando uma quitandeira gorda, sentada ao meu lado, cabrito ao colo. O bicho bateu com os chifres no tablier, coitado. Achei mal. Gritei para o chinês:
— Cuidado!
Apenas isto: cuidado. Eu nunca praguejo. Tive (graças a Deus!) uma educação primorosa. Então o homem enfiou a cabeça pela janela e guinchou:
— Volta pro Congo, Langa!
Juro por Deus! A mim, Albino Amador, luandense puro, quase muxiluanda. Nasci no Bairro Operário, mas o meu pai era natural da Ilha. Voltando ao chinês, trago o episódio à discussão para vos mostrar que isto de ser candongueiro é atividade lucrativa, que interessa a todos, e tanto que mesmo um emigrante recém-chegado ao país se arrisca a conduzir pelo trânsito infernal de Luanda. Já dava muito dinheiro mesmo nos tempos difíceis do socialismo. Não admira que tivesse havido até ministros, e não foram poucos, a colocar veículos no processo. Hoje também deve haver, além de atores, artistas, engenheiros, comerciantes etc.; ou seja, muitos outros. Eu, porém, nem sempre fui candongueiro. Houve uma época em que tive um futuro, um bom

futuro, como os melhores entre os melhores. A minha velha mãe falava de mim com orgulho, mostrava às amigas a fotografia de quando entrei no seminário, dizia:

— Este meu filho vai chegar longe.

Podia ter sido assim. Por vezes adormeço e sonho com isso. Vejo-me bispo, cardeal. Porém, o homem põe e Deus indispõe-se.

Deus, Deus, Deus! Tiremos Deus da boca. Estou cansado de Deus: Xô, Deus! Xô, Deus!

Ele que se ocupe dos monstros marinhos e de todos os seres viventes que se arrastam, os quais as águas produzem abundantemente segundo as espécies, e que se ocupe das aves que voam e dos abundantes cardumes de seres viventes, e com isso abandone para sempre o meu pensamento, como abandonou miseravelmente a minha vida. Xô, Deus! Xô, Deus!

Eu mesmo pus, com a mão direita, e com a esquerda retirei.

Tenciono contar-vos a verdade. Mas não já. Peço-vos paciência.

Antes do escândalo (de que não quero falar agora), fui um homem feliz. Ainda sou, a intervalos, nos momentos em que me esqueço. Acontece-me isto: estou sozinho na estrada, eu e a Malembelembe, o grande silêncio da natureza ao redor, e dou por mim a cantar. Ao volante de um candongueiro, conhecem-se, por vezes, pessoas interessantes, e eu gosto de viajar. Esse serviço, por exemplo, com os cineastas, foi um presente dos céus. O jovem casal português é simpático. Já o miúdo angolano me exaspera um pouco, confesso, com aquela propensão ao exagero e o constante louvor e exaltação da mulatagem. Não tenho a menor simpatia por mulatos. Porém, sabe contar estórias e faz-nos rir a todos. A moça, Laurentina, está caída por ele, coitada, vai sofrer um pouco.

Canyon, sul de Angola
quinta-feira, 3 de novembro de 2005

18h – Resta-me pouca luz para escrever. Voltei há instantes para o jipe. Ouço Karen tocar "Muxima". O grave choro do saxofone ecoa longamente nas altas muralhas de terra. "Muxima", canção tradicional, popularizada primeiro pelo grupo N'Gola Ritmos, de Liceu Vieira Dias, e depois numa interpretação um pouco diferente, bilíngue, pelo Duo Ouro Negro, significa "coração", em quimbundo. A canção faz referência à Igreja de Nossa Senhora da Muxima, na margem esquerda do rio Quanza, a uns cento e quarenta quilômetros de Luanda. Reza a lenda que a igreja surgiu milagrosamente, de um instante para o outro, algures na primeira metade do século XVII.

Não sei como se chama este lugar.

O Canyon.

Chamou-lhe Johan.

Johan tem vinte e três anos. Parece ter pelo menos trinta e cinco. Olhos verdes, frios. Faz-me lembrar Joaquin Phoenix no papel de Commodus, em *O gladiador*, sem a armadura, naturalmente, e sem o lábio leporino. Confessa ser o "maluco da família". Fala português com o sotaque e os mesmos alegres percalços de um camponês angolano. O pai, sul-africano, veio para Angola há uns quinze anos à procura de diamantes – isso contou-me o próprio. Não encontrou diamantes e montou uma fábrica de farinha de peixe na antiga vila de Porto Alexandre, hoje Tombua. Após perder a fábrica, na sequência de um complicado processo judicial, ergueu meia dúzia de barracões a poucos quilômetros de Moçâmedes – o Paraíso Lodge. Johan cresceu por aqui. Estudou no Canadá e regressou. Tem-se revelado um excepcional motorista.

O Canyon: um desfiladeiro que corre paralelo à costa. Lá ao fundo, onde neste exato momento Karen executa o seu concerto íntimo, inteiramente vestida de branco, como uma fada *new age*, os paredões de terra recortam no céu a imagem de África.

Vi sobre uma pedra um escorpião morto. Tinha pelo menos quinze centímetros de comprimento. Estava espalmado e seco, mas mesmo assim dava medo. Johan disse-me que o pai foi mordido, neste mesmo local, por uma cobra. Ele e o pai andam descalços. Um dia, há muitos anos, entrevistei um empresário bôer. Contou-me que nascera no seio de uma família muito pobre. O pai fora a primeira pessoa na família a calçar sapatos. Segundo ele, o apartheid permitiu aos bôeres calçar toda a tribo. Presumo que em alguns deles persista uma espécie perversa de nostalgia do tempo em que não usavam sapatos.

*

20h – Estou agora na sala de jantar do Paraíso Lodge. Um homem gordo e calvo toca guitarra e canta em africânder. A vida inteira pensei que não pudesse existir no mundo inteiro nada pior que música country. Afinal existe: country cantado em africânder. Há mais um casal de bôeres, que trabalham aqui, e dois adolescentes. Todos eles parecem muito animados com a atuação do homem gordo. Assalta-me uma sensação incômoda: sinto-me muitíssimo estrangeiro. Estou em Angola e sinto-me estrangeiro. Nas paredes, há cartazes com imagens de peixes e fotografias de pescadores carregando, orgulhosos, os respetivos troféus.

(Lugar e identidade)

Eu não sou daqui. Eu não sou daqui. Eu não sou daqui. Repito isso em silêncio ao longo do dia.

Acho que as pessoas me escutam, escutam o que penso, porque me olham de forma estranha, um pouco de lado, como uma ave avaliando um predador. Algumas perguntam:

— Não é angolano, não?

Outras não perguntam nada. Digo-lhes, na mesma:

— Sou português!

A reação varia. Um ou outro sorri:

— Eu sou Sporting.

Ou Porto, ou Benfica, tanto faz. Um velho quis saber o que era feito do Eusébio, o Pantera Negra. Outro retorquiu, sério:

— Eu também fui, amigo. Depois cresci e passou-me.

Uma vez contrataram-me para filmar um documentário sobre os grupos de extrema direita em Portugal. Em determinada altura, tínhamos de registrar uma manifestação em Lisboa contra os imigrantes. Maria, a diretora, uma mulher seca e áspera, mas cuja frieza esconde um coração enorme, deu-me instruções para que eu me colocasse diante dos manifestantes, esperando depois que eles me envolvessem e passassem. Contei uns cinquenta jovens, quase todos musculosos, muitos de cabeça rapada, com caveiras e suásticas tatuadas nos braços. A maioria vestia T-shirts negras. Nelas podia ler-se: "A coisa aqui está preta". Não senti medo nem sequer me apercebi que houvesse perigo, a não ser quando já era demasiado tarde. Subitamente um dos rapazes espetou-se diante de mim aos gritos:

— Preto! Preto! Volta para a tua terra, preto!

— Filma! — ordenou-me a realizadora pelo ponto eletrônico. — Filma! Não pares de filmar.

Cerrei os dentes e fiz o que ela me mandava. Hoje, revendo o que se passou, creio que foi a atitude certa. Um sujeito plácido, de bigode e cavanhaque, abraçou o rapaz, disse-lhe alguma coisa ao ouvido e afastou-se com ele. Os outros me ignoraram. Quando os vi pelas costas, comecei a tremer. Tremia tanto que não conseguia suster-me de pé. Tive de pousar a câmara e sentar-me no passeio. Maria veio ter comigo, aflita.

— Estás bem?

Senti que as fúrias tomavam conta de mim.

— Sai daqui! — gritei-lhe. — Sai já daqui ou te enfio porrada...!

As fúrias, sim, Alecto, Megera e Tisífone, as antigas fúrias dos infernos, senti que baixavam sobre mim e me dominavam, com o seu calor atroz, o seu cheiro azedo, o áspero açoite das vozes em cólera. Levantei-me e chutei a câmara com força. Foi um bom pontapé. Manquei durante uma semana, mas me acalmou. As fúrias foram embora, e sobrou uma tristeza imensa. Voltei a sentar-me e chorei. Maria sentou-se ao lado. Limpou-me as lágrimas com um lenço de papel. Disse-me:

— Tenho perdido muitas lutas ao longo da vida, algumas importantes, mas há uma que sei que vou ganhar. É como se já a tivesse ganho... Sabes qual é? A luta para fazer com que este país volte a ser, como foi durante séculos, um lugar de encontros e misturas. Aqueles tipos nem sequer podemos considerar inimigos, são um erro, uma aberração, como uma ave sem asas...

Ri.

— Um arco-íris em tons cinzentos.

— Nem mais! Um rouxinol mudo...

— Uma ovelha carnívora...

— Um fadista feliz!

— Um fotógrafo cego!

— Ah, fotógrafos cegos existem realmente! — Riu-se. — Conheço um francês de origem eslovena chamado Evgen Bavcar. Cego dos dois olhos. E é bastante bom...

Isso tornou-se, entre nós, uma espécie de jogo. Continuamos a jogá--lo sempre que nos reencontramos. Lembrei-me dos cabeças rapadas quando, há pouco, no meio de uma violenta discussão sobre qualidades e defeitos dos portugueses, Bartolomeu quis saber se eu nunca fora vítima de algum tipo de violência racista em Portugal. Disse-lhe que não, sem pensar, e logo a seguir lembrei-me do rapaz. Corrigi:

— Fui, sim. Tens razão...

— Yá! — gritou Bartolomeu, triunfante. — Já vês, todos uns racistas, os tugas!

— Ó, sim, todos!

— Ok, todos não, evidentemente. Mas nunca vão te tratar como se fosses realmente português.

— Eu sou realmente português.

— Deixa-te de merdas. Tu és um angolano nascido em Portugal...

— Não! Eu não sou daqui.

(Eu não sou daqui. Eu não sou daqui. Eu não sou daqui.)

— E quando cantas o hino nacional, "os nossos egrégios avós" etc., o que é que sentes? Os teus avós eram angolanos, caramba! Não foram de certeza os egrégios, quem quer que os egrégios tenham sido.

— E o que é que tu sentes ao cantar o teu hino nacional? "Angola, avante! Revolução, pelo poder popular! Pátria unida, liberdade, um só povo, uma só nação!" O que é tu sentes? Sentes-te mais angolano ou sentes-te mais marxista, quem quer que os marxistas tenham sido?

— Olha, muadié, sabes que mais? Desisto. Fica lá com o teu erro...

Erros! Ah, sim, eu entendo de erros. Um arco-íris em tons cinzentos. Um rouxinol mudo. Uma ovelha carnívora. Um fadista feliz.

*

(O segredo dos camaleões)

Estou sozinho na sala de refeições, um simples terraço, em madeira, com vista para o mar. No caminho que dá acesso ao conjunto de barracões que constituem The Chameleons Secret, passa-se por um arco formado por duas enormes costelas de baleia. Outras ossadas de baleia estão dispostas ao longo do trajeto, juntamente com gigantescas carapaças de tartarugas.

Acho assustador.

Daqui posso ver também os outros barracões. Conto cinco, tristes e órfãos como as ossadas das baleias. Uma espécie de desalento, lento, insidioso, ascende deles a mim. Não consigo perceber o que levou Andries a erguer aqui um tal cenário.

— Recebemos muitos visitantes — assegurou-me Brand, fingindo (mal) um entusiasmo que tudo em redor desmente. — Pescadores. Vêm muitos pescadores da África do Sul e da Namíbia. Aqui nestas águas, meu parente, dá bué de peixe.

Não gosto dele. Disse isso a Lau, que se ofendeu. Ofende-se com qualquer coisa que lhe diga. O fato é que não simpatizo com Brand. Tem olhos verdes, gelados, e o lábio leporino dá-lhe uma expressão de permanente desdém. Pesaram os argumentos de Bartolomeu: precisamos de um bom guia para chegar à fronteira, no Ruacaná; além disso, não convém fazer a viagem num único carro. Combinamos, então, de dormir nesta noite na pousada dos sul-africanos, The Chameleons Secret, ou o segredo dos camaleões. Amanhã de manhã, Brand vai levar dois hóspedes de regresso a casa, em Cape Town. Nós seguimos atrás do jipe dele.

Laurentina achou melhor ficarmos todos juntos, eu, ela, Bartolomeu e Pouca Sorte, pois cada barracão dispõe de quatro camas. Assim, diz, poupamos algum dinheiro. Está a fugir de mim. Fugir. Escrevo a palavra outra vez. Escrevo-a devagar. Olho-a como se olha uma pedra. É uma palavra escura, rugosa, que me pesa nas mãos. Laurentina não foge, desliza, como um peixe, para longe de mim. Falo, e não me escuta.

— Ouviste o que te disse?

— Claro que ouvi. Não sejas chato...

— O que foi que eu disse?

— Estás a ser estúpido. Recuso-me a entrar nesse jogo.

Recua quando a toco. Insisto. Toco de leve em seu cabelo enquanto dorme. O meu amor tem uma cabeleira forte e lisa. Afundo devagar os dedos nela, até a raiz, e aí é suave e densa. Cheiro-lhe o cabelo, cheiro-lhe a nuca, e ela suspira. Fala, enquanto dorme, numa língua que não compreendo. Fico acordado a vê-la dormir. Tem sido assim nessas últimas noites. Adormeço exausto, quando a primeira luz se acende nos lençóis. Ela me acorda.

— Andaste a fazer o que durante a noite? Estás com olheiras...
O que posso responder?
Vigio-te, amor. Vejo os sonhos a deslizarem-te pelas pálpebras num voo ligeiro. Passeio a ponta dos dedos pelas tuas costas, da leve penugem da nuca ao fundo, lá onde a carne se alteia firme e orgulhosa. Laurentina costuma contar que um dia, na faculdade, uma professora lhe perguntou se ela não tinha por acaso um lado africano. "Por acaso tenho", retorquiu ela. "É onde me sento."

Nesta noite dormiremos em camas separadas.

Espinheira, sul de Angola
sexta-feira, 4 de novembro de 2005

Acampamos no mato, em pleno Parque do Iona, num lugar chamado Espinheira. Está nos mapas (ao menos nos melhores). Assim:

*

Espinheira

Nada ao redor, nenhum outro nome, ainda que, como este, fictício. Dez minúsculas letras em preto sobre a desolada superfície ocre do papel. A realidade é ainda mais despojada: há umas ruínas muito limpas, tudo o que resta de duas casas e de um depósito de água. Paredes de latão, sem portas e sem o vidro das janelas, pintadas de cor de laranja. A pintura parece nova. Não há sinais do teto. Em volta, o que o nome afirma: arbustos espinhosos. Uma ou outra acácia solitária. Montanhas ao longe.

Penso: *Este lugar cabe no nome.*

Sento-me encostado a uma das paredes enquanto o sol investe contra o horizonte. Um momento cartão-postal. O céu ganha cores incríveis. Grito a Jordi, só para irritá-lo, que vá buscar a máquina fotográfica. Atravessamos hoje muitos outros cartões-postais que ele se recusou, horrorizado, a fotografar. Agradou-me sobretudo o percurso junto ao mar, correndo pela praia, com grandes dunas à esquerda. Vimos dezenas de focas, bandos de flamingos, carcaças enormes de tartarugas.

Johan montou uma pequena tenda para mim e para Karen. Jordi prefere dormir ao relento, juntamente com os bôeres. Quer ver as estrelas. Há pouco, ao redor da fogueira, Harry, um sujeito gordo, de meia-idade, que nos acompanha em seu carro desde o Namibe, explicou que as crianças bôeres são educadas com grande rigor, no respeito pelos mais velhos, porque é a única forma de assegurar que vão sobreviver num território hostil: África. Não respondi, mas fiquei a pensar nas palavras dele.

Nasci em 1960 e, durante a maior parte da vida, até recentemente, vivi e vi de perto, enquanto jornalista, a guerra em Angola. Bati-me contra a intolerância política e sofri por isso (milhares de outros, evidentemente, sofreram muito mais). Todavia, não penso no meu país como um território hostil. Quando olho para trás, para a minha infância, recordo-me primeiro é da liberdade. Tudo era (e é!) imenso. Lembro-me do meu pai me acordar de madrugada, aos domingos, para caçar com ele. Nunca gostei de caçar. Eu gostava era da sensação de atravessar as longas estradas desertas, pela bruma iluminada da manhã, com o cheiro de terra molhada e pelo de cão. Uma vez alguém perguntou ao escritor e jornalista polaco Ryszard Kapuscinski o que mais o impressionara de África. Kapuscinski não hesitou: "A luz!". É isto: onde uns veem luz, outros apenas distinguem sombras. Os que veem sombras constroem muros para se proteger. Tendem a ser fanáticos construtores de muros.

Oncócua, sul de Angola
sábado, 5 de novembro de 2005

Levantei-me cedo. Estranhei, ao longo da noite, o vasto silêncio. Imaginei que, no meio do mato, a chegada das sombras fosse acompanhada por uma infinidade de minúsculos ruídos: o piar de alguma coruja, o arrastar de uma cobra entre o capim, o ranger dos ramos, o farfalhar do vento na copa das árvores, grilos.

Mas não, nada. Nada de nada.

Apenas um silêncio sem fundo. As estrelas caladas no escuro abismo.

Lembro-me de ter ouvido velhos caçadores falarem de Espinheira como um local vibrante. Afirmam que por aqui corriam cudos, olongos, zebras-de-montanha, cabras-de-leque. Há até quem jure ter visto rinocerontes-negros. A mim o que mais perturba é a aparente ausência de aves e até de insetos. Consigo compreender que a guerra, e a caça sem normas, sem limites, tenham afastado os animais de grande porte.

Mas as aves?

Demos boleia a uma senhora, Avelina, ferida num pé. Mal dissemos que ela podia entrar no carro, o marido e mais uns tantos parentes apareceram com mil e uma trouxas que começaram imediatamente a dispor, demonstrando extraordinário zelo e habilidade, no tejadilho do jipe. Johan, desesperado, procurou impedi-los. Assegurou, esforçando-se por conter a ira, que o excesso de peso atrasaria a viagem. A seguir embirrou com o fedor de carne seca que se desprendia de um dos sacos e ameaçou lançá-lo pela janela. Pouco depois, o carro avariou. Saímos todos para o sol forte. Estávamos em meio a um imenso descampado. Chão pedregoso. Seco. Uma pequena tábua presa a um arbusto chamou-me a atenção. Informava: "Aposentos do Soba Tchima-laca-Lutuima". Foram os aposentos reais mais despojados que conheci até agora. Johan conseguiu, ao fim de quase duas horas, improvisar uma solução para a avaria e seguimos viagem. Avelina, mulher alta, muito bonita, nasceu no Huambo. Tem oito filhos, e nenhum deles sabe falar a língua dos pais – falam apenas português. Após certa insistência, aceitou cantar para nós diversos temas tradicionais, e religiosos, em umbundo. Fiquei impressionado: belíssima voz. Melodias simples, contagiosas.

Chegamos ao entardecer a Oncócua, pequena vila, de largas ruas de terra vermelha, que possui escola e hospital e até, como Jordi descobriu, uma pequena discoteca. Conseguimos alojamento num posto de saúde gerido por uma equipe de três alemães: um homem mais velho, um rapaz e uma moça, todos enfermeiros. Nesta noite vamos ter banheiro, ainda que não muito limpo, e cama com mosquiteiro. Jantamos bem, ao redor de uma fogueira, e depois Karen foi buscar o saxofone, ao que Harry a acompanhou ao violão. A enfermeira alemã cantou algumas velhas canções de Jacques Brel.

(Outro início)

Acordei suspensa numa luz oblíqua. Virei a cabeça e dei com o rosto de Mandume. Dormia. A dormir, Mandume volta a ser um menino. Quando o vejo assim, sinto vontade de abraçá-lo. Queria amá-lo como no princípio de tudo.

Como foi o princípio de tudo?

Ah! Bairro Alto, ia alta a lua. Uma viela torta. Jovens sentados no passeio, com copo na mão. Risos, uma alegria diáfana (era verão). Eu passeava com uma amiga, que superava um desastre de amor, quando, de repente, me saltou ao caminho um rapaz com o cabelo espetado em pequenas tranças.

— Tem lume?

— Não. Não fumo...

— Eu também não. Melhor assim. Ia começar a fumar por sua causa...

Estava bonito, com uma camisa muito fashion, às listras coloridas, jeans rasgado nos joelhos. Sabia conversar e, coisa ainda mais rara, sabia beijar.

Levantei-me com cuidado e espreitei pela janela. Duas mulheres mucubais (seriam mucubais?) avançavam sem ruído ao longo de uma larguíssima rua de terra batida. A mais alta não devia ter mais de quinze anos, cintura estreita, a cintura que eu gostaria de voltar a ter, pulseiras coloridas nos finos pulsos dourados. Uma enorme montanha, com um formato de cone perfeito, erguia-se no horizonte. Lembrei-me, ao vê-la, de uns versos de Eugénio de Andrade: "Também elas cantam, as montanhas/ Somente nenhum de nós/ As ouve, distraídos/ Com o monótono silabar do vento".

*

Sonhei com a manhã em que prenderam o meu pai. É a minha pior memória e um pesadelo recorrente. Doroteia achava impossível que eu me recordasse daquele episódio.
— Não pode ser — repetia-me. — Tinhas apenas três anos.
Todavia, recordo-me. O meu pai terminara o café da manhã, torradas com manteiga, leite com chocolate, levantara-se da mesa e preparava-se para sair quando bateram na porta. Não tocaram a campainha. Deram três fortes pancadas na porta. A minha mãe foi abrir, assustada. Um homem forte, fardado, afastou-a com um gesto largo e entrou:
— Camarada Dário Reis, estás preso!
Dois outros homens esperavam à porta. O meu pai quis saber de que o acusavam. Doroteia abraçou-o aos gritos. O policial não disse nada. Arrancou a minha mãe dos braços do meu pai e atirou-o porta afora. Os outros dois homens seguraram Dário pelos sovacos e forçaram-no a entrar num jipe verde, com grades nas janelas.
Alguns vizinhos observavam a cena. Um deles cuspiu com desprezo à passagem do meu pai. Nos meus pesadelos, vejo-o com rostos diferentes. Reconheço-o pelo sorriso torcido, cruel, revelando uma fileira de pequenos dentes amarelos.
— Já vai tarde, colono! Vamos te reeducar...
Nessa época, vivíamos em Quelimane. Deixamos a cidade e refugiamo-nos na casa de um irmão da minha mãe, em Maputo. Doroteia não descansou, moveu mundos e fundos até conseguir que o meu pai fosse transferido algures de um "campo de reeducação" no norte do país para uma penitenciária na capital. Antes de ser preso, ele estava me ensinando a assobiar; eu fazia um esforço enorme, mas, para grande desgosto dele, não saía nada. Então passei vários dias a treinar sozinha e quando, pela primeira vez, fomos visitá-lo na cadeia, eu de vestidinho florido, chapéu azul, assobiei para ele "Casa da mariquinhas". Dário chorou. Abracei-o. Aquelas lágrimas ainda hoje me queimam a pele. Também me lembro

da tarde em que nos fomos despedir dele ao aeroporto. Recordo-me muito bem de ver o meu pai, algemado, subindo as escadas do avião. No topo, um policial tirou-lhe as algemas. Ele voltou-se e acenou para nós, erguendo as mãos à altura do rosto, como se ainda tivesse as algemas postas. Depois entrou no avião, e só voltei a vê-lo três meses mais tarde.

Tinha quatro anos quando descobri Portugal. A minha primeira imagem: uma maçã. Uma maçã que o meu pai me ofereceu à chegada, ainda no aeroporto. Mordi-a, e era ácida.

*

Brand. Brand Malan. Um muadié meio cacimbado, é o que eu acho, mas lá no fundo gente fina, boa muxima. Há dias em que acorda angolano. Noutros acorda carcamano. Noutros, ainda, acorda angolano e carcamano e bôer, tudo ao mesmo tempo, e então, sim, convém não chegar perto. Nesta noite veio ter comigo, cigarro no canto dos lábios, gargalhando à toa.

— Cota Bartolomeu, meu camba! Tenho aqui um pedaço de liamba muito boa. Você fuma?

Enrolou um cigarro e me ofereceu. Fomos fumar nos fundos do posto médico. Laurentina, Mandume e os dois bôeres que Brand trouxe do Namibe (pai e filho) improvisaram uma pequena festa do outro lado. Acenderam uma enorme fogueira e estão a cantar e dançar com os médicos alemães. Juntou-se povo para ver. Brand terminou o cigarro em silêncio, sentado sobre os próprios pés, o que, a meu ver, é uma posição muito pouco confortável.

— Vamos dançar?
— Com eles?!
— Não, porra! Com os brancos não! Com umas garinas aqui da banda...
— Onde?
— Numa discoteca. Você nunca ouviu falar das noites loucas de Oncócua? Aqui dança-se bué.

Julguei que fosse brincadeira. Não era. Levou-me a um bar chamado O Máximo, um lugar decrépito, com pôsteres de mulheres nuas nas paredes e engradados de cerveja encostados nos cantos. Na luz escassa flutuavam rostos atordoados pelo álcool. Rapazes em tronco nu, com uma espécie de tanga de couro presa à cintura; meninas muito novas, com o cabelo laboriosamente entrançado, colares de búzios e missangas, e os bicos duros dos peitos espetados nos meus olhos. A nossa entrada foi saudada com gritos e gargalhadas. Brand pediu meia dúzia de cervejas e distribuiu-as entre rapazes e raparigas. Passou-me uma.

— Tarrachinha — disse, apontando para dois casais à nossa frente.
— Lá na capital dança-se a tarrachinha?

Sim, em Luanda dança-se a tarrachinha, mas com mais roupa. É uma dança de um erotismo violento. Supera em muito tudo o que vi (e vi bastante) nos bailes funk das favelas cariocas. A moça enrosca-se ao peito do rapaz, segurando-o pela nuca, e vai-se atarraxando a ele com lentíssimos movimentos dos quadris. Conseguem imaginar? Então tentem agora imaginar que dançam a tarrachinha com uma menina de quinze anos, em tronco nu.

— É melhor que fazer amor — suspirou Brand, numa voz atormentada. — Você não vai dançar?

Eu?! Eu, Bartolomeu Falcato, estava aterrorizado. Para disfarçar, passei para o outro lado do balcão e sentei-me num engradado, ao lado de um velho franzino e gasto, rosto cortado de minúsculas rugas. O velho lançou-me um olhar curioso.

— Angolano?
— Yá, cota! Chamo-me Bartolomeu Falcato...
— Encantado. Eu sou Máximo, o proprietário do estabelecimento. Gosta do ambiente?
— Gosto... É diferente...

O velho riu. Belas e claras gargalhadas. Faltavam-lhe dentes, e os poucos que tinha estavam sujos e maltratados. Ao rir, todavia, recuperava a infância; era como se, por baixo da pele escura e grossa, muito enrugada, houvesse um menino.

— O senhor é daqui?
— Eu, de Oncócua?! Claro que não, filho! Sou de Timor...
— De Timor?
— Acha estranho? O meu pai era português. Anarcossindicalista. Salazar mandou-o para Timor, exilado, como tantos outros, e ele se casou com uma timorense e teve cinco filhos. Eu sou o mais velho.

— E como veio parar aqui?

— Parar? Não vim parar. Fiquei parado. Como um carro que fica sem combustível no meio do caminho. Isto é o meio do caminho entre o nada e lugar nenhum.

Fixou em mim os olhos curiosos, e só então reparei que havia realmente nele, nas feições miúdas, algo de oriental. Aqui no sul, contudo, aparece gente assim, com os olhos puxados e os maxilares salientes. Mucancalas. Mucuíssos. Povos muito antigos. Máximo sorriu, outra vez um menino.

— Você é o filho do Bernardo Falcato, tenho certeza. Conheci bem o seu pai. Estava a olhar para si e estava a lembrar-me dele, e a seguir você sentou-se aí e apresentou-se. Um homem corajoso, o seu pai, mas um péssimo jogador. Você joga?

— Jogar?! Jogar o quê...?

— Dados, cartas. Qualquer coisa que dê para apostar...

— Não. Nunca joguei. Não gosto.

— É uma pena. Tencionava apostar este meu estabelecimento contra o seu carro. Se ganhasse, pegava o carro e voltava para trás, para a vida que deixei.

— E se perdesse?

— Voltava também, ora essa! Voltava a pé.

SEGUNDO ANDAMENTO
(andante)

Swakopmund, Namíbia
segunda-feira, 7 de novembro de 2005

Chegamos há pouco a Swakopmund.

Um frio áspero e seco avança pelas ruas desertas e muito limpas. Neste ponto, é suposto alguém dizer:

— Não parece que estamos em África!

Disse-o o presidente do Brasil, Lula da Silva, em visita à Namíbia, escandalizando muito boa gente (há quem diga que o que ele realmente pensou foi: *Isto nem parece o Brasil*). Imagino que seja a frase mais repetida por todos os viajantes, em especial aqueles que chegam do norte, nos seus jipes. Nós entramos pela fronteira do Ruacaná.

Levamos a vida inteira, desde Oncócua até lá, por estradas mortas há trinta anos, e de vagos trilhos de bois, que só o olhar de um motorista muito experiente, como Johan, consegue distinguir entre as pedras soltas e as espinheiras densas e afiadas. O posto fronteiriço, um barracão sem portas nem janelas, parecia abandonado. Finalmente apareceu um garoto com a informação de que os guardas estavam a almoçar. Esperamos pelos guardas. Veio um a vestir a camisa. Cheirava a álcool. O que surgiu a seguir nem sequer tinha camisa. Era muito simpático. Nascera em Luanda, numa família do norte, e estudara em Cuba, na ilha da Juventude. Contou-me uma anedota de Fidel Castro num espanhol pedregoso. Desafiou-me para uma partida de damas, sobre um tabuleiro de cimento, em que as peças eram tampinhas de cerveja, Cuca contra N'Gola. Jogamos duas partidas enquanto o colega preenchia os papéis. No meio da terceira partida, apareceu uma menina mucubal.

Começou a discutir com o guarda. Agarrou numa vassoura e derrubou as tampinhas no chão. O homem sorriu para mim, como quem pede desculpa, e foi atrás dela, sem sequer, antes, apanhar as tampinhas. Do outro lado da fronteira, os funcionários namibianos, fardados a rigor, receberam-nos com frieza e profissionalismo. A estrada: uma lisa fita negra, perfeitamente desenhada sobre uma paisagem sempre igual, ladeada por cercas de arame farpado. Isso produz no espírito uma sensação contraditória, simultaneamente de liberdade e de claustrofobia. Ali está o horizonte imenso, a toda a volta, e nos é vedado. Resta-nos apenas o estreito corredor de asfalto.

Johan prefere o caos.

— Os angolanos, xê! Bué de confusão. Mas eles têm alma. Aqui as pessoas são frias, como esta paisagem, tudo muito organizado, mas sem surpresa.

Não é verdade. Há surpresas. Wlotzkas Baken foi uma surpresa.

Passamos por lá no caminho. Pedi a Johan que parasse um instante e fiz algumas fotografias. Jordi também, mas a contragosto. Acho que podemos filmar ali uma cena desgarrada. O cenário está pronto: dezenas de pequenas casas, todas com torres de água, ao lado, pintadas de cores alegres. Ninguém nas ruas. Nenhum sinal de atividade humana. "Hopper", sugeriu Karen, e tem razão, lembra uma pintura de Edward Hopper. Solidão e melancolia. São casas de férias, esclareceu-nos Johan, propriedade de alemães namibianos que as ocupam durante as férias de Natal. Naquela época do ano, assegura ele, a cidade fica animadíssima. Os alemães, já bem bebidos, circulam de casa em casa.

Contudo, não temos de explicar isso a quem vir o filme. Não temos de explicar nada. Podemos limitar-nos a mostrar aos espectadores a cidade tal como ela surgiu a nós.

Inexplicável.

(Wlotzkas Baken)

Laurentina abraçada a mim:
— Calma, amor, calma! Acho que te estás a passar.
Não sei de onde vem a expressão, mas imagino. Imagino assim: de passar para o outro lado, sendo o outro lado o abismo escuro, aquele onde circulamos com um chapéu de jornal na cabeça, a arrastar, presa por um cordel, uma lata de Coca-Cola vazia.
O psiquiatra:
— Então, Mandume, a passear o cão?
— Cão?! Você está é doido varrido, não vê que isto é uma lata de Coca-Cola vazia?
O psiquiatra se afasta, pensando com os seus botões.
— Este tipo se curou. Já pode ir para casa.
E nós para a lata:
— Boa, Bobi, enganamos mais um!
Sim, passei-me mesmo. Deixem que me justifique.
Primeiro, a exaustão. Há várias noites que quase não durmo. Por vezes sonho sem sequer fechar os olhos, ou julgo que sonho. Ouço vozes, algumas reconheço-as, outras não; consigo distinguir as reais das falsas porque estas últimas se quebram entre os meus dedos, como ecos, enquanto tento decifrá-las. Também vejo vultos, sombras velozes, que entram em cena, da esquerda alta para a direita baixa. Depois batem as lassas asas e deixam o palco.
Segundo: a paisagem. Horas e horas a deslizar sobre o vazio, com o

sol aos gritos em cima de nós, um esplendor que não deixa ver nada. A luz cega mais que a escuridão. Ouvi, muito ao longe, a voz espantada de Laurentina:

— O que é aquilo?

Olhei e o que vi parecia o que vejo nos instantes em que, sem sequer fechar os olhos, me distraio e adormeço, ou julgo que adormeço. Casas de cores vivas flutuavam (flutuam) no ar do deserto, absortas, como peixinhos tropicais fugidos de um aquário. Ali um seco jardim de ossos, acolá uma cadeira de balanço balançando sozinha. Pegadas na areia que não levam a ser algum. O vento gemendo baixinho nas ruas desertas. E ao fundo, sempre, sempre, as miragens flamantes. Paramos. Saíram todos, e eu também. O sol a bater-me na cabeça. Dei dois passos para frente, três para o lado, como se dançasse. Foi o que me perguntou Laurentina:

— Estás a dançar, tu?

— Esse preto não sabe dançar — troçou Bartolomeu. — É falso de cor. Aposto que come muamba com arroz.

Como, sim, senhor (nunca gostei de funje). Podia ter-lhe dito isso, podia até nem lhe ter dito nada, podia simplesmente ter voltado para o carro e bebido uma cerveja morna. Mas não. Foi nesse instante que me passei.

— Quero que me deixem em Windhoek — gritei. A minha voz tremia, tão alterada que eu mesmo levei alguns instantes para reconhecê-la. — Vou embora. Estou farto desta merda toda! Farto...!

— O que houve agora?

— Cansei-me deste tipo, sempre com insinuações racistas!

— É, lá, muadié, isso não! Racista eu?! Isso não...!

Pouca Sorte saiu do carro com as mãos erguidas. Gritava alguma coisa, mas o que quer que fosse perdeu-se no tumulto de vozes dentro da minha cabeça. O sol gritava mais alto. O vento tinha-se posto a uivar. Eu também:

— Quero ir a Windhoek e quero ir já! Não fico nem mais um dia com este racista de merda...

— Vamos te levar a Windhoek, está descansado muadié, mas antes discutimos o assunto do racismo. Ninguém me chama de racista.

— Chamo. Racista, sim, racista! E, além disso, um Don Juan de província. E, se quiseres porrada, podes vir que não tenho medo de ti...

Bartolomeu avançou dois passos, de punhos cerrados, como se me fosse bater. Não bateu. Pelo contrário. Parou à minha frente e começou a rir. Ria sinceramente, em gargalhadas largas, que estalavam felizes no ar, como foguetes, e rolavam depois pelas ruas vazias. Sentou-se na areia e esfregou os olhos. Chorava de tanto rir, o cabrão.

— Desculpa lá, mano, desculpa lá. Acho que apanhaste sol demais.

Foi pior que se me tivesse batido.

Fugi correndo. Rodei pelas ruas, à toa, atordoado pelo sol e pela vergonha. Por fim, cansei-me. Estendi-me à sombra cor de salmão de uma das casas. Laurentina surgiu logo a seguir, ofegante. Sentou-se ao meu lado. Depois abraçou-me.

— Calma, amor, calma! Acho que te estás a passar.

Dei-me conta de que as lágrimas escorriam em meu rosto. Não queria chorar diante dela.

— Chamaste-me amor?

— Chamei, és o meu amor.

— Não. Não sou. Acabou, não foi?

Laurentina voltou a sentar-se. Escondeu a cabeça entre os joelhos.

— Não sei. Juro-te que não sei. Sei o que devia fazer. Devia ficar contigo. És uma boa pessoa. És uma das melhores pessoas que conheci em toda a vida...

— Conheço esse texto — disse-lhe. — Está gasto. Até eu já o usei. Experimenta outro.

Laurentina levantou-se.

— Sinto muito.

Voltou-se e desapareceu. Quando regressei ao carro, os três almoçavam. Conversavam em voz baixa. Calaram-se ao ver-me. Pouca Sorte estendeu-me um pão com chouriço. Laurentina esperou que eu terminasse de comer.

— Ainda queres que te levemos a Windhoek?

Tentei sorrir.

— Não. Não vale a pena.

Sinto-me agoniado. Vazio. Brand apareceu há pouco com os dois bôeres. "Este lugar", disse, "chama-se Wlotzkas Baken".

Se eu fosse uma cidade, seria assim.

(Moose's Bar)

A viagem desde a cidade fantasma onde o mandume pirou foi um tanto quanto – como posso dizer? – lúgubre. Todos calados. Mandume e Laurentina à minha frente. Ele a fingir que dormia; ela a fingir que lia; e eu realmente a ler. As estradas neste país são lisas, quase sem curvas, um carro aqui, outro cem quilômetros adiante, de forma que mesmo num destroço mecânico como aquele em que viajamos é possível ler quase como se estivéssemos em casa. Estou no fim de (roubei-o a Laurentina) *Another Day of Life*, do Kapuscinski. Conheço pessoalmente algumas das personagens. São amigos da minha mãe, que visitam a nossa casa. Acho um pouco estranho revê-los agora nas páginas de um livro que se lê como se fosse um romance.

Anoitecia quando Pouca Sorte nos chamou a atenção para um bar à beira da estrada. Parecia o cenário de um *road movie* norte-americano, ao estilo *Thelma & Louise*. Uma bomba de gasolina e o bar atrás, com um letreiro em néon: "Moose's Bar".

O deserto ao redor. A luz rasa realçando o grão. Um céu de um azul vibrante, porém quebrado, com vincos baços, como a fotografia amarrotada de um céu azul vibrante. Entramos. Lá dentro havia uma única pessoa, do outro lado do balcão, um homem na casa dos cinquenta, grande e gordo, com o cabelo loiro, já meio grisalho, preso num rabo de cavalo. Pedimos suco de laranja e sanduíches de presunto com tomate para os quatro, e sentamo-nos num canto. O homem trouxe os sucos numa bandeja. Ficou um instante a observar-nos, em pé, enquanto conversávamos. Sorriu.

— Estão a falar português? Parece-me russo, mas acho improvável...
— Sim — confirmou Laurentina. — Falamos português!
— São angolanos?

Disse-lhe que sim, mas, antes que pudesse acrescentar alguma coisa, Mandume adiantou-se, num inglês refulgente, presumo que polido em Londres, durante os anos em que estudou cinema na National Film and Television School:

— Não. Eu sou português. Eu e a menina. Eles, sim, são angolanos.

O homem o olhou com um ar divertido. Puxou uma cadeira e virou-se para mim e Pouca Sorte:

— Conheço o vosso país — disse. À medida que falava, a voz foi-se tornando mais sombria. — Estive em Angola no início da guerra, em 1975. Uma época ruim. Não tínhamos escolha. Integrava uma coluna de blindados do exército sul-africano, como motorista. Calhou-me ir à frente. De repente apareceu um tipo branco, sozinho, no meio da estrada, e começou a disparar contra nós. Quando acabaram as balas, ele jogou a arma fora e abriu os braços. Perguntei ao nosso capitão o que deveria fazer. "Avança", disse-me, "passa-o a ferro". E eu avancei. Hoje adormeço e vejo o rosto desse homem. Nunca mais dormi em paz.

Levantei-me e saí para o ar fresco da noite. Sentei-me num banco.

O que acontecera? Não tinha a certeza de ter compreendido.

Uns minutos depois, Laurentina veio ter comigo.

— Estás bem?

Disse-lhe que sim. Pedi-lhe algum tempo para colocar as ideias em ordem. Fechei os olhos e encostei-me. Então, ouvi a voz do homem que matou o meu pai. Estava diante de mim, em pé, muito direito, como quem se prepara para enfrentar um pelotão de fuzilamento.

— Lamento muito. Daria tudo para voltar atrás...

— O que faria se pudesse voltar no tempo?

— Podia ter-me recusado a cumprir as ordens.

— O que lhe teria acontecido?

— Teria sido preso, acusado de traição e desobediência. Provavelmente passaria um par de anos na cadeia.

— E o meu pai?

— Matavam-no na mesma, claro!

— Nesse caso, qual é a diferença?
— Para si, nenhuma. Mas para mim teria feito enorme diferença. Disse-lhe que se sentasse. Não sentia ódio nenhum. Não sinto ódio nenhum enquanto escrevo estas linhas. Ele sentou-se e estendeu-me a mão.
— Queria pedir-lhe perdão. A si e à sua família.
Estreitei-lhe a mão, uma mão larga e ossuda, um pouco áspera. Reparei melhor no rosto dele. Tinha olhos claros, cor de avelã, limpos e sinceros, com pequenas rugas nos cantos. Olheiras fundas. Lembrei-me de um velho cágado que acompanhou a minha infância. Chamava-se Leonardo, porque gostava muito de ouvir Leonard Cohen. Por vezes desaparecia durante semanas. Para ele reaparecer, bastava colocar na aparelhagem um disco do cantor canadense. Aos primeiros versos de "Famous Blue Raincoat", "*It's four in the morning, the end of December/ I'm writing you now just to see if you are better*", Leonardo emergia de algum abismo ignoto, ainda arrastando o torpor de um longo sono, erguia-se na ponta dos pés junto a uma das colunas, esticava o pescoço e, durante breves instantes, parecia completamente feliz. Depois, voltava a ser triste. Uma tristeza como a dos desertos. Aquele homem à minha frente parecia Leonardo, o cágado, quando a música chegava ao fim.
— Fale-me do seu pai.
Não cheguei a conhecer o meu pai, nem ele a mim. Todavia, conversamos muito. Sou cético por natureza. Já criança, troçava do Pai Natal e de fantasmas e monstros. Não acredito em Deus. É uma firme descrença. Acredito, no entanto, que o meu pai me vigia e me protege. Coleciono fotografias dele, os livros que leu e anotou. Acho que, à minha maneira, sou animista. Aqui há tempos, Laurentina provocou-me:
— O teu pai é uma invenção!
— O teu também — retorqui. — Temos isso em comum.
— Fale-me do seu pai — insistiu o homem. — Penso tanto nele. Há trinta anos que penso nele...
O meu pai era um homem bom. Talvez um pouco à deriva. Amava o deserto. Dizia que no deserto se sentia inteiro. A minha mãe costumava retorquir (contou-me ela) que ele gostava do deserto porque no deserto não há pessoas. Cuca tem um humor feroz. O meu pai entregava-se de

alma e coração a todas as causas perdidas, aos vencidos da vida, aos lugares sem salvação. Teria gostado de viver aqui. Abracei o antigo soldado e disse-lhe:

— Acho que vocês poderiam ter sido amigos.

Ficamos assim um tempo. O vento soprava insuflando as estrelas.

Restaurante 1º de Maio, Lisboa
terça-feira, 27 de julho de 2006

Gita Cerveira lembra-se dos batuques. Sim, terá havido batuques. Fogueiras também. Ah! E um excelente churrasco de cabrito. Ele mesmo escolheu o cabrito. Alguma lembrança mais? "Havia um tipo, um muadié estranho, o soba lá do quimbo, que andava o tempo todo, inclusive em pleno sol, ao meio-dia, vestido com um grosso e comprido sobretudo preto. Depois percebemos que ele tinha um bumbi enorme. Uma coisa monstruosa, que lhe chegava aos joelhos. Desculpa, parente, do que me lembro melhor é do homem da capa." Gita ri. O riso dele é contagioso. No meio cinematográfico, em Portugal e nos países africanos de língua portuguesa, todo mundo o conhece. Viveu nos Estados Unidos, na França e na África do Sul, antes de regressar a Angola após o fim da guerra civil. Trabalhou como técnico de som em muitos dos documentários e longas-metragens de ficção rodados em Moçambique nos últimos vinte anos. Conheceu Karen numa dessas incursões, e ficaram amigos. Os dias em que filmaram *Na corda bamba* não lhe pareceram mais duros que tantos outros em situações semelhantes.

Conto-lhe a estória de Karen. Olha-me surpreendido. Soubera da doença dela, mas desconhecia o episódio da inundação, em Cape Town, e o somatório de dramáticas coincidências que se desenrolou após filmarem os ritos de passagem femininos naquela aldeia remota da Zambézia.

Gita está de passagem por Lisboa. Eu também. Telefonou-me e combinamos de encontrar na Brasileira do Chiado. Apareci antes da hora marcada, sentei-me à única mesa livre da esplanada, junto à estátua de Fernando Pessoa, pedi um suco de laranja e, nesse exato momento, dei de cara com Jordi, recém-chegado de uma viagem de seis meses pela América do Sul. Abraçamo-nos ruidosamente. Fiquei feliz de revê-lo. Gita surgiu elegante, como sempre. Tem quarenta e sete anos, mas aparenta muito menos. Jordi conheceu-o em Luanda. Convidei-o para almoçar conosco. Um de nós sugeriu o 1º de Maio, e aqui estamos.

— Não entendi uma coisa... — O bom do Jordi. — O que é um bumbi?

Jordi domina com desenvoltura o português de Angola. Orgulha-se disso. Bumbi, porém, é palavra que nunca ouviu, não sabe o que é. Gita ri às gargalhadas. O riso dele sacode o ar.

— Explica-lhe tu...

— Uma hérnia inguinal. Basicamente, uma parte dos intestinos migra para o interior dos testículos. Se o sujeito não se tratar, o testículo aumenta de volume...

— Yá! No caso do homem da capa aumentou bué.

— Estou a comer, caramba! Poupem-me dos pormenores...

Bumbi é uma doença exclusiva dos muito pobres, como a elefantíase. Lembro-me de, menino, acompanhar a minha avó ao mercado. Um dos vendedores sofria de elefantíase. Eu olhava para o pé dele, um trambolho imenso, e o invejava. Acreditava firmemente que o homem estava em transição para elefante. Parecia-me aquilo um belo destino. A humanidade horrorizava-me. Perguntavam-me:

— O que queres ser quando fores grande?

E eu, sem hesitar:

— Elefante!

Depois cresci e me conformei.

Apartamento de Sérgio Guerra em Salvador, Brasil
segunda-feira, 31 de julho de 2006

(Ainda a propósito de misteriosas coincidências, que é onde a vida triunfa sobre a literatura.)

Sérgio contou-me nesta tarde, enquanto tomávamos sol na piscina, após o almoço, uma ocorrência curiosa. Há alguns anos, um dos seus melhores amigos caiu doente e morreu, confirmando a sombria previsão de uma cartomante. Era, como eu, um sujeito que gostava de lagartos. Cuidava de vários, em casa, e falava com eles. Sempre alegre, bem-disposto, enviava cartas e postais aos amigos, assinando simplesmente "Eu". Poucos dias após o funeral, Sérgio foi a uma pequena praia, que costumavam frequentar juntos e à qual só era possível chegar a pé, depois de atravessar um terreno privado. Havia um portão, invariavelmente fechado, que eles abriam para entrar no referido terreno. Naquele dia, contudo, Sérgio encontrou o portão escancarado. Avançou triste, cabisbaixo, pensando no amigo e em quanto sentia a falta dele, quando, subitamente, um lagarto surgiu a correr, ao longo do muro, levando-o a erguer os olhos. Só então reparou numa frase recentemente pichada: "Sempre presente!".
    Assinado: "Eu".

(Da civilização)

Passamos há pouco a fronteira entre a Namíbia e a África do Sul. Estamos agora num pequeno restaurante de beira de estrada. Pretendemos ir diretamente para Cape Town. Brand, ao contrário, quer passar primeiro por uma pequena cidade do interior e deixar os dois turistas. Assim que nos sentamos, o nosso jovem guia se espreguiçou e anunciou que não falava mais português. Era a nossa vez de falar inglês. Depois acrescentou, com um largo sorriso:
— Bem-vindos ao país mais civilizado de África.
Bartolomeu reagiu sarcástico, em português:
— Civilizadíssimo. Convém não esquecer, a propósito, que foi o país que inventou o apartheid...
Brand corou. Retorquiu com fúria:
— O apartheid acabou!
— Tens razão — eu disse. — O apartheid acabou. Mas isso não significa que não tenha existido. Aproveito para te lembrar que, no país mais civilizado de África, como tu lhe chamas, nenhuma mulher está segura. Sabes quantas mulheres são violadas aqui por dia?[3]
— Isso não era assim antigamente!
— Antigamente? — gritou Bartolomeu. — Queres tu dizer no tempo do apartheid?

---

3. Segundo dados do Instituto Sul-Africano para as Relações Raciais, 147 mulheres são violadas por dia na África do Sul.

— Antigamente a África do Sul era um país seguro.

— Antigamente — lembrou Mandume, muito calmo — morria gente todas as semanas em confrontos contra a polícia. Não havia quase nenhum investimento estrangeiro. Os produtos sul-africanos eram boicotados em todo o mundo. A economia estava estagnada. E, sobretudo, lembras?, o racismo era a ideologia oficial.

— Eu não estou a defender o apartheid!

— Claro que não! — disse Mandume, irônico. — Estás apenas a defender o tempo do apartheid.

— Estudei na Austrália. — Brand voltara a falar português. Tremia, nervoso, com as lágrimas a saltarem-lhe dos olhos. — A minha mãe vive em Melbourne. Se eu quisesse, podia ter ficado lá. Voltei porque amo a África. Fui criado no meio do mato, em Angola. Você, Mandume, você vive na Europa, é português. Não compreende nada do que acontece aqui. Nada de nada. E você, Bartolomeu, você vive em Luanda, que é uma espécie de Lisboa às escuras. Não fala nenhuma língua africana. Eu, sim, conheço a Angola profunda. Sou muito mais preto que qualquer um de vocês.

A discussão perdia o rumo. Os dois turistas que Brand acompanhava, pai e filho, olhavam para ele, depois para Mandume e Bartolomeu, ansiosos, tentando compreender a razão da desavença. A palavra apartheid pairava no ar como uma ave funesta. Pedi licença para intervir. Disse a Brand que talvez ele tivesse utilizado o termo errado – "civilização". A África do Sul é, sem dúvida, um dos países mais desenvolvidos do continente. Desenvolvimento, porém, nunca foi sinônimo de civilização. Nem sequer, infelizmente, de civilidade. A Alemanha nazi era, para a época, um país muito desenvolvido, mas não tenho certeza de que fosse tão civilizado. Acrescentei que, entre as vítimas do anterior regime, estavam não apenas negros e mestiços e indianos, mas também os brancos, todos os brancos e, sobretudo, os bôeres, porque teriam de viver durante as décadas seguintes amarrados à ignomínia de um tempo morto. Brand olhou-me surpreso. Concordou, com convicção.

— Sim, sim! Estou farto de que me falem em apartheid. Eu não tenho nada a ver com o apartheid. Não tenho de pedir desculpa por ser branco, tenho?

A discussão morreu ali. Bartolomeu despediu-se de Brand sem sequer lhe estender a mão. O gesto, ou a ausência de qualquer movimento de afeto, impressionou-me. Ao longo dos últimos dias, parecia ter-se criado entre eles certa amizade. Há pouco, depois que entramos no carro, critiquei-o duramente. Ele encolheu os ombros, aborrecido, e não disse nada. Mandume murmurou baixinho:

— Eu acho que sim, que não seria má ideia os brancos pedirem desculpa ao restante da população sul-africana.

(Long Street: onde começa o arco-íris)

Foi Brand quem nos indicou o hotel em que estamos agora.
— Muito bom! — insistiu. — Diferente. Vocês vão ver, é uma coisa assim que nem tem comparação, tipo filme.

A expressão "tipo filme" e o fato de ele não ter conseguido explicar-se melhor me fizeram decidir; ou seja, venceu a curiosidade. O hotel chama-se Daddy Long Legs, nome dado a um tipo de aranha, e fica na Long Street. Um dos meus guias, da *Time Out*, fala da Long Street com um entusiasmo juvenil: *"Long Street is the main artery of Cape Town's cosmopolitan culture"*. Na página seguinte, chama de "coração espiritual da cidade". Mal a noite se fechou – neste caso faria mais sentido dizer "mal a noite se abriu" –, percebemos o entusiasmo do redator da *Time Out*. Ao longo da Long Street, sucedem-se os restaurantes, os bares e as discotecas, quase todos cheios. Jantamos no Mama Africa, um restaurante de cozinha regional, enquanto uma orquestra de marimbas e batuques acompanhava, numa euforia crescente, um jovem cantor, capaz de intercalar, com o mesmo à vontade, trechos de óperas famosas e velhas canções de Bob Marley. Seguimos depois, um pouco à deriva, de bar em bar. No primeiro, mais calmo, havia apenas casais de meia-idade, todos brancos. No segundo, movia-se aos empurrões uma turba ruidosa de jovens de todas as cores: loiros, ruivos, mulatos, negros, chineses, indianos, eu sei lá! Quase uma convenção de modelos da Benetton.

— Caramba! — suspirou Mandume, impressionado. — Nesta rua passa-se do século XX ao XXII em menos de cinquenta metros.

Voltemos ao hotel. O que o distingue são os quartos temáticos. Um deles, por exemplo, presta homenagem a uma banda muito popular na África do Sul, os Freshlyground. O grupo, formado em 2002, junta músicos de várias regiões da África do Sul, brancos e negros, e ainda de Moçambique e do Zimbábue. Gostaria de ter ficado nesse quarto, mas Mandume preferiu outro, inspirado em hospitais – vai entender os homens! No banheiro, destaca-se uma caixa em vidro com instrumentos cirúrgicos. Penduradas ao lado da cama, em dois cabides, estão uma fantasia de enfermeira e uma de médico (bata, estetoscópio etc.). Já o quarto de Bartolomeu é uma espécie de cave. Dá medo.

Evidentemente, recusei-me a vestir a fantasia de enfermeira. Mandume, porém, não se aborreceu.

— Tens razão — disse. — Deves ficar melhor com isto...

Estendeu-me um presente. Algo macio, elegantemente embrulhado num papel de seda azul-escuro. Soltei a fita adesiva que prendia o papel. Era um pijama em seda, lindíssimo, preto com listas douradas, da La Perla. Vesti o pijama e vi-me ao espelho (o quarto é cheio de espelhos); ficava-me bem.

— Agora despe-o!

Despi o pijama. Depois despi-o a ele. Mandume me beijou. Um beijo longo, como antigamente.

Foi bom.

*

Visitei pela primeira vez Cape Town em 1994. Vim filmar a festa da posse de Nelson Mandela. Agora imaginem um canuco de vinte anos, em começo de carreira, a viver um momento daqueles. Descobri nessa época que as revoluções são afrodisíacas. Lembro-me de uma morena maravilhosa, elegante e muito alta, com uma cabeleira ao estilo black power – então um anacronismo. Chamava-se Martha, jornalista de televisão. Quando ela chegava, os homens calavam-se. Eu não me calei, claro, sou mangolê. Martha contou-me uma anedota que recordo com certa frequência. Há anedotas capazes de revelar mais sobre determinado período histórico que um denso ensaio cheio de números. Esta (acho eu) é uma delas. Pergunta: qual é a contribuição das diferentes raças na luta contra o apartheid? Resposta: os brancos pensaram a luta. Os indianos financiaram-na, os negros deram o corpo ao manifesto, de arma na mão, e, no fim, os mulatos fizeram a festa.

Convém lembrar que a festa oficial foi de fato em Cape Town, dominada por uma maioria de mestiços, como aliás toda a província, e – que surpresa! – o Partido Nacional ganhou aqui as primeiras eleições da nova África do Sul. Mandume não riu. Perguntou-me, muito sério:

— Achas realmente que os brancos detêm o privilégio do pensamento?

Irritei-me:

— O que acho é que tu não tens nenhum senso de humor. Se te contar uma anedota sobre um porco voador, és capaz de argumentar que os porcos não voam...

Pouca Sorte não pareceu incomodar-se muito com a anedota. A preocupação dele era outra.

— E a jornalista... Você ainda tem o contato dela?

O que eu acho é que as sociedades crioulas têm uma vocação natural para a alegria. A mestiçagem produz alegria como um pirilampo produz luz. O Carnaval, por exemplo. Onde, no mundo, se pula Carnaval com mais alegria?

Adivinharam?

Isso mesmo: no Brasil, nas Antilhas e em New Orleans. Em Goa era na capital, Pangin, no Bairro das Fontainhas, habitado maioritariamente por luso-indianos. Depois, os mestiços, a que a restante população indiana chama "descendentes", foram embora, e o Carnaval morreu.

E em África?

Resposta: em Luanda, Benguela, Cabo Verde, Cape Town e Quelimane!

O Carnaval de Cape Town, conhecido como Coon Carnival, é festejado nos primeiros dias de janeiro. Vimos um documentário sobre o Coon Carnival na casa de Serafim Kussel, no Observatory. As diferentes trupes carregam guarda-sóis coloridos enquanto avançam, cantando, dançando e atrapalhando o trânsito pelas ruas da cidade. Lembrou-me do Carnaval de Olinda, com as suas orquestras de frevo, sombrinhas e passos acrobáticos. Sem calvinistas nem muçulmanos, Cape Town seria brasileira.

Observatory – Obs, para os mais íntimos – era, no tempo do apartheid, um bairro exclusivamente destinado à população mestiça. Hoje todos os guias se referem a ele como um subúrbio boêmio, que os jovens estudantes universitários transformam, à noite, num enorme salão de festas. Na tarde em que nos deslocamos ao Obs para visitar Serafim Kussel, fazia um esplêndido sol de verão. Quem me deu o contato de Kussel foi Martha, a jornalista do cabelo ao estilo black power. Não pareceu surpresa quando liguei para ela, em Joanesburgo.

— Ora, vejam quem saltou do passado! O meu angolano...!

Disse-me que Serafim fora proprietário de um bar de jazz, nos anos 1950 e 1960, e que conhecia todo mundo ligado ao mundo da música em Cape Town. Talvez se recordasse de Faustino Manso; além disso, poderia pôr-nos em contato com Seretha du Toit.

Serafim Kussel nos esperava sentado (muito sentado mesmo) numa cadeira de balanço. No jardim, entre pés de mamão, ciscava uma ninhada de pintos. Gostei do velho. Alto, cabelo grisalho, barba descuidada. Afastou um livro do colo, levantou-se e cumprimentou-nos com um rijo aperto de mão e um sonoro "bom dia!", em português. Depois, levou-nos para dentro, para a sala de visitas, um espaço amplo, arejado, um tanto caótico, como o quarto de um adolescente. Três sofás velhos amparavam-se às paredes. Uma mesa baixa mancava de uma perna; num dos cantos, um piano, muito digno, lembrava um mordomo de fraque. Serafim trouxe suco e cerveja. Finalmente, sentou-se, de frente para Laurentina, e contou-nos a curiosa história da sua vida: nos anos 1960, assim que o apartheid começou a organizar-se, a mulher, mestiça como ele, escolheu ser classificada como branca e o abandonou com quatro crianças nos braços. Chamou-me a atenção uma frase que repetiu várias vezes: "Depois que a minha mulher se tornou branca". Dizia aquilo sem ironia, com o mesmo tom neutro com que poderia dizer "depois que a minha mulher engordou". Limitava-se a constatar um fato. A mulher, portanto, tornou-se branca, opção comum a muitos mestiços de pele mais clara, rompendo todos os laços que a prendiam ao mundo dos não eleitos. Desapareceu.

— Foi como se tivesse morrido. — Serafim Kussel disse isso e calou-se por um momento. Abanou a cabeça. — Não. Foi, antes, como se nunca tivesse existido. Quem morre raramente desaparece por completo.

Deixa o nome numa lápide. Fotografias. Ela não nos deixou nada. Simplesmente se foi...

Desenhou com as mãos um círculo rápido, como um ilusionista a fazer desaparecer um coelho branco (ou preto, tanto faz, não quero que Mandume me acuse de ser racista), e repetiu:

— Foi-se...

Até aquele dia, Serafim havia sobrevivido, sem grande esforço, gerenciando um bar de jazz (não, não era o proprietário), tocando piano e jogando cartas. Pediu algum dinheiro emprestado à mãe, mais outro tanto a dois ou três amigos, e montou uma pequena fábrica de fraldas. Hoje, aos sessenta e cinco anos, continua, como ele diz, "a fazer dinheiro com a merda". Meses atrás, reencontrou a primeira mulher. Voltou a ser mestiça; aliás, faz alarde do muito que sofreu durante o regime do apartheid. Alimenta ambições políticas. Serafim riu.

— Noutros países há quem troque de casaca. Aqui, na África do Sul, somos mais radicais: trocamos de pele.

Laurentina perguntou-lhe se havia conhecido um músico angolano chamado Faustino Manso. Serafim zangou-se ou, antes, fingiu se zangar.

— Tenha paciência, menina! Já chegamos ao Faustino... Serafim Kussel tem o próprio tempo e não admite interrupções. Ainda tivemos de ouvi-lo, durante uma boa meia hora, a discorrer sobre as origens de Cape Town e a defender a proximidade entre as diferentes culturas crioulas do mundo.

— Não conheço Luanda, mas tenho certeza de que lá me sentiria em casa. No mês passado toquei com músicos cubanos. Eles nunca tinham escutado os nossos ritmos, o goema... Vocês conhecem o goema? Também não conhecem? Ah, isso resolve-se já. — Levantou-se e colocou um CD na aparelhagem. Vi a capa: The Goema Captains of Cape Town, *Healing Destination*. Agradou-me o som doce, suingado, a lembrar o melhor jazz afro-latino. — Do que eu estava a falar? Ah, sim, dos músicos cubanos. Em poucos minutos, os cubanos estavam tocando conosco como se nunca na vida tivessem feito outra coisa. Foi muito bom...!

Calou-se, e ficamos os cinco a ouvir o disco. Finalmente, levantou-se e saiu sem dizer onde ia. Voltou, após alguns minutos, com um velho álbum de fotografias. Pousou o álbum na pequena mesa coxa e começou a folheá-lo atentamente. Deteve-se numa página. Chamou Laurentina.

— Reconhece este homem?

No canto direito, quase escondido atrás do piano, via-se Faustino Manso tocando contrabaixo. Além do pianista, a imagem incluía um sujeito com um trompete pousado no regaço. O rosto do pianista não me era estranho.

— E este aqui?

— Ah, esse! Sim, exatamente quem você está a pensar: Dollar Brand... Nessa época ainda se chamava Dollar Brand. Quando estava aqui, tocava coisas coloniais, mas depois foi para Nova York e tornou-se africano. Fiz esta fotografia precisamente durante a festa de despedida dele, deixe-me pensar, em janeiro de 1962... No dia seguinte, pegou um avião para Paris. O resto é história...

Eu teria gostado de ouvi-lo falar mais demoradamente sobre Dollar Brand, ou Abdullah Ibrahim. Há muitos anos o piano dele me acompanha. Em janeiro de 1976, mês do meu nascimento, Abdullah Ibrahim lançou um LP chamado *The Children of Africa*, que inclui aquele que é ainda hoje o meu tema preferido dele: "Ishmael". Namorei muito enquanto Abdullah Ibrahim tocava "Ishmael". Infelizmente, Laurentina interrompeu-o.

— Desculpe, e Faustino Manso?

— O seu pai, certo? A bela Martha disse-me que Faustino era o seu pai. Não me surpreende que ele tenha deixado filhos espalhados por todo o continente. Aquele homem gostava de mulheres. Eu também gosto, claro, mas a paixão dele era diferente. Ele gostava tanto de mulheres que nenhuma mulher podia deixar de gostar dele. Além disso, era um tipo elegante, com uma voz de seda, um perfeito cavalheiro...

— Alguma vez o ouviu tocar?

— Se o ouvi tocar?! Mas é claro! Muitas vezes. Quem você acha que fez esta fotografia?

— Era um bom músico?

— Sim, muito bom músico, muito bom mesmo, excelente músico, mas estava mais à vontade no contrabaixo que no piano. Quando Faustino abraçava o contrabaixo, acontecia algo um pouco estranho, ele se transformava. Era como se o instrumento se servisse dele, não o contrário.

— Como assim?

— E eu sei lá, minha querida?! Vodu! Uma espécie de possessão... Como se chama vodu no Brasil? Vocês devem saber.
— ... Candomblé...
— Isso mesmo, candomblé!
— Está brincando...
— Não. Você não acredita que determinado espírito se possa manifestar através do corpo de um homem vivo?
— Não, eu não...!
— Ninguém lhe contou a história do contrabaixo do Faustino?
— Não...
— Você não sabe quem ensinou Faustino a tocar contrabaixo?
— (Desolada) Não, não, não sei...
— Ah, bom! Então, minha querida, você sabe muito pouco sobre o seu pai.

(Um invulgar cartão de visita)

Há pouco, enquanto arrumava a roupa, encontrei no bolso de uma das minhas camisas um cartão de visita: "Magno Moreira Monte – empresário, poeta, detetive particular — rua Friedrich Engels, número 13, Luanda – Tel. +244 222 394 957". Fiquei alguns instantes, confuso e divertido, a analisar o cartão. De onde viera aquilo? Finalmente lembrei-me do homenzinho encardido no restaurante chinês, em Luanda, na noite em que me zanguei com Laurentina. Vi-o a abrir a carteira, tirar um cartão, colocá-lo no bolso da minha camisa.

— Caso precise. Como lhe dizia, ouvi a conversa. Não leve muito a sério o que a menina disse. É puta. A cidade está cheia delas. Você sabe, a guerra...

Mostrei o cartão a Laurentina. Contei-lhe o episódio. Não ficou muito impressionada. Disse-me que guardasse o cartão.

— Poeta e detetive particular? Acho uma combinação curiosa. Talvez ainda nos seja útil.

Guardei o cartão na carteira.

Todavia (nem eu sei bem por quê) repugna-me um pouco tê-lo ali.

Hotel Daddy Long Legs, Cape Town
terça-feira, 15 de novembro de 2005

Visitamos nesta tarde o District Six Museum.

O District Six, atualmente área ventosa e desolada, composta por uma sucessão de terrenos baldios, foi durante anos cinquenta um bairro famoso pela vitalidade cultural. Ali se situavam inúmeros bares de jazz, nos quais músicos brancos, negros, mulatos e chineses (havia uns poucos) tocavam lado a lado. Em 1966, o bairro foi declarado uma área residencial só para brancos. Nove anos mais tarde, todas as casas foram demolidas, e a maioria dos seus habitantes se viu forçada a procurar alojamento em subúrbios remotos.

"Destruíram o District Six porque tinham ódio à mistura", disse-nos Vincent Kolbe, um dos fundadores do museu. O District Six Museum guarda a memória desses dias, incluindo placas de ruas, as quais um dos funcionários responsáveis pelas obras de terraplanagem conseguiu salvar. Há também um imenso mapa, pintado à mão, com o nome de todas as ruas e das famílias que viviam no bairro.

Criado em 1867, o District Six abrigava originalmente uma população composta por antigos escravos, imigrantes europeus e asiáticos, comerciantes e artesãos. Nos tempos áureos, misturavam-se nas ruas e nas praças – como lembra Noor Ebrahim num breve volume de memórias, *Noor's Story: My Life in District Six* – pintores, músicos, homens de negócios, padres católicos e sacerdotes muçulmanos, pequenos delinquentes e esportistas.

Noor conta que em 1975, pouco antes do início das demolições, conseguiu comprar uma vivenda em Athlone. Levou consigo, além, evidentemente, da mulher e dos filhos, os pombos-correio, vencedores de vários prêmios, construindo o segundo pombal com a madeira salva do primeiro. Ao fim de três meses, decidiu soltar as aves. Nenhuma regressou. Ansioso, após uma noite em branco, Noor foi de carro até o que havia sido o District Six. Distinguiu, em meio ao imenso descampado em ruínas, um claro rumor de asas. Meia centena de pombos esperavam-no, atônitos, no exato lugar do primeiro pombal. Ainda hoje um espanto semelhante paira sobre a cicatriz, no chão vazio, onde deveriam erguer-se as casas.

(Faustino Manso, por Serafim Kussel)

Walker!
Era este o nome do contrabaixo de Faustino Manso: Walker. Martha disse-me que Faustino morreu. Contou-me que você esteve no funeral. Sinto muito...
... Sabe o que foi feito do contrabaixo?
Não sabe, claro que não sabe. Quando voltar a Luanda, pergunte pelo contrabaixo. Walker, o contrabaixo, pertencia a um marinheiro, um tipo, se bem lembro, de New Orleans, fugido de um navio da Armada americana, em Luanda, no início da Segunda Guerra Mundial. Ouvi Faustino contar essa história uma centena de vezes, normalmente já um pouco eufórico, quando, depois dos concertos, nos demorávamos em algum bar a festejar a vida. Todavia, não recordo o nome do marinheiro...
... Arquimedes... Seria Aquiles ou Arquimedes... alguma coisa assim, tenho a impressão de que era um nome grego... Suponhamos, pois, que fosse Arquimedes. New Orleans. Sim, seguramente, era um tipo de New Orleans. Fora músico de jazz antes de ser incorporado; depois, na Marinha, continuou a tocar contrabaixo, com um saxofonista e um baterista, para animar as tropas. Arquimedes vivia ilegalmente em Luanda. Tocava em casamentos. Fazia pequenos biscates. Uma coisa aqui, outra ali. Ganhava o suficiente apenas para não morrer de fome. O seu maior tesouro era Walker.
Você sabe qual a diferença entre um violino e um contrabaixo? Não sabe? É que o contrabaixo dá uma fogueira muito maior. Ah! Ah! É uma

velha anedota de músicos. Contam-se muitas piadas sobre contrabaixos. Estou agora a recordar-me de outra: um náufrago alcança uma ilha do Pacífico habitada por uma pequena tribo. Certa noite acorda com batuques. Muitos batuques. O ruído não o deixa dormir. Desesperado, procura alguém que lhe diga quando aquilo vai terminar. "Não queira isso", responde-lhe um velho. "Coisa má vai acontecer quando os batuques pararem." Uma e outra vez ele faz a pergunta, ao que os indígenas repetem-lhe o mesmo. Por fim, com os nervos à flor da pele, o pobre náufrago encosta uma faca no pescoço de um dos batuqueiros e o intima a dizer o que acontece quando os batuques pararem. "Coisa muito má!", suspira o rapaz. "Quando os batuques pararem, começa o solo do contrabaixo." Ah! Ah! E sabe a diferença entre um contrabaixo e um caixão? O morto! No caixão, o morto está lá dentro. Podia passar o dia inteiro a contar anedotas sobre contrabaixos. Bem, adiante, o que eu queria dizer é que Arquimedes pensou algumas vezes em queimar o instrumento. Não o fez. Isso contava o Faustino. Não o fez porque Walker não era um contrabaixo qualquer. Walker teria pertencido a Walter Sylvester Page, um dos pioneiros do jazz, líder dos Oklahoma City Blue Devils, e Faustino acreditava que o espírito dele se apossava, por vezes, daqueles que tocavam o instrumento.

Eu sei lá, pode ser.

(A militante)

A minha professora da quarta classe era uma senhora magra, pálida e autoritária. Marcou-me muito. Definiu no meu espírito uma espécie de padrão ou, antes, reconheço, um preconceito: mulher magra e pálida, logo autoritária. Não sou capaz de imaginar uma gorda ríspida, em particular se for morena. Seretha du Toit é esguia, de pele quase transparente, com um cabelo loiro, muito liso, a escorrer como mel pelos ombros magros, mas musculosos. Lembrei-me, ao vê-la, da minha professora da quarta classe. Serafim telefonou-lhe, explicou-lhe quem éramos e ela acedeu a receber-nos em sua casa, uma vivenda discreta, no sopé da Table Montain. Na sala, decorada com peças de artesanato africano, se destaca, sobre um canapé, uma fotografia de Seretha ao lado de Nelson Mandela. O que achei mais inusitado foram os dois galgos sentados absolutamente imóveis, como peças de porcelana, junto a uma porta envidraçada – olhos de vidro perdidos no céu.

— Você é filha do Faustino? — Seretha estudou-me, curiosa, antes de me estender a mão. — Não se parece com ele.

Mal nos instalamos, uma mulher de pele amarelada e malares salientes, vestida de azul-celeste, trouxe chá. Serviu-nos em silêncio, sem olhar para ninguém, e desapareceu. Seretha, sentada muito direita num pequeno banco, quis saber o que achávamos da África do Sul. Ouviu com interesse Bartolomeu falar da sua experiência durante as primeiras eleições multirraciais. Depois voltou-se para mim e disse-me, mudando abruptamente de assunto, que lamentava não ter tido um filho com Faustino.

— Estou a olhar para si e a pensar que aspeto teria a minha filha, a filha do Faustino, se eu tivesse engravidado. Naturalmente, seria hoje bastante mais velha do que você...

Fiquei um instante calada. Só uma questão me ocorreu:

— O que teria acontecido se tivesse engravidado?

Ela olhou-me muito séria.

— Eu tentei, sabe? Queria muito ter um filho do Faustino. Naquela época, como você compreenderá, dar à luz uma criança mestiça era um ato subversivo. Implicava um confronto direto com o poder. A pessoa arriscava-se a ser presa. Creio que me teria exilado, provavelmente teria acompanhado Faustino quando ele saiu. Mas, enfim, isso não aconteceu. Não tenho filhos. É uma mágoa antiga. Acabei por me dedicar mais à dança e à política...

Bartolomeu aproveitou a oportunidade:

— Eu acho que a mestiçagem é, por natureza, revolucionária. A mestiçagem, biológica, cultural, pressupõe inevitavelmente uma rutura com o sistema, a emergência de algo novo a partir de duas ou mais realidades distintas...

Seretha sorriu, impressionada.

— Você é atrevido! Em Angola levam-no a sério...?

Bartolomeu, ao contrário do que durante um breve instante receei, não se aborreceu. Riu com encantadora simplicidade.

— Não, Seretha. Felizmente, ninguém me leva a sério.

— Foi o que pensei. E, no entanto, você tem razão. O sexo é revolucionário, e a mestiçagem, naturalmente, tem tudo a ver com sexo. O apartheid falhou, era um projeto falhado à nascença, porque não há lei que consiga se impor à força do desejo.

Enquanto os dois debatiam o papel do sexo na revolução e o da mestiçagem na redenção do mundo, levantei-me e espreitei pela porta envidraçada diante da qual estavam postados os dois galgos. Vista da rua, a casa não chama atenção. Linhas simples, elegantes, com um estreito jardim. Canteiros de rosas e antúrios. Uma orquídea branca, resplandecente, num recesso sombrio. O jardim das traseiras, porém, pareceu-me um luxo. Um tapete de relva mansa dá acesso a uma breve piscina em tons de esmeralda. Atrás, um friso de palmeiras. Estrelícias, como arrogantes grous coroados, agigantam-se sobre o mundo com suas cristas cor de ouro velho. Muito ao longe, entre o verde e o céu, brilha o abismo profundo do mar. Voltei a sentar-me.

— E o meu pai... — perguntei, aproveitando a passagem de um anjo. — O meu pai interessava-se por política?

Seretha fez um gesto de desânimo.

— Faustino? Faustino nunca foi militante, não tinha esse perfil. Todo mundo o achava uma excelente pessoa, bom e carinhoso. Preocupava-se com a felicidade dos outros. Esgotava-se nisso sua militância a favor da humanidade. De resto, o que posso dizer? Ele era... Coisa rara, sobretudo naquela época... Era um homem que gostava de mulheres...

Serafim disse o mesmo, acho que utilizou exatamente aquelas palavras, mas na boca de Seretha a frase parecia ter um significado muito diverso. Vi-a levantar-se, com o pretexto de procurar algumas fotografias antigas, e achei-a, de repente, bastante mais velha, até um pouco curvada. Mandume debruçou-se ao meu ouvido.

— Caramba, comoveu-se, a dama de ferro?!

Quando regressou, uns dez minutos depois, Seretha du Toit voltara a ser a minha professora primária. Entregou-me meia dúzia de fotografias. Trazia também um envelope grande, amarelado pelo tempo. Abriu-o e mostrou-me um maço de cartas atadas por uma fita azul-claro.

— São algumas das cartas que Faustino me escreveu depois que foi embora. Poucas vezes nos vimos desde então, mas fomos trocando correspondência, primeiro todas as semanas, depois uma vez por mês e, nos últimos anos, ao menos no Natal. As cartas, claro, não as vou mostrar. Talvez um dia, quando a conhecer melhor e se achar que merece...

Bartolomeu interveio, com o seu sorriso número três, aquele que usa, e as palavras são dele, para cativar dragões:

— Ela merece tudo, pode crer. Laurentina é um anjo.

— Veremos. Seja como for, são cartas íntimas...

Não sabendo o que responder (mulheres magras e pálidas têm o condão de me deixar nervosa), pus-me a estudar as fotografias. Gostei em particular de uma delas, a preto e branco, em que se vê Seretha abraçada ao meu pai. Atrás deles, um pouco desfocados, dois casais dançam rock'n'roll. A imagem transmite, ao mesmo tempo, uma espécie de solene inocência e de vigorosa afirmação de amor. Seretha reparou no meu interesse. Tirou-me a fotografia da mão.

— Uma simples fotografia como esta podia levar uma pessoa à barra de um tribunal, acredita?

Nos anos 1960 havia certo número de casais mistos um pouco por toda a África do Sul. Para eludir as malhas do apartheid, a esposa negra, ou mestiça, de um homem branco era frequentemente registada como empregada doméstica, de forma a poder viver sob o mesmo teto. Um branco, ou uma branca, podiam também requerer mudança de raça, passando a ser considerados mestiços. Também houve casos de mestiços que conseguiram ser reclassificados como brancos e de negros que conseguiram ser reclassificados como mestiços. Mas era raro.

A conversa deixou-me agoniada. Quando saímos, prometendo regressar em outro dia, com mais vagar, pedi a Pouca Sorte que nos levasse a um restaurante simpático. Pouca Sorte conhece bem a cidade. Já esteve aqui, mas não sei quantas vezes nem em que condição. Ele não fala, não gosta de falar do passado. Isso instiga ainda mais a minha curiosidade. Levou-nos a lanchar ao Mount Nelson Hotel, um edifício, para utilizar a expressão de vários guias, de "impressionante esplendor colonial",[4] numa larga varanda debruçada sobre (mais) um jardim de sonho. Sanduíches de pepino e salmão fumado, scones de fruta seca cobertos de creme, dúzias de bolos opulentos e fatais. Perdi-me e agora estou cheia de remorsos. Antes disso, assim que nos sentamos, o pianista começou a tocar "Luanda ao crepúsculo". Vieram-me lágrimas aos olhos, incrédula e emocionada, até compreender que Pouca Sorte, que parece ter bastantes amigos por aqui, lhe enviara uma mensagem para o celular, prevenindo-o da nossa chegada e encomendando-lhe o tema.

Ah, esse nosso misterioso motorista... quanto mais o desconheço mais gosto dele!

---

4. A expressão agrada-me e intriga-me. Não se diz de um edifício moderno que possui "certo esplendor pós-colonial". Fica ridículo. Pressupõe-se que esplendor seja algo apenas possível de ocorrer na época colonial.

(Um estupro, ou quase)

Sentia os pés se enterrarem no negrume encharcado. Alguma coisa me puxava para o fundo. Um odor escuro de folhas em decomposição, musgo úmido, ascendia em golfadas quentes, entorpecendo-me os sentidos. Estava nisto, a afundar-me, o coração a galope, quando três pancadas secas me arrancaram dali – de onde quer que fosse. Saltei da cama, enrolei uma toalha à cintura, ainda tonto de sono, e fui abrir a porta. Laurentina entrou, olhos brilhantes, agarrou-me a nuca com longos dedos nervosos e beijou-me na boca. Gosto de álcool. Antes que eu dissesse o que quer que fosse, arrancou a T-shirt e colou ao meu os pequenos seios úmidos e trêmulos, o coração desamparado. Então devo ter dito alguma coisa. Talvez:

— Está muito tarde...

Alguma coisa a que me pudesse agarrar, enquanto uma força formidável me puxava para baixo, um rio a flutuar na manhã baça, com todos os seus peixes, a renda morta das ramagens, crocodilos sonâmbulos tropeçando no lodo. Palmeiras sacudiam garças das suas altas cabeleiras desgrenhadas. Um guarda-rios, com o peito azul-metálico, cruzou, como um relâmpago, o pesado assombro das águas. Na outra margem, o sono vegetal das árvores asfixiava a luz. A morte, de repente, pareceu-me fácil, tão fácil. Entreguei-me à corrente e deixei-me levar.

(Do amor e da morte)

O amor, a morte. Palavras tão próximas – já repararam? –, sendo o fim do amor o princípio da morte. Há anos que penso nisso. Curiosa coincidência fonética, ou então, para aspirantes a cabalistas e outros que tais, não sendo esse o meu caso, o rabo de fora de um gordo gato metafísico. Não existe amor, um grande amor, sem que o ronde, com persistência, a fria sombra da morte. Pedro e Inês. Romeu e Julieta. Orfeu e Eurídice.

No meu caso também foi assim. Tive um grande amor e o perdi. Não teria sido um grande amor se não o tivesse perdido. Penso nele constantemente. Deito-me para dormir e o vejo. Adormeço e o vejo. Acordo e o vejo, adormecido, ao meu lado. O meu erro. O meu pecado. O escândalo que destruiu o futuro que a minha mãe sonhou para mim. Hoje, não consigo amar ninguém, entregar-me com verdade e paixão a quem quer que seja, pois, por mais que me esforce, fechando os olhos, exercitando o esquecimento, não posso impedir-me de cotejar os corpos que levo para a cama com o corpo do meu perdido amor, e em todos descubro, nauseado, insuportáveis falhas. A firmeza da pele, a justa cor dos olhos, o riso de troça com que me repelia, a forma como inclinava a cabeça para me olhar, as pernas altas e longas, a voz de penumbra entre os lençóis.

— Onde tens dormido?

Laurentina, curiosa. A única pessoa neste grupo que realmente se preocupa comigo. Respondi-lhe com um enigma:

— Não durmo, sonho e caminho. As minhas noites são mais insones que os vossos dias.

O que não lhe disse: que rondo pelos bares, numa ansiedade de predador, à procura de corpos nos quais me possa esquecer, mesmo sabendo que em nenhum esquecerei o meu amor. Janto (um prato vegetariano) no Lola's. Estaciono diante do Angels, ou do Bronx Bar, e espero. O Club 55 também tem merecido alguma atenção. Há depois certo número de locais sombrios, que, por elegância, me escuso a nomear ou descrever, onde um homem que entre sozinho sai, inevitavelmente, acompanhado. Não bebo. Nunca bebi. O horror a álcool, presumo, salvou-me da queda; ou melhor, e deixai que me sirva de uma palavra muito apreciada pelos meus professores no seminário, da abjeção. Isso porque, a bem dizer, em queda estou. O problema, porém, não é a queda, como vai repetindo, enquanto cai de um décimo segundo andar, ou algo assim, mais andar, menos andar, a personagem de um filme muito bom, que vi uma vez, em Luanda, num ciclo de cinema francês: "O problema não é a queda, o problema é o impacto". Ao impacto podemos chamar abjeção.

Espantados?! Ah, sim, eu também gosto de cinema.

(Ninguém se apaixona por um conhecido)

Abro devagar a mão direita, depois a esquerda. Cheiro-as. A única prova de que ela esteve aqui é o ardor distraído de um perfume um pouco doce, na minha pele, nos lençóis e nas almofadas. O eco de uma frase, "as tuas mãos foram feitas para a taça dos meus seios", a memória indefinida de uns lábios acesos e de um corpo leve pousado sobre o meu.

Quando despertei, a cama era grande demais.

As mulheres dizem que tenho mãos bonitas. Eu gosto delas, das minhas mãos, gosto do que me dão. Penso em Laurentina. Talvez, afinal, tenha sido um sonho. Um perfume – algo impossível de capturar – não constitui prova material. Menos ainda a memória de uma voz a soprar-me ao ouvido "as tuas mãos foram feitas para a taça dos meus seios", uma silhueta frágil contra a exígua claridade da janela. Ocorre-me agora outra frase, "o meu nome é desamparo", mas chega acompanhada por um perfume diferente. "Vem! Vem!" Não sei se faz parte do mesmo sonho. Lembro-me de que havia uma força a puxar-me para baixo, um rio, ou algo como um rio, uma corrente surda. Havia uma mulher de cabelos líquidos que me chamava com voz de ave. Vejo a sereia que Mandume viu. Vejo-a eu com os olhos dele, mas não está morta; ergue-se em triunfo com o sol nos dentes. Tento ligar os pontos no papel para formar uma imagem. Os peixes a flutuar entre as folhas das árvores. Um crocodilo ri para mim, e só então me dou conta de como é largo o sorriso dos crocodilos. Antes de dormir estive a fumar a erva que Brand me deu. Um muadié fixe, o carcamano, mesmo com aqueles genes racistas de tipo recessivo. Talvez fosse a liamba. Muito boa, caramba! Dizem que é do sol do deserto. Então volto a ver o guarda-rios, um fulgor metálico, a chamar-me, da outra margem da vida. Abro os olhos, e é como se os fechasse. Laurentina estremece longamente, abraçada a mim.

*

Sou um tipo que se apaixona com facilidade. Também desanimo, verdade seja dita, com idêntica facilidade. Volúvel, acusa a minha mãe. Talvez. O que me atrai numa mulher é o que não sei sobre ela. Algumas mulheres usam o silêncio como quem veste uma burca. Um homem fica a imaginar o que existe por trás daquele silêncio pesado, escuro e sem frestas que mal deixa adivinhar a forma do pensamento. Imaginar já é amar. Há, depois, as mulheres que falam, mas com uma voz de tal forma sedutora, levemente rouca e ao mesmo tempo luminosa que é como se não falassem, pois nós, os homens, apenas conseguimos reparar na voz, não naquilo que elas dizem. "Como podes apaixonar-te por alguém que não conheces?!", aborrece-se a minha mãe. Precisamente, digo-lhe, ninguém se apaixona por um conhecido. O que acho, aliás, é que a paixão termina no momento em que se conhece o outro. Creio que era Nelson Rodrigues que dizia que se todos conhecessem a intimidade uns dos outros ninguém cumprimentaria ninguém. Evidentemente, existem depois aquelas mulheres que nos seduzem pelo brilho do pensamento. Ainda neste caso chega o momento em que viramos a última página. Reler um clássico pode ser um exercício agradável, sem dúvida, mas descobrir um jovem autor suscita outra emoção. As mulheres que pensam são as mais perigosas (espero que este meu diário não caia nunca nas mãos de uma mulher).

*

Costumamos tomar o mata-bicho num café alegre, cheio de luz, na Long Street, logo ao lado do nosso hotel. Nesta manhã, quando desci, depois de uma ducha rápida, havia uma única cliente: Lili, uma historiadora portuguesa, a fazer um trabalho relacionado com a recuperação de livros antigos nas bibliotecas públicas da África do Sul.

Cumprimentou-me com um sorriso esplêndido. Disse-lhe que o sorriso dela fazia inveja ao Sol. Sorriu a confirmar. Sentei-me à mesa dela. Lili tem o rosto oval, cheio de sardas, e uma indômita cabeleira vermelha. Usa piercing no lábio inferior. Quando se debruça, vejo-lhe o bico dos seios sob a T-shirt larga. Tem sinais no peito, mas não sardas. É como se as sardas fossem pequenas flores douradas que só se abrem em pleno sol. Fico a pensar se será ruiva também na intimidade.

Entendem agora? A imaginação é que nos perde. Bartolomeu entrou quando eu terminava de comer. Ficou um instante parado, à porta, olhando para mim e Lili de forma estranha. O que entendo por forma estranha de olhar? Bem, um olhar um pouco oblíquo, escuro e avaliador, como um buldogue pequeno a encarar para um buldogue grande. Compreendeu que não lhe restava alternativa senão se sentar ao meu lado. Sentou-se com um suspiro.

— Viram Laurentina?

Neguei com a cabeça. Expliquei-lhe que acabara de me levantar e que dormira a noite inteira como uma pedra. Lili disse que estivera com ela na noite anterior.

— Falamos de vocês! Conversa de mulheres. Uma longa conversa...

Mandume voltou a suspirar. Tive pena dele. Disse-lhe:

— Sonhei com a tua sereia.

— Não me chateies...

— A sério. Sonhei que me afogava. Então, ela apareceu e me arrastou para a margem. Mas era a margem errada...

— Errada?! Errada como?

— Sei lá! Sei que era a margem errada. Isto é, no sonho eu sabia que aquela era a margem errada.

— E o que aconteceu depois?

— Não lembro. Estou aqui tentando lembrar, mas não consigo.

— Sabes qual é o teu problema? Fumas demais. Tens a cabeça cheia de fumo. Isso destrói os neurônios...

— *Dagga!* Aqui na África do Sul chama-se *dagga*. Mas, se pedires *grass*, as pessoas também te entendem. Ou *boom, zol, dope, weed, ganja*. Há ainda quem lhe chame *swazi gold* ou simplesmente *poison*, "veneno". Já vês, quando as pessoas dão muitos nomes a um mesmo produto, é porque lhe têm amor. Em África as pessoas gostam de liamba.

Lili interveio:
— Não só em África. Eu também gosto. Tens alguma?
— Tenho. Muito boa. Puríssima. Queres?
Lili riu com vontade.
— Agora vou trabalhar. Por que não passas pelo meu quarto no fim da tarde? Fazemos uma festa, eu e tu...

Bartolomeu ficou uma fúria. O tipo tem tanto senso de humor quanto um rafeiro com sarna. Não aprecia a vida. Na minha opinião, passou demasiado tempo em Portugal. Eu também gosto de visitar Lisboa, vou às livrarias, ao cinema, vejo exposições de fotografia e acho tudo isso muito bom para lavar a alma. Mas nunca fico mais de duas semanas. Três, no máximo. A melancolia portuguesa corrompe o espírito, escurece-o, como o frio do outono amarelece e mata as folhas das árvores.

(Onde se fala pela primeira vez de Elisa Mucavele)

Nove mulheres cobertas por burcas negras evoluíam no palco numa espécie de dança cega. Uma décima mulher, nua, ou quase nua, o corpo intenso, perfeitamente desenhado, a arder sob uma luz de bronze, fugia recuando diante delas. Reconheci a música: o "Nkosi Sikelel' iAfrika", hino nacional da África do Sul, numa arrebatadora interpretação do Coral Juvenil de Alexandra. Receei, porém, não ter compreendido a intenção da coreógrafa. Seretha du Toit recusou-se a elucidar-me. Encolheu os ombros, um pouco irritada, quando, à mesa de café, menos de uma hora a seguir ao espetáculo, a interroguei sobre aquela particular coreografia. Murmurou uma frase vaga sobre o sofrimento milenar da mulher africana. Insisti:

— E as burcas?

Ignorou as minhas questões. Seretha prefere ser ela a fazer as perguntas.

— Tem a certeza de que Faustino é o seu pai?

Estranhei a pergunta. Estranhei ainda mais o tom de voz.

— Você parece ter a certeza de que não é. Há alguma coisa que deva saber?

Sorriu. Um sorriso manso, apaziguador. Colocou a mão direita sobre o meu ombro esquerdo. Um gesto de mãe.

— Querida, este mundo está cheio de armadilhas.

Trazia um vestido cor de vinho, em seda, talvez demasiado justo e decotado para a sua idade. Contudo, fica-lhe bem. "A elegância não envelhece", dizia o meu pai. Qual deles?! Boa pergunta. Tenho, ou tive, vários pais e o sentimento de que não me resta nenhum. Mas neste caso referia-me, naturalmente, ao homem que me criou.

— Da África do Sul vocês seguem para Moçambique, certo?

— Sim. Vamos a Maputo.

— Lourenço Marques! Vocês querem ir para Lourenço Marques, Maputo apareceu depois. Faustino foi para Lourenço Marques, de comboio, em 1962. Sabem quem procurar?

— Não. Enfim, temos algumas ideias. Um dos meus irmãos disse-me que o pai... que Faustino... que ele tocou piano no Hotel Polana...

— É verdade. Foi o primeiro negro, ou melhor, o primeiro não branco, a tocar piano no Polana. Duvido que ainda encontrem alguém desse tempo, alguém que se lembre dele, lá, no hotel. Dou-vos uma pista muito melhor: Elisa Mucavele. Sabem quem é?

Eu não sabia. Bartolomeu, porém, logo assentiu, interessado.

— Elisa Mucavele, a ministra da Saúde?

— Exatamente. Em 1962, era enfermeira. Faustino viveu sete ou oito anos com ela. Tiveram vários filhos.

— A enfermeira?! Babaera, meu irmão, também me disse que o pai viveu com uma enfermeira em Lourenço Marques. Mas não sabia o nome dela. Então deve ser uma figura conhecida...

— Conhecida? — Bartolomeu riu da minha ignorância. — Elisa Mucavele é uma pessoa extraordinária e, como qualquer pessoa extraordinária, tem muitos inimigos. Uma pessoa que não tem inimigos não merece ter amigos.

— Uma bela frase, mas bastante estúpida. — Seretha não mede as palavras. — Essa mulher nem inimigos merece ter...

Bartolomeu a olhou escandalizado.

— Não diga isso. Elisa escreve, publicou dois ou três romances, muito interessantes, sobre a condição da mulher moçambicana. Conheci-a em Barcelona, num encontro de escritores dos países do sul, e achei-a fascinante. Além disso, nunca conseguiu provar-se nada contra ela...

— Provas? A melhor prova é o estilo de vida que Elisa leva!

— Estão a falar de quê?

— Elisa Mucavele é hoje uma das pessoas mais ricas de Moçambique. Como acha que enriqueceu?

— Como foi?
— Isso é pura especulação. Ela pode ter herdado...
— Você não acredita nisso.
— O marido anterior era um homem bastante rico.
— Pois. E esse... como enriqueceu?
— Está certo! — Bartolomeu ergueu a voz, eufórico. — E como se fizeram as grandes fortunas nos Estados Unidos ou no Brasil? Os brancos mataram os índios, roubaram e esfolaram, e agora os netos deles são pessoas respeitáveis. Na Austrália, todos os brancos descendem de ladrões e prostitutas. Se isso resultou assim nesses países, por que não há de resultar nos nossos?
— Daqui a pouco vai me dizer que denunciar a corrupção nos países africanos é uma manifestação de racismo.
— Para muitos europeus, preto bom é preto pobre. Não aceitam que um preto possa ser rico. Primeiro atacavam-nos por termos alinhado com o bloco socialista. Agora atacam-nos por sermos bons capitalistas...
— Você não me assusta.
— Desculpe, entusiasmei-me. Não pretendo dizer que a senhora pensa dessa maneira. Conheço sua biografia.
— Não. Você não conhece nada. Não sabe do que fala. É um rapazinho embriagado pela própria impertinência. Aceitar que não posso criticar alguém pelo fato de esse alguém ser negro, a isso chama-se paternalismo. O paternalismo é o racismo elegante dos covardes.

Nocaute, soa o gongo.

Bartolomeu saiu do café feito num s.

*

Tenho andado um pouco nervosa. Começo a achar que não conseguiremos concluir a viagem. Ontem à noite voltei a zangar-me com Mandume. Deixei-o no quarto a rever, na televisão, *Magnólia* e desci ao bar do hotel. Havia uma rapariga sentada, sozinha, num dos sofás. Achei-a improvável ali, deslocada, um pouco como os galgos na casa de Seretha du Toit. Tinha, aliás, exatamente o mesmo porte distante e aristocrático. Olhou-me profundamente. Um precipício, os olhos dela. O mais impressionante, porém, era o cabelo. Ruivo, pelas costas.

Apresentou-se: Lili, portuguesa. Convidou-me a tomar alguma coisa. Pedi uma caipirinha. Lili vive em Londres. É especialista em recuperar livros antigos. Está na África do Sul no âmbito de um projeto financiado por uma instituição europeia qualquer. Apaixonou-se por um namibiano de origem alemã, um desses tipos que levam os turistas a ver elefantes, navios enterrados na areia, himbas autênticos e os autênticos bosquímanos dos postais. Mostrou-me uma fotografia dele. Bonito. Com aquela espécie de encanto insolente e muito loiro de Robert Redford. Foi com ele a Etosha. No regresso, descobriu, por acaso, que o homem era casado, pai de três meninos.

— Um filho da puta!

Pedi mais uma caipirinha. Lili ia no segundo uísque. Raramente bebo álcool. Não sei a partir de que momento começamos a trocar confidências íntimas. Recordo-me mal do que se passou depois da terceira caipirinha. Acordei, nesta manhã, com uma terrível dor de cabeça e a sensação confusa de haver cometido uma atrocidade.

Trans-Karoo Express, algures entre Cape Town e Joanesburgo. África do Sul
quinta-feira, 17 de novembro de 2005

Gosto daqueles lugares onde não se passa nada. Evidentemente, gosto deles enquanto passo, passo a passo, num passeio lento ou sobre rodas, num rápido deslizar. Gosto do silêncio estático, da luz parada, nos vários tons da ferrugem – uma velha fotografia manchada de lágrimas.

Nesta madrugada acordei meio aturdido, estendido de costas no estreito beliche de uma carruagem de trem e, ao espreitar pela janela, vi uma luz assim. Capim-amarelo, vagarosos arbustos de cabeleiras crespas. Montanhas desciam do céu com a delicadeza de girafas. Jordi dormia de bruços, no beliche inferior. Desci com cuidado, para não o despertar, abri a porta e saí para o corredor. No vagão-restaurante, dois homens tomavam café. Uma frase solta chegou a mim:

— It's not the right life, but it's my life.

Fiquei a pensar que vida errada levaria aquele homem e invejei-o. As vidas erradas sempre me atraíram. Pedi um café, ovos estrelados com bacon. O trem deteve-se no meio da paisagem nua. Fez-se um silêncio puro.

— Em Cradock — continuou o homem —, povoado remoto onde vivi quando criança, costumava escutar, trazidos pelo vento áspero do

Karoo, sons furtivos, melodias de outro mundo. Durante algum tempo, julguei que só eu as podia ouvir. Espécies de canções-fantasma. Mas um dia a minha avó disse-me: "Isso que o vento sopra é o sino do túmulo do soba Ntsikana. É um sino esculpido na própria rocha, lá, em plena nação xhosa". Muitos anos mais tarde, fui à procura do tal sino. Não encontrei nenhum. Nada que se parecesse com um sino. O que descobri foi um grande penedo liso, coberto de aloés. Então uma mulher muito velha veio com um calhau e percutiu o penedo, e eu escutei de novo, puro e forte, o grande sino de Ntsikana. Existe uma lenda. Não deves conhecer. Numa tarde em que Ntsikana cuidava do seu gado, o Senhor Deus baixou das nuvens e falou-lhe. Estranhos prodígios se deram por esses dias, as nuvens dançaram no céu em fogo, e foram vistas serpentes a voar, mas Ntsikana permaneceu silencioso no seu kraal. Numa tarde, levantou-se e começou a cantar. Dizem que as canções que cantava pacificavam tudo à volta.

O homem calou-se. O silêncio voltou a pousar sobre a paisagem. O vento despenteando a cabeleira áspera das espinheiras, fazendo ondular o capim seco. Um saco plástico ergueu-se no azul, como uma ave apática, insuflado de luz. Um caminho estreito, em terra batida, corria paralelo aos trilhos do trem. Depois curvava à direita e ia dar a uma casa de madeira. Não reparei imediatamente na casa porque tinha a mesma cor da terra. Um vermelho convulso. Largas janelas abertas. A luz, numa rajada, iluminou um rapaz negro, alto e anguloso, dentro da casa, sentado num sofá. Acenei para ele, e o rapaz retribuiu o aceno. Pensei, como penso sempre quando encontro um lugar assim: "Eis uma casa onde seria bom viver". Depois imaginei-me a viver dentro da casa, um dia, um mês inteiro, vendo passarem os trens, a contá-los, a acenar para os passageiros distraídos no vagão-restaurante, e saí porta fora, horrorizado. Sim, gosto dos lugares onde não se passa nada, mas gosto deles apenas enquanto passo. O empregado trouxe-me os ovos estrelados com bacon. Uma xícara com café. Voltei a ouvir, atrás de mim, a voz rouca do homem:

— Hoje, ao redor da tumba do velho Ntsikana, a paisagem é triste e sem esperança. Um cemitério de motores de carros, peças mecânicas. Há porcos escavando o chão e cabras a roer listas telefônicas. Porém, sempre que alguém percute o penedo e o sino acorda, as canções de

Ntsikana voltam a ouvir-se, e isso agita as nuvens, e às vezes chove. Ao menos é o que dizem. Não sei. Eu ouvi as canções. Ainda ecoam no meu coração.

Fazia frio. Retornei a tremer para a minha cama. Há pouco encontrei entre os livros de Jordi uma coletânea de poesia sul-africana: *The New Century of South African Poetry*. Folheando-a distraído, dei com uns versos de Frederick Guy Butler que falam no sino de Ntsikana. Pouco depois, enquanto ouvia Abdullah Ibrahim, dei-me conta, pela primeira vez, de que o primeiro tema de uma das suas compilações, *A Celebration*, tem por título "Ntsikana's Bell". No encarte explica-se que é um tema tradicional. Jordi não se surpreendeu com nenhuma das coincidências.

— Tenho um amigo que nunca saiu da pequena cidade onde nasceu e conhece o mundo inteiro pela poesia. É capaz de falar horas seguidas sobre Alexandria, os gregos de Alexandria, e com tal sentimento que as pessoas se comovem. Perguntam-lhe quanto tempo viveu no Egito ou se foi de férias. Nada disso: leu Kavafis.

Pode ser que tenha razão. Afinal, o que permanece em nós depois que a viagem termina? Em mim, invariavelmente, menos que o mais singelo verso. Imagens dispersas, a memória difusa de um cheiro ou uma cor. Além disso, como lembra Jordi, a poesia é barata e relativamente segura. Ninguém contrai malária ao ler os versos de Rui Duarte de Carvalho. Deviam produzir guias de viagem que fossem, simplesmente, coletâneas de poesia.

(A casa vermelha)

Passamos a noite na estrada. Eram cinco da manhã, pouco mais, pouco menos, quando a Malembelembe desmaiou, esgotada, algures em pleno Karoo. Laurentina dormia, a cabeça no meu colo, enrolada num cobertor. Bartolomeu ia à frente, ao lado de Pouca Sorte, com a missão de não o deixar adormecer. De repente a Malembelembe estremeceu, tossiu, e um fumo espesso começou a soltar-se do motor. Descemos. Os pés na poeira vermelha. O céu liso, imenso, um prodígio azul a cantar sobre nossa cabeça.

— E agora?

A inevitável pergunta. Laurentina sorriu, ainda estremunhada.

— Nunca vi tanto nada.

Bartolomeu apontou para diante. A uns cem metros, numa curva da estrada, erguia-se uma pequena casa de madeira, num vermelho descorado, com as janelas abertas. Parecia brotar do chão, como uma flor arcaica. Era o único edifício em meio à desmesura da paisagem. Pouca Sorte debruçou-se desanimado sobre o motor.

— A junta do cabeçote queimou...

Não entendo nada de carros. Não dirijo. No entanto, tenho carta. Uma das minhas ex-namoradas, uma médica oito anos mais velha que eu, inscreveu-me numa escola de condução. Passei facilmente no exame teórico, mas me convenci de que reprovaria na parte prática. Naturalmente, minha maior ambição era reprovar. Cometi duas ou três infrações ligeiras, porém com tal tranquilidade que o examinador se rendeu.

— Podia reprová-lo. Mas é óbvio que você já dirige há muito tempo. Está cheio de vícios. Se eu o reprovar, vai continuar a conduzir sem carta. Então o melhor é dar-lhe a carta.

Conduzi uma semana. Numa tarde o carro foi abaixo numa ladeira. Imediatamente arremeteram as buzinas. Eu ali, nervoso, tentando resolver a situação, e os imbecis, atrás de mim, a gritarem obscenidades e a buzinarem. Puxei o freio de mão, saí do carro, fechei-o à chave e afastei-me devagar, diante do estupor geral. A seguir, liguei para a minha namorada, contei sobre o sucedido, e ela foi resgatar o carro. A nossa relação terminou nesse dia.

Caminhamos os quatro até a casa. A porta estava entreaberta. Chamamos, mas ninguém respondeu. Bartolomeu empurrou a porta e entrou. Entrei com ele. Uma sala muito limpa, quase sem móveis: dois sofás de couro cobertos por plástico transparente e uma mesa rústica, baixa, em madeira trabalhada, com um friso erótico composto por pequenas figuras africanas. Uma porta dava para uma estreita casa de banho; outra conduzia à cozinha. Num alpendre, nas traseiras, havia uma série de ferramentas arrumadas em suportes de metal. Pouca Sorte assobiou.

— Tudo o que eu queria. Finalmente o Senhor Deus escutou as minhas preces...

Escolheu as ferramentas de que precisava e colocou-as num saco.

— Não podemos fazer isso — protestei. — Não está certo. E se aparece o proprietário?

Bartolomeu riu.

— Nesse caso teremos de matá-lo.

Não aprecio o humor dele. Sentei-me na sala. O céu entrava, numa torrente azul, através da janela aberta. Havia um caderno pousado sobre a mesa. Abri-o e li:

"Subi até o barranco mais alto e fechei os olhos e escutei o silêncio, senti-me liberto, um breve instante, do furor e do ruído, do aluvião dos dias. Vi, poucos metros à frente, um casal de águias: gritavam ao mundo o seu amor urgente. Uma lagartixa olhava para mim com olhos de um azul intenso – tive a certeza de que era feliz."

Um profundo clamor de metais arrancou-me à leitura. Não tinha me dado conta de que a estrada corria paralela à ferrovia. O trem passou, muito devagar, pouca-terra, pouca-terra, pouca-terra, num longo queixume de seda e fumo. Um homem moreno, bronzeado, numa das janelas do vagão-restaurante, acenou para mim. Ergui a mão e retribuí o aceno. Pouca Sorte regressou com as ferramentas.

— Já está. Podemos seguir viagem.
— Quem será que vive aqui?
— Não faço a menor ideia.
— É uma casa estranha. Não tem quarto de dormir. Nem sequer tem cama...
— Talvez ele não durma. Talvez não precise de dormir...
— Todo mundo precisa de dormir.
— Nem todo mundo. Eu quase não durmo.
— Acredito. Por isso é que adormeces ao volante.

Pouca Sorte olhou-me ofendido.

— O acidente lá na Canjala só aconteceu porque os senhores me assustaram. Durmo pouco, sim. Fico semanas sem passar pelos sonhos. Tive um problema muito grave, há anos, e depois disso mal fecho os olhos. E, mesmo quando fecho os olhos, continuo a ver. Vejo ainda melhor de olhos fechados.

Desisti. Às vezes acho que o tipo é maluco. Primeiro surpreendeu-nos a todos com uma linguagem cuidada, que parece muito além da função que exerce. Mas, enfim, se George Bush, que fala como um estivador, pode ser presidente dos Estados Unidos, por que um tipo que tem a eloquência de um bispo e os mesmos gestos doces, a mesma voz de tamarindo, não há de poder ser candongueiro em Angola? O que me aflige nele não é a incoerência da função. O que me aflige é a sensação de que não nos movemos no mesmo mundo.

Quanto a mim, gostaria de saber quem vive nesta casa. Antes de sair, arranquei uma folha do meu bloco de notas e escrevi, em inglês: "Encontramos a porta aberta e entramos. Usamos as suas ferramentas para resolver um problema no motor do nosso carro. Eu usei a janela para olhar o céu. Muito obrigado. Mariano Maciel". Pousei a folha na mesa e fui embora.

TERCEIRO ANDAMENTO
(minuete)

Chez Rangel, Maputo
sexta-feira, 18 de novembro de 2005

(Fragmentos de uma entrevista com Ricardo Rangel)

"Comecei a ter contato com o jazz nos anos 1940. Era miúdo, gostava de música. Houve uma altura, aqui, nesta nossa cidade de Lourenço Marques, em que ficou retido um comboio de navios. O mar, esse mar inteiro, estava coalhado de barcos norte-americanos impedidos de sair por causa dos submarinos alemães. Havia imensos marinheiros. Então eu, que era esperto, ia vender suruma aos gajos. Naquela altura, a limpeza da cidade era feita por homens que vinham de Gaza, de mais não sei onde, lá do interior, e a cidade estava sempre limpíssima. Os gajos viviam num acampamento, onde é hoje a Escola Três de Fevereiro, e cultivavam suruma, e eu ia lá comprar uns rolinhos por cinco escudos e, depois, vendia aos americanos. E os gajos '*bring more!*', e diziam uns para os outros 'vamos fazer muito dinheiro nos Estados Unidos', porque eles não queriam a suruma para consumir, mas para a vender mais tarde. Eu não queria dinheiro, preferia que me dessem discos. De setenta e oito rotações. Graças a isso vieram gajos, há vinte anos, que souberam que eu tinha certos discos, discos que ainda hoje tenho, vieram gajos para comprar esses discos. Ofereceram-me vinte libras por disco. Não vendi. Ouviram dizer que eu tinha algumas gravações de V Discs – sabe o que são? Quando os Estados Unidos entraram na guerra, recrutaram um monte de músicos. Queriam fazer música para entreter as tropas. O departamento da Marinha convidou os músicos mais incríveis para tocarem juntos. Conseguiram reunir músicos extraordinários. Quando a guerra terminou, as grandes editoras foram ter com a Marinha para pedir as matrizes. A Marinha recusou e simplesmente destruiu as matrizes. Então, hoje, esses discos são raridade. Tenho alguns."

"[...] A África do Sul já tinha algum jazz. Volta e meia vinham para cá uns gajos. Brancos. E durante a guerra, digamos nos anos 1940, 1945, começam a surgir músicos judeus, fugidos do Hitler, tchecoslovacos, austríacos, alemães, os gajos aportam aqui, e ficam, dois deles fizeram parte da orquestra filarmônica da Rádio Moçambique. Eram músicos clássicos. Havia também os gajos que tocavam jazz nos cabarés, nos casinos, na rua Araújo. Música de dança. Big bands com orquestra. Havia dois casinos que de quando em quando contratavam bandas. Nos casinos, dançava-se. Na rua Araújo havia imensos cabarés. Quando eles terminavam o trabalho nos casinos, tiravam o casaco, tiravam o laço e iam para os bares. A malta começou a habituar-se ao jazz nesses lugares."

"[...] Nos anos 1950, fim dos anos 1950, os norte-americanos tinham por política enviar para África agrupamentos de jazz. Uma vez veio o Herbie Mann, com uma big band com dezenove figuras. Fiz a cobertura dos três dias em que eles estiveram cá. Herbie Mann, quando viu as fotografias no jornal, quis me conhecer. Levou três fotos minhas para publicar na mais importante revista de jazz da época que era a *Jazz Beat*. Ainda hoje há músicos que me vêm procurar."

(O pianista sem mãos)

Georgina garante que ele tem oitenta e dois anos. Custa a acreditar. Parece um jovem que cometeu muitos excessos. Claro que eu já o conhecia – pela obra e pela reputação: Ricardo Rangel. Murmura-se o nome, e logo alguém avança o rótulo: pai da fotografia moçambicana. Implica certa responsabilidade, o raio do rótulo, pois Moçambique possui um punhado de excelentes fotógrafos. Eu gosto muito de Sérgio Santimano, um tipo meio preto, meio goês, com um espantoso olho lírico. Também gosto de Kok Nam, neste caso um moçambicano de origem chinesa, que acompanhou Rui Knopfli ao aeroporto no dia em que o poeta abandonou o país; isso só tem importância porque Knopfli nos deixou um registro poético do acontecimento: "É o fatídico mês de março, estou/ No piso superior a contemplar o vazio./ Kok Nam, o fotógrafo, baixa a Nikon/ E olha-me, obliquamente, nos olhos:/ Não voltas mais? Digo-lhe só que não.// Não voltarei, mas ficarei sempre,/ Algures em pequenos sinais ilegíveis,/ A salvo de todas as futurologias indiscretas,/ Preservado apenas na exclusividade da memória/ Privada. Não quero lembrar-me de nada,// Só me importa esquecer e esquecer/ O impossível de esquecer. Nunca/ Se esquece, tudo se lembra ocultamente [...]". Não sei o poema de cor, é claro, fui pesquisá-lo na internet.

Mas deixemos o olhar oblíquo de Kok Nam e voltemos ao de Ricardo Rangel (irônico, quase sempre, e apaixonado). Há quem lhe cole outro rótulo: o homem jazz de Moçambique. O bar a que fomos ontem à noite tem o nome dele: Chez Rangel. Funciona, depois que a noite cai, num dos mais belos edifícios coloniais de Maputo, a Estação Central dos Caminhos de Ferro de Moçambique. Lugares como esse desacreditam os melhores sonhos. Entra-se pela noite iluminada (candeeiros nas paredes) e dá-se com um pequeno palco e mesas e cadeiras dispostos sobre o cimento da gare. O ferro dos trilhos reluz, logo ao lado, irreal, como o cenário meio extravagante de um filme. Rangel estava sentado a uma mesa próxima. Bebia qualquer coisa. Ria para uma mulher excessivamente loira. Longas pernas. Nos intervalos em que o contrabaixo baixava o oco vozeirão, algumas frases soltas caíam na nossa mesa, excitando a minha curiosidade: "... Há um grupo aqui, o melhor grupo moçambicano, o único estrangeiro é um belga...", "... Os nossos melhores músicos estão na África do Sul...", "... Uma dinamarquesa levou-nos outro...". Pensei em levantar-me para o cumprimentar. Faltou-me coragem.

Conheci Georgina na casa do escritor Mia Couto. Foi há quatro ou cinco meses. Encontrava-me em Maputo, pela segunda vez, a filmar um documentário sobre os órfãos da aids na África Austral. Na terceira noite, achei-me, sem saber como, no meio de uma animadíssima festa de aniversário, num quintal imenso, cercado por palmeiras, dançando kuduro. Bebera muito. Lembro-me de que comecei a beber ainda no hotel, com os jornalistas angolanos que estavam comigo, e devo ter continuado a beber, depois, enquanto íamos de bar em bar a desvendar a cidade – mas disso já só recordo imagens soltas. Estava, pois, na tal festa quando alguém me empurrou (tenho certeza de que alguém me empurrou) e eu me desequilibrei e caí na piscina. Fiquei imediatamente lúcido. Não teria sido tão ruim se eu não tivesse ficado lúcido. Saí da água atrapalhado, mas sempre a rir, não fosse alguém pensar que aquilo me afetara o bom humor. Mia e a mulher, a bela Patrícia, que não me conheciam de lado nenhum, foram de inexcedível simpatia. Fizeram-me tomar um banho quente, deram-me um chá e emprestaram-me uma calça de ganga e uma T-shirt branca, que ficava um pouco larga. Mesmo lúcido, porém, não conseguia recordar-me de quase nada antes da queda. Estavam dezenas de pessoas na festa, e nenhuma delas se lembrava sequer de me ter visto chegar. Ninguém me conhecia, e eu não fui capaz de reconhecer ninguém. Digamos que me tornei o homem-mistério da noite. A atração principal. Foi Georgina quem se ofereceu para me levar ao hotel.

— Sou um pouco louca! — gritou enquanto dirigia. Abriu para mim um sorriso enorme. — Para dizer a verdade, sou muito louca mesmo. Muito, muito doida. Sexualmente falando. Acho que na cama vale tudo, tudo mesmo, desde que seja com amor.

Não soube o que responder. Ali estava eu, recém-salvo das águas, atravessando uma cidade adormecida, conduzido a toda a velocidade por uma mulher muito jovem e muito bonita, que acabava de me confessar, aos gritos, num arrebatamento, ser completamente louca na cama. Senti-me inseguro. Talvez eu, o homem-mistério, não conseguisse satisfazer as expectativas dela. O que diabo entenderia Georgina por "vale tudo"? Ainda assim, quando chegamos, convidei-a a subir. A moça olhou-me surpresa.

— Subir?

— Subir até as estrelas...

Ela riu.

— Só vou para a cama com o meu namorado.

Georgina tem dezenove anos e estuda direito. Nos intervalos, canta. Gravou um disco, em Cape Town, com algumas das canções mais famosas do continente, como "Pata Pata", "Malaika", "Stimela" e "Diarabi", num estilo elegante, entre o jazz e o afro-pop. Naquela altura, porém, eu ainda ignorava tal talento. Eis o pouco que conhecia acerca dela, além do redondo nome de marrabenta: 1) que frequentava a casa do mais famoso escritor de Moçambique; 2) que era, ou afirmava ser, uma amante sem preconceitos; 3) que tinha um namorado e que lhe era fiel.

Esta última informação devolveu-me o alento. Será talvez uma patologia, concordo, mas as mulheres que me ignoram, ou me rejeitam, são, invariavelmente, aquelas que mais me atraem. Disse-lhe que, se não me acompanhasse até meu quarto, e eventualmente além, até as estrelas, passaria o resto da vida angustiada pela dúvida. A curiosidade excita as mulheres. Não funcionou. Aliás, nenhuma das minhas manobras funcionou. Subi sozinho (não fui além de um segundo andar); caí na cama e dormi onze horas ininterruptas. Um voo Lisboa–São Paulo.

    Saí com ela na noite seguinte para conhecer alguns bares com música ao vivo, e ainda outra vez, para almoçar, no restaurante O Coqueiro, na Feira Popular, mas o máximo que consegui foi a promessa piedosa de que pensaria em mim e de que me escreveria depois que eu regressasse a Luanda. Realmente, escreveu-me. Hoje, é uma das poucas pessoas com quem costumo conversar no Messenger. Fiquei a saber, dessa forma, que a mãe, Fátima Saide, conheceu, nos anos 1960 e 1970, relativa glória enquanto cantora e compositora de marrabenta. Após a independência, partiu para a África do Sul, fixando-se em Joanesburgo, onde, durante muitos anos, trabalhou como manicure num salão de beleza. Georgina nasceu em Joanesburgo. O pai, afinador de pianos sul-africano que nunca permanece muito tempo na mesma cidade, mantém com ela um contato irregular. A mãe morreu há dois anos, vítima do chamado vírus do século. Quando soube que estava contaminada, regressou a Moçambique com a filha, então uma menina de poucos meses. Mesmo doente, Fátima foi à procura de alguns músicos com que trabalhara antes da independência e voltou a cantar. Desta vez, sem grande sucesso.

    Contei o enredo completo a Laurentina. Julguei que fosse ficar entusiasmada. Afinal de contas, Georgina conhece muita gente ligada ao mundo da música em Moçambique, incluindo um ou outro nome histórico, os quais, certamente, partilharam com Faustino Manso os anos da euforia colonial. Laurentina, contudo, recusou-se a conhecer a minha amiga. Explodiu num ataque de nervos.

    — Se queres dormir com essa mulher, não precisas de pretextos. Além disso, eu não tenho de saber. Vai, desaparece...!

    Olhei-a, espantado.

    — Nunca dormi com ela!

No instante em que disse isso, compreendi o absurdo da situação. Ou levava aquilo a sério e me zangava, ou levava na brincadeira. Tentei brincar.

    — Agora discutimos como namorados? Parece-me muito mais grave e, sobretudo, muito mais perigoso que ir para a cama. Na sequência vais querer se casar comigo.

Laurentina levantou-se (estávamos a tomar o café da manhã no hotel) e foi embora sem terminar. Aconteceu ontem. À noite fui com Georgina ao Chez Rangel e conheci um pianista, sem mãos, que me assegurou ter sido um dos melhores amigos de Faustino Manso. Por essa altura já Ricardo Rangel havia saído. A loira excessiva, de pernas longas, dançava sozinha com um copo na mão esquerda. Um jovem magrinho, baixinho, com as finas pernas enfiadas numa calça de ganga muito desbotada e extremamente justa, chegou-se à nossa mesa e pediu a Georgina para cantar alguma coisa. Era o contrabaixista. Georgina concordou. Cantou, voltada para mim, um tema de Lura: "Nha vida". Cantou-o com o mesmo impetuoso desespero da cabo-verdiana, uma sensualidade semelhante na forma de mover as ancas e os braços. Mergulhando os olhos nos olhos fundos dela, senti que o fazia realmente com o coração em chamas, "segura a minha mão/ Leva-me contigo/ Deixa-me pousar a cabeça em teu regaço", como se a impossibilidade de entre nós acontecer o que quer que fosse nos ligasse mais fortemente que o mais forte amor. Assim que se extinguiu a última nota, porém, quebrou-se a magia. Aplausos para ela e muitos olhares curiosos na minha direção.

O pianista sem mãos estava sentado a uma mesa próxima. Não se limitou a olhar. Ergueu ambos os cotos à altura da cabeça, acompanhando o gesto com um sorriso cúmplice, e, embora não tivesse mãos, eu quase conseguia vê-lo com os polegares para cima. Sorri de volta. Um empregado trouxe-lhe um copo de uísque com uma palhinha. Quando, logo a seguir, veio trazer a minha cerveja (Laurentina preta), perguntei-lhe baixinho quem era o homem.

— Aquele? O pianista, claro!

Tento não me espantar com o que o continente me oferece. Ganhei certa prática ao longo dos últimos anos, filmando os mais estranhos episódios em áreas remotas do interior de Angola e em países vizinhos. Aquilo, contudo, deixou-me perplexo. Georgina regressara, entretanto, depois de cantar mais duas ou três canções. Não conhecia o pianista. Então ele levantou-se e veio ter conosco. Puxou uma cadeira, arrastando-a com os pés, e sentou-se.

— Marechal Carmona! É o meu nome, o meu pai queria agradar aos portugueses... — Voltou-se para Georgina: — Parabéns, a menina canta muito bem. Espero que não se aborreça se lhe disser que a sua mãe, com a mesma idade, cantava ainda melhor. Ah, a grande Fátima! Fátima Saide, a rainha da marrabenta! Depois que veio da África do Sul, já não era a mesma. Eu perdi as mãos, mas não deixei de ser pianista. Ela não perdeu a voz, mas deixou de ser cantora.

Não resisti e perguntei-lhe, de repente, se havia conhecido o músico angolano Faustino Manso. Foi a vez de ele se espantar. Encostou-se na cadeira, fechou os olhos e suspirou fundo.

— Faustino Manso? Há quantos anos não ouvia falar no Faustino? Você o conhece...?

Expliquei-lhe que Faustino era meu avô. Contei-lhe que morrera há poucas semanas, em Luanda, depois de vários anos lutando contra um câncer nos pulmões. Fumou a vida inteira. Falei-lhe do funeral. O pianista estendeu os cotos. Colocou-os diante dos meus olhos.

— Vê estas minhas mãos?

Eu não as via.

— São as mãos do Faustino Manso! — disse isso e se calou, deixando-me intrigadíssimo. Voltou a recostar-se e mudou de assunto: — Sabe qual é o tema que mais vezes pedem aos pianistas que tocam em bares de hotel? "Casablanca"! "*Play it again, Sam.*" Vi o filme sete vezes. Ilsa não diz isso. Ela diz: "*Play it, Sam. Play 'As Time Goes By'*". Rick, a personagem de Bogart, é bruto ao fazer o mesmo pedido: "*You played it for her, you can play it for me!*". Pode imaginar a quantidade de vezes que um imbecil chegou ao pé de mim e disse essa fala que não está no filme? Muitas! Uma única vez, no Polana, depois que o Faustino foi embora e eu o substituí – uma única vez! –, uma mulher veio ter comigo e disse a fala correta: "*Play it, Sam. Play 'As Time Goes By'*". Na manhã seguinte, encontraram-na na banheira com os pulsos cortados. "*It's still the same old story, a fight for love and glory, a case of do or die.*"

Antes que tivesse tempo de lhe fazer mais perguntas, apareceu um adolescente magro, tímido, vestido com sobretudo azul. Reparei no sobretudo porque lhe ficava enorme.

— Vamos pai, temos de ir. A mãe está à espera.

Marechal levantou-se; fez uma pequena reverência com a cabeça.

— Se não sair agora, viro abóbora.

Levantei-me também, sem saber se devia ou não lhe estender a mão e segurar-lhe o coto. Optei por lhe dar duas pancadinhas no ombro, algo entre um abraço, o que seria excessivo, e a impossibilidade de um trivial aperto de mão.

— Podemos encontrar-nos noutra hora? Gostaria de conversar consigo sobre o meu avô.

Ele sorriu. Um sorriso de triunfo.

— Certamente, meu jovem. Esteja aqui, amanhã, à mesma hora. Você, evidentemente, paga as bebidas.

(Um fantasma com cabeção)

Há pouco, ao almoço: um pequeno susto.

Estávamos os quatro num restaurante de comida zambeziana, na Feira Popular. Laurentina aluada. Mandume cabisbaixo. Bartolomeu, muito eufórico, a contar um encontro que teve na noite anterior com um pianista sem mãos que costumava tocar no Hotel Polana.

Frango no churrasco para os quatro.

Frango no churrasco, à zambeziana, é dos melhores pratos que se pode comer em Moçambique, não obstante a singeleza do preparo. Tempera-se o frango com sal, limão, pimenta e gindungo. Extrai-se o leite de um coco, rala-se o miolo e mistura-se com duas colheres de azeite. Grelha-se depois a galinha em fogo lento, regando-a constantemente com a mistura do coco e azeite. Convém aproveitar o molho que vai escorrendo na grelha, com o qual se rega a carne, novamente, na hora de ir para a mesa. Frango à zambeziana, pois, e cervejas para todos.

Então, sem aviso, uma figura escura postou-se diante de nós. Só dei por ela quando já era demasiado tarde.

— Padre Albino?!

Ergui-me num salto. À minha frente, de fato preto e cabeção – o passado. Podia ter sido pior. Nos meus pesadelos, é sempre muito pior. O passado, naquele caso inferiormente representado pelo padre Lírio, da congregação do Espírito Santo, vive em meditação e exílio, lá, nos arredores de Lichinga, no Niassa, pregando às girafas e aos rinocerontes, mais a estas que àqueles, que são animais aborrecidos e pouco afeitos ao sagrado, e não lhe chegam rumores mundanos, muito menos sobre o que se passa em Angola. Assim, limitei-me a responder, sucintamente, a meia dúzia de perguntas sobre a saúde de um ou outro ilustre prelado, com os quais ambos havíamos convivido durante uma curta estada de padre Lírio em Luanda, posto o que nos despedimos com a graça de Deus. Evidentemente, não consegui esquivar-me à curiosidade dos meus clientes.

— Padre Albino, afinal?
— Sempre suspeitei...
— Ah! Não é possível, acho que nos deve uma explicação...

Não lhes devia explicação alguma, evidentemente. Podia tê-los deixado a arder no inferno da curiosidade. Achei, contudo, que revelar parte da verdade me pouparia de revelar a verdade inteira, mais tarde – supondo que o passado retorne. Disse-lhes que efetivamente fora padre, mas que, cansado de Deus, abandonara a Igreja.

Laurentina interessou-se.

— Perdeu a fé?

Bartolomeu tentou troçar, mas sem grande convicção.

— Perdeu foi a castidade, não terá sido isso, padre? Há sempre uma mulher atrás de cada grande decisão de um homem.

Deixaram subitamente de me tratar por tu. O tom, agora, mistura o respeito e a incredulidade. Um padre nunca deixa por completo de ser padre. À tarde Laurentina veio ter comigo. Achei-a inquieta e perturbada.

Talvez esperasse que eu a ouvisse se confessar.

(O triunfo da autenticidade)

Lembro-me dela em Barcelona, durante um encontro de escritores: uma mulher enorme, esplendorosa cabeleira prateada, abrindo o debate inaugural com uma canção destinada, explicou, a convocar os bons espíritos e a afastar os maus. A voz, ora num gemido, num zumbido, ora num vago alarido, desdobrando no ar lentas vogais misteriosas, deixou os espanhóis transidos de espanto. Escutaram-na hirtos e hirtos continuaram depois que ela se calou, sem saberem muito bem se deveriam aplaudir ou guardar respeitoso silêncio. Escolheram o silêncio. Assim que a sessão terminou, perguntei-lhe se recebera algum tipo de iniciação como curandeira. Elisa Mucavele riu. Um pequeno riso.

— Ah, pelo amor de Deus, angolano! É apenas uma canção que a minha mãe me ensinou. Uma canção para adormecer meninos. Não tem nada a ver com espíritos. Mas os brancos adoram o número. É o número que eles esperam de uma escritora africana. Por que não lhes hei de dar esse pequeno prazer?

Em outro debate chorou lágrimas redondas ao recordar a morte de uma girafa. Muitas pessoas no público choraram com ela.

— É preciso exercitar as lágrimas — confidenciou-me, mais tarde, enquanto tomávamos cerveja no bar do hotel. — Se conseguires que partilhem contigo um momento de luto, consegues tudo deles, sobretudo que comprem os teus livros. Faz com que riam contigo, com que se comovam contigo, e eles vão te seguir até o último livro.

Barcelona acolhia um encontro de escritores de países do sul (ilustres desconhecidos), promovido por uma organização não governamental de apoio ao desenvolvimento. Durante os três dias que se seguiram, não se falou de outra coisa a não ser da extraordinária escritora moçambicana que cantava para apaziguar os espíritos, tão sensível que era capaz de chorar a morte de uma girafa.

Vi uma velha senhora, com diáfana cabeleira azul-celeste, abraçar Elisa, demoradamente, à saída do primeiro debate.

— Obrigada por ser autêntica — disse-lhe, lágrimas nos olhos. — Nós, na Europa, matamos Deus e agora estamos órfãos. Perdemos a ligação com o sagrado.

Uma rapariga solene e triste, muito magra, à qual nós chamávamos O Cipreste, pediu-lhe ajuda para apaziguar o espírito da mãe, falecida semanas antes num desastre de automóvel. Outra ofereceu-lhe uma girafa, em pano, fabricada no Botswana por uma associação de apoio às crianças vítimas de aids.

Não foi difícil obter o celular de Elisa. Assim que ouviu a minha voz gritou, feliz:

— O angolano! Já sabia que estavas na minha terra... Porém, quando lhe disse ao que vinha, a voz turvou-se.

Pareceu-me espantada, sim, mas também um pouco receosa:

— Tu és neto de Faustino?! Incrível! Então és sobrinho dos meus filhos. Custo a acreditar. A vida cria enredos de que a ficção não é capaz.

Concordou em encontrar-se conosco, amanhã, no início da tarde. Tomei nota do endereço: Sommerschield – o glorioso bairro da alta burguesia, onde vivem Graça Machel e Nelson Mandela. Laurentina ficou feliz com a notícia. Também aceitou ir comigo, nessa noite, ao Chez Rangel, conhecer o pianista sem mãos.

Jardim dos Namorados, Maputo
14 de setembro de 2006

(Um Clark Gable mulato)

Elegante, cabelo branco quase liso, cortado rente, exíguo bigode grisalho, como um acento circunflexo sobre os lábios finos e bem desenhados. Durante os anos 1960 e 1970, João Domingos, líder e vocalista do Conjunto João Domingos, foi figura muito popular em Moçambique. O grupo tocava em salões de bailes: no Ateneu Grego, atual Palácio dos Casamentos; no Clube dos Chineses, onde hoje funciona a Escola de Artes Visuais; na Casa do Minho; na Casa das Beiras; no Clube dos Comorianos. Enfim, naquela época não faltava trabalho para quem quisesse, e soubesse, ganhar a vida com o lazer dos outros.

— Antigamente havia muito mais música ao vivo — assegura João Domingos, com uma tristeza conformada. — Eu fazia bastante dinheiro. Depois da independência, só queriam que tocássemos música revolucionária, então nós tocávamos, mas com ritmos de dança. Até o Samora gostava...

A conversa decorre num simpático café, no Jardim dos Namorados, com uma vista deslumbrante sobre o oceano Índico. João Domingos assistiu ao nascimento da marrabenta, o único ritmo moçambicano que conseguiu algum reconhecimento internacional.

— O nome marrabenta nasceu na Mafalala. Havia um homem chamado Fernando. Tinha a melhor guitarra elétrica, tocava mais alto, porém volta e meia partia uma corda a tocar majika. Também tocava tangos e rumbas. Então, as pessoas diziam-lhe: "Toca aquela q'arrabenta". Veio daí o nome, mas o ritmo era aquilo a que chamávamos "majika". No Clube dos Comorianos, onde também costumávamos tocar, havia um sujeito que dançava sapateado muito bem, tipo Fred Astaire. Chamava-se Jaime Paixão. Ele desenvolveu o sapateado, dançava deslizando, e assim surgiu a maneira de dançar a marrabenta.

Karen elogia-lhe o aprumo. A boa forma física. João Domingos conta que sofreu um acidente grave, ainda criança, ao brincar com um foguete e deixou de ver durante quinze dias. Depois, recuperou e nunca mais teve problemas. Há alguns anos, porém, sentindo a vista cansada, foi visitar uma oftalmologista cubana. A médica estudou-lhe os olhos e confessou que nunca antes testemunhara nada semelhante.

— Tecnicamente, o senhor é cego. Não há nada que eu possa fazer para ajudar. Custa-me a crer que consiga ver alguma coisa. Se realmente vê, é com os olhos da alma. Desses não sei tratar.

João Domingos riu e foi consultar outro médico. Este pareceu-lhe mais bem equipado. Sentou-o diante de um complexo artefato de lentes móveis, ligadas a um computador. Mirou-o e remirou-o. Depois abriu a mão a dois palmos do seu nariz:

— Quantos dedos?

Fê-lo ler letras num cartaz. Por fim, sentou-se (talvez sentado se sentisse mais seguro), abanou a cabeça e confirmou, incrédulo:

— É o primeiro cego que conheço a queixar-se de vista cansada...

Espreito-lhe os olhos, desconfiado. Turvos. Fico a pensar como será o mundo que ele vê. É bem verdade que não existem duas maneiras iguais de ver o mundo.

Diante de nós, a luz parece ascender do mar.

(As mãos perdidas de Faustino Manso)

Marechal Carmona tem uma voz de comandante de avião.[5]
— Posso ver a sua mão?
Estendi-lhe a mão direita. Ele percorreu-a com os olhos, atentamente. Sorriu.
— Você não tem pátria, o quadrado da pátria, um pequenino desenho que costuma ficar entre a linha da vida e a linha da fortuna, você não tem. Faustino também não tinha. O seu destino é viajar.
Neguei veementemente. Estou cansada de viajar. Olho-me no espelho e não me reconheço. Tenho os cabelos baços, estragados. Mais olheiras que olhos. Gosto de viajar, mas tudo o que é em excesso cansa. Morro de saudades do meu apartamento, na Lapa. Sonho com ele. A luz plácida sobre o pátio. As orquídeas organizando o silêncio. Todavia não posso me queixar. Insisti para que ficássemos instalados no Hotel Polana, mesmo arriscando ultrapassar o orçamento, pois quero filmar o piano em que o meu pai tocou. Os lugares em que ele tocou. Eventualmente, algumas das pessoas em que ele tocou. Falaram-me

---

5. Um dos principais requisitos para se ser um bom comandante de avião é a voz. Quando o avião descola, naquele momento em que tudo estremece e range, não há nada mais tranquilizador que escutar: "Boa noite, senhores passageiros, fala-vos o vosso comandante", pronunciada por uma voz firme, absolutamente segura e, ao mesmo tempo, calorosa. Imaginem um comandante de avião com a voz do Woody Allen. Vocês sentir-se-iam seguras (dirijo-me especialmente às leitoras)? Eu sou mulher, exijo um comandante com voz de comandante.

de um porteiro que o teria conhecido, mas está doente, em casa, com malária. Então aceitei falar com o pianista sem mãos que Bartolomeu descobriu no Chez Rangel.

Marechal Carmona perdeu as mãos na guerra. Tinha ido de machimbombo visitar a mãe, muito doente, numa aldeia perto da Beira. No meio do caminho a estrada desapareceu; ou melhor, se quisermos acreditar no que ele conta, mudou do estado sólido para o estado líquido.

— No lugar do asfalto começava um rio. Saímos todos e ficamos a olhar aquela água lenta. O rio parecia carregar mais sombras que água. Alguém apontou ao longe: "Ali, um crocodilo!". Vimos depois outro um pouco adiante, e outro ainda. Vieram, de olhos baixos, meio esverdeados e vagarosos. Mas, quando saíram da sombra molhada do rio, já não eram bem crocodilos. Eram quase homens. Traziam armas. Catanas. Lanças. O chefe, um menino de uns treze anos, talvez menos, carregava uma espingarda maior que ele. Encostaram alguns de nós ao rio. Fizeram com que nos ajoelhássemos. Dos cinco primeiros, cortaram a cabeça. Eu era o sexto, e tive mais sorte.

Olhou para os cotos. Olhou para mim.

— Em 1973 eu não era ninguém: o mainato. Limpava o chão. A primeira vez que vi o piano, no salão do hotel, fiquei sem palavras. Nunca tinha visto nada tão bonito em toda a vida. Para mim, foi como se tivesse visto um disco voador ali pousado. E depois, na primeira vez que ouvi o seu pai a tocar, ah!, lembro como se fosse hoje, veja, menina, até estou arrepiado, foi como se tivesse escutado a voz de Deus. A partir desse dia, sempre procurava pretexto para ir ao salão quando Faustino tocava. Tenho muito bom ouvido. Numa manhã, Faustino encontrou-me no pátio. Estava eu debruçado sobre um piano. Tinha desenhado um piano no cimento, com um pedaço de giz, tinha desenhado as teclas todas, e tentava tocá-lo. Sem grande resultado, como pode imaginar. Ele ficou atrás de mim, um tempo longo, a ouvir-me tocar. "Deus deu-te imenso talento", disse-me. "Falta alguém que te ensine o que fazer com ele." E a partir desse dia passei a ter lições de piano. Cinco anos mais tarde, começamos a tocar juntos. E, quando ele se foi embora, para Quelimane, nunca soube muito bem porquê, fiquei a substituí-lo lá no Polana. Foram os anos mais felizes de toda a minha vida.

(Malária)

Olho-me ao espelho. Passo os dedos pelo meu cabelo. Está áspero e seco, quebradiço. Marquei hora no cabeleireiro. Estendo-me na cama e tento ler. Não estou bem. Sinto muito frio. Cubro-me com um cobertor. Mandume entrou há pouco (esteve a nadar na piscina) e assustou-se com o meu aspeto.
— O que tens?
Abracei-o a chorar.
— Não sei o que tenho. Frio, muito frio. Dói-me o corpo todo.
Tento tomar algumas notas. Isso me ajuda a pensar. Manter-me lúcida. Não posso adoecer agora. Não consigo ler o que escrevi há pouco. Vêm-me à memória imagens soltas. Um menino com uma arma nas mãos. Mãos que se erguem a proteger, ou a protestar, e sangue. Muito sangue. Inquieta-me de súbito a ideia de que aquelas recordações não são minhas, foram-me inoculadas, como uma doença. São recordações do velho Marechal. Raio de nome. Raio de homem. Contaminou-me com os seus pesadelos. Fecho os olhos e vejo tudo com mais nitidez. O fio aguçado das catanas. Ouço, dentro da minha cabeça, as mulheres a ulular. E então, uma voz:
— Está bem?
Abro os olhos e encontro Mandume. Ao lado dele está um sorriso. Foi o sorriso quem falou. Um homem com um sorriso simpático. Cabelo grisalho. Óculos. O Sorriso coloca a mão na minha testa. Tem a mão gelada. Mãos geladas. Mãos que caem soltas no capim.

— Está a ferver, minha querida. Vamos fazer uma gota espessa...
— Gota espessa?
— Provavelmente é paludismo. O batismo dos trópicos...
— O meu pai. Quero o meu pai!

O meu pai chama-se Dário. Dário Reis. O meu pai chama-se Dário Reis. Devias estar aqui comigo, pai, por que não estás aqui comigo? Digo-lhe:

— O meu pai chama-se Dário Reis!

O Sorriso tem um leve sobressalto.

— Dário Reis?! Conheci um Dário Reis. É professor, o seu pai?

Abre uma pequena mala e prepara uma seringa. Espeta-me a agulha no braço e tira-me sangue sem nunca deixar de sorrir. Vejo Bartolomeu parado, à porta, com um ar infeliz. Mandume empurra-o para fora. Fecha a porta. O Sorriso diz-me:

— O seu pai, naquela época, era um homem muito bonito. Fez grandes estragos por aqui nos corações femininos. — Sorriu ainda mais largamente. — Ah, sim, grandes estragos...!

*

Malária. A palavra fascina-me. O mal que há nela.

Durante a vida inteira, supus-me imune ao paludismo. Gabava-me disso. Então, há três ou quatro anos, acordei cheio de dores no corpo, a tremer de febre e de frio. Tomei uns comprimidos e em dois dias estava outra vez na praia, a surfar, e nas discotecas, a dançar, e em várias camas, a namorar, que é o melhor que se leva da vida. Os tais comprimidos, é verdade, quase me mataram: uma ânsia de vomitar a alma. Só me lembro disso. Tentei sossegar Mandume, assegurando-lhe que logo, logo Laurentina estará completamente recuperada. Ele gritou-me, aterrorizado:

— Sabes quantas pessoas morrem por ano, em África, de paludismo?

Yá, mano, muitos milhares, talvez milhões. Mas repara, baicam sobretudo porque não se tratam a tempo, esticam o pernil porque estão enfraquecidas. Enfim, batem a alcatra na terra ingrata, como dizia o meu avô, Faustino Manso, porque são pobres. Mandume olhou-me, com os olhos muito abertos, e ia dizer alguma coisa, mas se calou.

A raiva a sufocá-lo. Gosto de vê-lo assim. Parece um afogado. Entre nós, angolanos, irritar os tugas transformou-se numa espécie de esporte nacional.

*

Revi algum do material que filmei nos últimos dias. Laurentina. Laurentina. Laurentina. Laurentina. Laurentina.
Para que hei de filmar o mundo se posso filmá-la?
Vê-se a doença a avançar. Uma espécie de assombro, um lento desmaio, a pele cansada. Amo-a ainda mais assim, enfraquecida, a delirar. Passei a noite a vigiá-la. A medir-lhe a febre. A limpar-lhe o suor do rosto. A filmá-la: os lábios secos que murmuram frases soltas, aves tontas no ar do deserto. Por exemplo:
... Não consigo. Sinto muito, não consigo...
... *They walk on stones*...
... As tuas mãos foram feitas para a taça dos meus seios...

(Os olhos de Elisa)

Lembram-se de Glória, a simpática hipopótama de *Madagascar*, a animação da DreamWorks?

Elisa Mucavele lembra-me Glória.

Tudo nela é desmedido: os seios, como mamões generosos, as grandes mãos redondas, os olhos alegres – tudo, exceto a voz, doce pipilar de passarinho. Há mulheres com poder e mulheres de poder, além das chamadas damas de ferro, como Margareth Tatcher, por exemplo, cuja natureza está realmente muito mais próxima da dos metais – ferro, aço ou cobre, escolham vocês – que da das mulheres. Alguém se imagina na cama com uma dama de ferro?

Elisa é uma mulher de poder. Exerce o poder como uma grande mãe, uma mamana dos tempos antigos, uma bessangana, ao mesmo tempo maternal e rigorosa. Usa mais o riso que o açoite. Basta ver a forma como dirige a própria casa. As empregadas vestem lisas batas brancas, imaculadas, quase iluminadas, claras toucas de algodão, de forma que parecem enfermeiras. Cumprem, porém, a lida doméstica numa alegria um pouco estouvada, que seria impossível, suspeito, numa casa rica de um qualquer país europeu.

A casa? Ah, é como seria de imaginar – móveis complicados e dissonantes, pesadas cortinas cor de salmão a estrangular o sol em todas as janelas, castiçais com lágrimas de cristal, sofás assaz vermelhos, e nas paredes, muito brancas, reproduções baratas de telas famosas dispendiosamente emolduradas. A minúscula voz atenciosa:

— Sentem-se. Tomam alguma coisa?

Antes que pudéssemos dizer o que quer que fosse, Elisa decidiu que eu tomaria um uísque e Mandume, uma Coca-Cola. Lamentou a ausência de Laurentina. Explicou que enquanto ministra da Saúde se sentia pessoalmente responsável pela doença de Laurentina. Disse-me que, se achássemos necessário, poderíamos interná-la numa boa clínica, a expensas do governo moçambicano. Parecia-lhe, contudo, que ela estaria melhor no Polana, acompanhada por um bom médico.

— A partir deste momento, vocês são meus convidados. Ficarão o tempo que for necessário até a menina se recuperar. É realmente filha de Faustino, ela? Acho isso tão inacreditável. Eu sabia, claro, que Faustino tinha feito outros filhos em Moçambique. Conheço uma das meninas dele, filha da curandeira...

— Da curandeira?

— Ah, sim. Ele viveu com uma curandeira lá em Quelimane. — Riu miudamente. — Faustino Manso não tinha juízo nenhum. Mas reconheço que ele sabia fazer uma mulher feliz...

Quedou-se, pensativa, num silêncio iluminado. Era como se o pouco juízo do meu avô – a memória dele – a fizesse feliz. No sossego da tarde, ouviam-se, vindos desse passado remoto, longos gemidos de prazer. Eu, pelo menos, ouvia. Gritos e gargalhadas, dois corações galopando em uníssono, a urgência da carne e depois aleluias. Julgo que Mandume também ouviu, porque a interrompeu, perturbado:

— Essa outra mulher, a curandeira, sabe se ela ainda vive em Quelimane?

Elisa Mucavele olhou-o um pouco aborrecida, como alguém a quem tivessem arrancado de um belo sonho aos empurrões.

Disse que não sabia, seria melhor perguntarmos a Juliana, a filha da curandeira, uma atriz de teatro relativamente popular. Ela nos daria o telefone da moça. Voltou-se para mim.

— Tu sais ao teu avô, não é assim?

— Como?

— Eu devia ter adivinhado quando te conheci, em Barcelona. Todas aquelas meninas zumbindo e zumbindo à tua volta. Lembro-me de que um dia alguém te perguntou como fazias para te manteres tão jovem. E tu: "É fácil. Amo muito as mulheres!".

Não me recordo do episódio. Acho que nem bêbado seria capaz de dizer algo do gênero – não por me parecer disparate, antes pela arrogância. Não sou tão arrogante. Mas me faltou coragem para desmenti-la. Para desmentir Elisa Mucavele, é preciso muita coragem. Mandume riu. Uma gargalhada trocista, agressiva, que me irritou. Mudei de assunto.

— Como vocês se conheceram, tu e o meu avô?

— No hospital. Eu era enfermeira. Um dia apareceu-me aquele mulato lindo, a arder em febre. Paludismo. Tal como a menina, a vossa amiga. O paludismo sempre foi um problema nos nossos países. Eu já o conhecia, Faustino, as músicas dele tocavam na rádio. Medi-lhe a temperatura e fiquei horrorizada. O diabo, porém, ainda teve forças para me tentar. "Não é febre", disse-me. "É fogo! Fiquei assim mal a vi." Naquela época, eu pesava quarenta e oito quilos. Era uma mulher bonita. Acreditei nele. Começamos a namorar dois ou três dias mais tarde...

— E quanto tempo viveram juntos?

— Oito anos! Tivemos quatro filhos. Mas Faustino foi sempre muito malandro. Numa tarde cheguei mais cedo do trabalho e o encontrei na nossa cama com a empregada, uma menina de quinze anos. Foi a gota de água que fez transbordar o copo, dei-lhe uma surra e depois o expulsei de casa. Então ele foi para Quelimane.

Calou-se novamente. Elisa Mucavele é mais expressiva em silêncio que muitas pessoas que nunca estão caladas. Os olhos, enormes, muito negros, continuam a falar mesmo depois que ela se cala. Neste caso, os olhos de Elisa diziam:

... Os homens são uns canalhas...

(Pensamentos alheios)

Ressuscitei. Sou eu...
Ou não sou?!
Cinco quilos mais magra. Tenho a cabeça cheia de pensamentos que não reconheço como meus. Sinto-me como se tivesse trazido para casa, por engano, uma carteira alheia. A carteira é igual à minha, ou quase igual, mas quando a abro dou com uma série de objetos que não me pertencem: aquele não é o meu batom, não, um batom vermelho, tão forte.[6] As fotografias das crianças – que crianças são? – ou, mais grave, a outra de um homem que nunca vi antes e que me abraça, abraça alguém que se parece comigo, prendendo na mão direita o meu seio esquerdo.
Alguns dos pensamentos alheios na minha cabeça:

(1)

Vejo-me (eu, a outra, a do batom estridente) a fazer amor com Bartolomeu. Beijo-o com fúria, a barba dele arranha-me o rosto. Empurro-o para a cama enquanto lhe arranco a toalha do corpo. Ele suspira:

---

6. Não que não goste de batom. Gosto muito. Como diz Aline: "Nós, as mulheres, gostamos de batom porque, com um mínimo de esforço, se consegue um máximo de impacto". Um bom batom fica sempre bem num rosto lavado, e não há dúvida quanto ao local em que se deve aplicá-lo.

— Está muito tarde...
Está com medo. O medo dele é que me dá coragem.
— Muito tarde, meu amor? Espero que não demasiado tarde...
Bartolomeu tem ombros de nadador, peito forte, mamilos largos e muito bem desenhados. Os mamilos são o que os homens têm de mais feminino e de mais inútil também (servem apenas para lhes recordar que são um projeto falho de mulheres).[7] Beijo-lhe os mamilos. Mordo-os. Bartolomeu tenta afastar-me, uma voz de cinza:
— Acho que não vai dar certo.
Agora, sim, está com muito medo. Não é o álcool a embriagar-me, antes o poder e o desejo. Coloco-lhe as mãos sobre os meus seios. Digo-lhe:
— Vês? "As tuas mãos foram feitas para a taça dos meus seios."[8]

(2)

Uma violenta discussão entre meus pais. Doroteia aos gritos enquanto passava roupa. A erguer de repente o ferro e a aproximá-lo do rosto aterrorizado de Dário.
— Queimo-te esses olhos, ouviste, meu cabrão?! Voltas a olhar para outra mulher, e eu queimo-te os olhos...!

---

7. Li há pouco na revista *Pública*, n. 547, de 12 de novembro de 2006, uma interessante entrevista com John Bancroft, sexólogo. Cito uma passagem: "No desenvolvimento do embrião, o padrão básico é feminino. O masculino tem de ser adicionado. Nesse processo, algumas características femininas são suprimidas. Mas outras não, porque não houve necessidade de as suprimir. O clítoris, por exemplo, tem a mesma origem do pênis, as mesmas terminações nervosas. Não se desenvolveu da mesma maneira porque não foi necessário. Mas ficou lá e pode ser usado. O paralelo, nos homens, são os mamilos. Não são precisos, mas também não houve razão para serem abolidos. Estão lá, e alguns homens chegam ao orgasmo com a sua estimulação".

8. É um verso da poetisa angolana Ana Paula Tavares. Deixo-vos o poema completo: "Devia olhar o rei/ Mas foi o escravo que chegou/ Para me semear o corpo de erva rasteira/ Devia sentar-me na cadeira ao lado do rei/ Mas foi no chão que deixei a marca do meu corpo// Penteei-me para o rei/ Mas foi ao escravo que dei as tranças do meu cabelo// O escravo era novo/ Tinha um corpo perfeito/ As mãos feitas para a taça dos meus seios// Devia olhar o rei/ Mas baixei a cabeça/ Doce, terna/ Diante do escravo".

Talvez essa memória seja realmente minha. Não sei. Pode ter ficado esquecida durante muito tempo nalgum desvão obscuro do meu pobre cérebro. Eles discutiam muito. Doroteia era doente. Sofria de ciúmes e de enxaquecas e confundia ambas as dores. Bastava o meu pai, na rua, fazer um comentário gracioso sobre qualquer mulher para ela perder a cabeça. Regressava a casa numa agonia, atordoada pela luz, e com desejos de realmente ter perdido a cabeça, de a não ter sobre os ombros, a latir e a latejar como um animal feroz, fechava todas as janelas e estendia-se na cama até anoitecer.

(3)

Duas meninas num jardim. Uma mangueira. As meninas regam as flores, a relva. Uma delas (a que se parece comigo quando eu era criança) volta o jato de água contra a primeira. A segunda menina foge. Abre o portão e sai correndo para o passeio. A primeira menina persegue-a com a mangueira. A segunda menina tenta atravessar a estrada. Vai a meio quando surge um carro. Neste fragmento de memória – que não pode ser meu, que não quero que seja meu –, a última parte não tem imagens, apenas sons: pneus que chiam no asfalto e depois o ruído do metal ao bater contra o pequeno corpo. Um estilhaçar de vidros. Silêncio.

*

Elisa Mucavele veio visitar-me nesta manhã. Depois da discussão entre Bartolomeu e Seretha du Toit, em Cape Town, eu estava preparada para antipatizar com ela, mas não consegui.

Imaginem um furacão gentil. Não conseguem? Compreendo. Há paradoxos difíceis de imaginar. Elisa Mucavele é um deles. Uma mulher bem grande, com uma voz muito pequena, um cabelo espantoso, composto por uma infinidade de rebeldes tranças cor de prata. O conjunto produz um sentimento contraditório de insubmissão e brandura. Sentou-se diante de mim com a autoridade de uma imperatriz, ou de um imperador, tanto faz, digamos Gungunhana antes da queda, prendeu entre as largas mãos a minha pequena mão direita. Pousou os olhos nos meus.

— Como vai isso, filha?

Quando dei por mim, estava abraçada a ela, de novo em lágrimas, a expor-lhe o meu pobre coração dividido, as minhas angústias mais íntimas, a contar-lhe o que sentira ao ler a carta da minha mãe. Elisa afagou-me o rosto, pôs-se a trançar-me o cabelo.

— Homens, minha filha, têm tanta serventia fora da cama quanto um hidroavião numa autoestrada. Só atrapalham.

Ao que parece, Faustino Manso atrapalhou bastante. Elisa coligiu (depois que tudo terminou) uma lista das mulheres que o meu pai teria seduzido enquanto viveu com ela. Fez-me um breve resumo das que lhe pareciam mais interessantes.

(1)

A mínima Matilde, enfermeira, melhor amiga de Elisa. Casada, sem filhos. O marido de Matilde encontrou um bilhete de Faustino Manso na carteira dela – "Meu bibelô, você me faz tão feliz!" – e passou a espancá-la meticulosamente nas noites de sábado. Elisa acha que Bernardino espancava a mulher aos sábados por puro tédio. Bebia duas ou três cervejas enquanto lia o jornal, a seguir levantava-se, arrastava-a para o quarto, arrancava-lhe a roupa, tirava o cinto e espancava-a. Era um homem solitário e silencioso, um pouco pesado, que trabalhava como contabilista numa grande empresa de construção civil. Filho único de pai chinês e mãe goesa. Órfão. Nenhum amigo. Acolheu mal a independência. Nunca ninguém o viu de punho erguido. Morreu em 1978. Ataque cardíaco. Desgosto. Ambas as coisas. Matilde buscou refúgio na religião. Fez-se freira.

(2)

Valentina Valentina, assim mesmo, redundante até no nome: ceramista. Nos anos 1960, no acanhado meio colonial, era uma espécie de atração de circo. Uma meia dúzia de intelectuais, ou seja, quase todos os que habitavam o território, reconheciam-lhe o talento e elogiavam a originalidade e o vigor das suas pequenas criaturas. Os burgueses assustavam-se com a sexualidade desenfreada daquelas mulheres de barro, que copulavam com dois ou três homens ao mesmo tempo, com cobras e asnos, ou se amavam alegremente umas às outras. As senhoras comentavam, horrorizadas, escarificações e tatuagens no rosto e no corpo da artista. Valentina Valentina tinha vinte e poucos anos e não necessitava de mais alimento, para manter a frágil silhueta e o lume aceso da imaginação, que de um pouco de ar e de sol, água pura, um prato de matapa com arroz branco. Viera de uma pequena aldeia no norte, a alguns quilômetros de Quelimane. Trouxera-a um arquiteto português, um tipo muito conhecido e respeitado, que por acaso topara com algumas das suas figuras em barro numa feira qualquer. O arquiteto levou as obras de Valentina Valentina para galerias de Paris e de Nova York e conseguiu atrair críticos de arte e jornalistas. Infelizmente, morreu em 1973, atropelado por um táxi nas ruas de Lourenço Marques, sem ter assistido à primeira grande exposição da artista. Valentina Valentina é hoje uma das raras personalidades moçambicanas reconhecidas no exterior.

(3)

Camilla Sandland, esposa de um idoso administrador inglês dos Caminhos de Ferro, olhava para as pessoas, especialmente para os homens, com um olho verde e outro azul. Faustino gostou de ambos. O marido aprovava a admiração geral. Colecionava as cartas anônimas, e eram bastantes, a denunciar as supostas atenções da esposa a um ou outro admirador. Divertia-se a lê-las quando, ao jantar, reuniam amigos mais próximos. Porém, só ele se ria. O olho verde de Camilla Sandland faiscava, o azul faiscava ainda mais.

(4)

Ana Sebastiana, viúva profissional. Enterrou três maridos em dez anos, herdando um pecúlio que lhe permitia levar em Lourenço Marques, naqueles vertiginosos anos 1960, uma vida muito confortável. Voltou a se casar, já depois de Faustino Manso ter partido para Quelimane, com um oficial da Marinha Portuguesa. O marido assassinou-a a tiro. Preso, levado a tribunal, alegou legítima defesa. O juiz deu-lhe razão.

(5)

Sylviane Dzilnava, jornalista francesa. Baixinha, muito bem-feita. Sempre que alguém troçava da sua estatura, logo ela retorquia: "Pequena? Sim, mas sou bem funda".[9] Passou algumas semanas em Moçambique, em 1968, recolhendo informações para um conjunto de reportagens sobre as colônias portuguesas em África. Foi uma das primeiras jornalistas estrangeiras a entrevistar Valentina Valentina. Regressou a Lourenço Marques sete anos mais tarde, com o objetivo de testemunhar a independência. Deixou-se estar mais uma semana, e depois outra, e outra ainda. Um caso com o ministro do Interior permitiu-lhe conhecer a fundo, perdoem-me o trocadilho, o funcionamento do aparelho de Estado. Apaixonou-se a seguir por um famoso poeta local e escreveu uma reportagem, premiada, sobre a jovem literatura moçambicana. Namorou durante alguns meses com um diretor de cinema. Realizou um documentário, também premiado, sobre os meninos soldados. Um dia, ao despertar, descobriu que sonhara em português. Pediu um passaporte moçambicano e queimou o francês. Por essa altura já era conhecida em toda parte como a Namorada da Revolução. Dirige atualmente uma agência de notícias especializada em temas da África Austral. Vi-a numa noite dessas, num fulgurante vestido amarelo, a jantar aqui, no Polana. Acompanhava-a um homem de trinta e poucos anos, de fato e gravata, muito elegante. Bartolomeu cumprimentou-o com calor. "Foi um bom jornalista", disse-me depois, "agora é um mau político". E ela? "Ela é Sylviane Dzilnava. Dizem que as melhores entrevistas que publicou fê-las na cama."

(6)

Alma Nogueira, mulher piloto. Natural de Moçâmedes, celebrizou-se nos anos 1960 por ter cruzado o continente, do Cairo ao Cabo, num pequeno bimotor. Esteve por diversas vezes em Moçambique. Em 1974, sofreu um acidente enquanto voava de Benguela para Moçâmedes.

---

9. Deus! Acho hediondo. Mas Elisa riu muito enquanto me contava isso.

Conseguiu pousar o avião, mas fraturou uma perna. Encontraram-na morta, duas semanas mais tarde, na carlinga do aparelho. Deve ter sofrido horrivelmente. Elisa mostrou-me um recorte do *Diário de Luanda* com a notícia do acidente. Segundo o artigo, Alma teria com ela um disco autografado de Faustino Manso. O autógrafo dizia: "Para a minha Alma, algures nos céus de África".

(7)

Bela Paixão, "empresária no ramo da diversão noturna". Elisa pontuou o eufemismo com uma minúscula gargalhada. Acrescentou: "O nome, por incrível que pareça, é verdadeiro". Não respondi. Conheço nomes mais estranhos. "Agora vem a melhor parte – Bela partiu para o Brasil após a independência. Regressou há cinco anos, transformada. Fez-se pastora da Igreja Evangélica Esconderijo do Altíssimo. Está rica. Muito rica, ao que dizem. Seja como for, ganha mais como empresária de Jesus que como empresária de Maria Madalena."

(A filha da curandeira)

Combináramos de encontrar-nos no Café Surf. Não sabia reconhecê-la. Ao fim, foi fácil: reconheci-a reconhecendo-me. Juliana sou eu depois de uma noite maldormida. Uma mulher de trinta e quatro anos, olhos amendoados, distraídos, com olheiras um pouco mais largas e mais fundas que as minhas. Boca cheia, cabelos negros, corridos, pele queimada. A voz mansa como uma manhã de domingo.

— Mana?! Posso tratar-te assim?

Bartolomeu não escondeu o espanto.

— Chê! O avô sabia fazer filhas...!

Juliana estudou em Lisboa, no Conservatório, mas regressou a Moçambique antes de concluir o curso. Trabalha com um grupo de teatro independente e já participou, como atriz secundária, de três longas de ficção. Está de partida para Joanesburgo. Foi convidada a integrar o elenco de uma nova série de televisão. Ouvi-a discorrer, num entusiasmo contagiante, sobre o papel que lhe propuseram, o de uma jornalista moçambicana apostada em desvendar o mistério da queda do avião no qual seguia o presidente Samora Machel. Finalmente, apresentei-lhe o nosso projeto. Sorriu.

— Não me lembro do paizinho... Enfim, lembro-me vagamente de um homem bonito, que me pegava no colo e dançava comigo. A mamã acha melhor assim... O esquecimento...

— A tua mãe, ela... Elisa Mucavele disse-me que a tua mãe...

— ... Que a minha mãe é curandeira?

— Exatamente.

— Somos descendentes de prazeiros, também te disse isso? A mamã é uma das últimas donas da Zambézia. Já fomos ricos. O meu avô costumava referir-se aos bons velhos tempos dizendo: "No tempo em que nós éramos brancos". Ah! Ah! Ah![10] Quando eu nasci, a única riqueza que nos restava eram o nome e a casa. A mamã sempre teve muita facilidade em se comunicar com os espíritos. Menina, seis, sete anos, sentava-se nas escadas a conversar sozinha, e as pessoas achavam graça. Evidentemente, não estava a falar sozinha. Depois começou a adivinhar certos acontecimentos, enfim, eu digo adivinhar, podia dizer também prever, mas são simplesmente recordações de acontecimentos futuros...

— Recordações?!

— O tempo não se parece com um rio. O tempo é uma esfera. Não há nascente nem foz. Não há princípio nem fim. Tudo se repete incessantemente. Assim como te lembras de alguns fatos que estão a acontecer ontem, também te podes lembrar de certas coisas que estão a acontecer amanhã...

— No meu caso, nunca. Sou cega ao futuro.

— Naturalmente. Poucas pessoas estão preparadas para olhar o futuro. Fomos educados a pensar no tempo como sendo linear. Nasce-se ali, naquele ponto, morre-se acolá, e pelo meio acontece isso e aquilo. Pessoas como a mamã exercitam o espírito para se lembrarem de acontecimentos que estão a suceder no lugar do tempo a que chamamos futuro. Futuro ou passado ou presente, é apenas questão de perspectiva. Seja como for, o certo é que a mamã revelou, ainda criança, certas capacidades que assustavam os meus avós. O velho Paulino castigava-a cruelmente sempre que ela insistia em revelar o que aconteceria no dia seguinte e esforçava-se imenso por contradizê-la. Mais tarde, já depois da morte deles, a mamã conheceu uma velha curandeira que a ajudou a orientar aquele talento natural. Ela é muito procurada. Vem gente de Maputo, até da África do Sul, para consultá-la.

---

10. Fraca onomatopeia. Juliana não ri assim. Ninguém se ri assim, aliás. O riso de Juliana é um pequeno esplendor silencioso. Como assistir a um fogo de artifício com os ouvidos tapados.

Chama-se Ana, a curandeira. Dona Ana de Lacerda. Quero muito conhecê-la. Talvez possa dizer-me alguma coisa sobre o meu coração dividido. E também sobre o meu pai, coisas que ainda ninguém me disse. Gostaria de saber por que deixou ele a Ilha de Moçambique, subitamente, e regressou a Luanda.

E por que me deixou?

(Dona de Prazo)

Palmares e palmares.
Quilômetros e quilômetros e quilômetros. Horas a fio. Fecho os olhos. Abro os olhos. Estendido no banco de trás, com a cabeça no colo de Laurentina, o que vejo são as folhas largas recortadas contra o azul brilhante do céu. Ouço o piano de Faustino Manso abrindo nota a nota um sendeiro luminoso, a voz que canta, radiante, ora num ímpeto, ora num sopro.

"Tanto céu na tua boca. Bebo nela o dia.
Tanto mar em teu cabelo. Palmeira esguia.

Tanto sol em teu desejo. Nele me abraso.
Tanto lume nos teus olhos, Dona de Prazo."

Começo a compreender o velho Dário. Entra pelas janelas abertas um perfume denso, úmido. Respiro fundo e sinto que meu coração bate mais rápido.
O famoso cheiro de África?
Não sei. Traz para dentro do carro uma alegria selvagem. Vem-me uma vontade de abraçar Laurentina. Procuro a mão dela. Aperto-a entre as minhas. Ela olha-me, sorri. Trauteia com Faustino:
— Tanto sol em teu desejo...
Ergo-me e abraço-a. Beijo-a na boca. Tem os lábios macios, quentes,

a língua toca a minha. Bartolomeu, no banco da frente, cabeceia. Num relance, pelo retrovisor, dou com os olhos fechados de Pouca Sorte.

Dorme?!

Pois que durma, antes assim.

Laurentina veste uma breve saia de ganga, blusa branca, rendada, que lhe comprei em Salvador. Acaricio-lhe as pernas. À medida que subo em direção às coxas, a pele ganha calor. É mais macia por dentro, muito branda, como cera quente. Sussurro-lhe ao ouvido:

— *You touch me; I hear the sound of mandolins. You kiss me; with your kiss my life begins...*

Na noite em que fizemos amor pela primeira vez, no apartamento dela, na Lapa, Nina Simone cantava "Wild is the Wind". Laurentina suspira. Abraça-se a mim.

A Malembelembe desliza, como num sonho, pela sombra perfumada dos palmares.

Pousada Vila Nagardás, Quelimane
12 de setembro de 2006

(Uma sereia no rio dos Bons Sinais)

Regressei a Moçambique, há dois dias, com o propósito de conhecer Quelimane, a única cidade do nosso roteiro (o roteiro de Faustino Manso) que não conseguimos visitar no ano passado. Karen, recém--chegada de Londres, veio comigo. Estou a gostar. Lembra-me Corumbá, no Pantanal, Mato Grosso do Sul, Brasil; ou Dondo, em Angola; velhas cidades adormecidas junto a um grande rio. Uma idêntica dolência melancólica, um torpor de fim de mundo, ou melhor, de fim de tempo.

Quelimane está deitada de bruços à beira-rio. Águas que fluem sem pressa entre canaviais e carcaças ferrugentas de velhos navios. Ostenta o mais belo nome do mundo, este rio: rio dos Bons Sinais.

Ao fim da manhã entrevistamos o senhor Palha, um antigo funcionário público, de oitenta e quatro anos, aqui nascido e criado. Queríamos saber mais coisas sobre a vida na cidade, na época colonial. "Coisas antigas?", perguntou-me e pôs-se a falar com paixão da vida em Quelimane nos anos 1940. Quando tentei puxá-lo para os anos 1970, para o período imediatamente anterior à independência, aborreceu-se.

— Isso foi ontem. Não era para falar de coisas antigas?

A determinada altura deu-se início a uma espécie de despique sobre comidas exóticas.

— ... Jiboia... — O velho quis saber. — Jiboia você já provou?
— Sim, provei jiboia num hotel de Kinshasa...
— E tromba de elefante?
— Não, isso não.
— Ah! Tromba de elefante parece salame.
— ... Comi tatu, em Pernambuco...
— Bem, eu comi gafanhotos vermelhos. Você comeu?
— Não, gafanhotos nunca comi.
— E sereias? Uma vez apanhamos uma sereia numa ilha aqui perto, um animal pequeno, assim deste tamanho. — Afastou as mãos uns cinquenta centímetros. — Tinha cauda de peixe e cara de pessoa, uma barba feia. Você já comeu sereia?
— Não, não!
— Pois devia. A carne é boa. Gostei bastante. Já a zebra, achei amarga. — Fez um esgar de repugnância. — Zebra não presta.
Karen interveio, perplexa:
— Provavelmente era um dugongo ainda jovem. Digo, a tal sereia. Os dugongos são mamíferos com cauda de peixe e um focinho quase humano. Muitas vezes são confundidos com sereias...
— Não, não! — contestou o velho, indisposto pela interrupção. — Sei muito bem o que é uma sereia. Aquilo era uma sereia!
E voltou à carne da zebra.

(Vamos lá falar!)

Há um muro baixo pintado de branco. De um lado, o nosso lado, corre a estrada. Do outro, explode, em silêncio, a natureza: uma vegetação desgrenhada, submersa na lama.[11] Vem a seguir a sólida massa de água, de um azul soturno, e mais ao longe, outra vez, o verde áspero de pequenas ilhas; finalmente, como pano de fundo, o grande sossego do céu.

A cidade termina no muro.

*

Uma fronteira.

A natureza aceitou o contrato, não atravessa o muro, mas também não permite que a civilização – vamos chamar-lhe assim – ponha o pé no outro lado. Navios ferrugentos encostam-se ao sólido cais de betão como sonhos mortos.

Estamos sentados numa das pequenas mesas, de plástico, em um café-restaurante que já conheceu, certamente, dias melhores. O rio

---

11. Penso no que se esconde sob os arbustos, sob as raízes tortas, sob as camadas sucessivas de arbustos e raízes e pesados séculos de lama e lodo: monstros muito antigos, de escamas de cobre, cegos, com longos bigodes retráteis, adaptados à vida nas profundezas. Feias sereias barbudas, os esqueletos dos escravos que tentaram fugir. As armaduras dos fidalgos goeses, com o que resta, lá dentro, dos ditos fidalgos. Os galgos destes, com coleiras de ouro ao pescoço. Tesouros em arcas. Barcos e barcas. Dário, o meu pai, acredita, ou finge acreditar, que debaixo das águas dos rios se desenvolve um mundo semelhante ao nosso, mas onde tudo acontece pelo avesso, como nos espelhos.

em frente. Bartolomeu aponta uma frase publicitária pintada no muro: "Vamos lá falar! Tarifas mais baixas, só na Mcel".

— Vamos lá falar! Eis uma boa sugestão. Agora que estamos finalmente sós, conversemos. Uma conversa séria, eu e tu...

Olho-o, desconfiada. Mandume foi com Pouca Sorte procurar uma peça qualquer para o motor da Malembelembe. Alugamos dois quartos numa pensão familiar chamada Vila Nagardás. Dona Ana de Lacerda não está em Quelimane. Telefonamos para ela – a curandeira tem celular! –, que nos explicou que foi ao norte para comprar ervas e raízes. Volta amanhã. Tento sorrir.

— Queres conversar sobre o quê?

— Sobre nós!

— Sobre nós?! Não sou marinheira nem sequer fui escuteira. Não entendo nada de nós...

— Não? E então sobre laços? Que laços nos ligam a nós?

— Sobre laços e nós, o melhor é perguntares a Alçada Baptista. Conta-se que em certa ocasião, numa feira do livro, um tipo foi ter com ele, entusiasmado. "Há anos que procurava este livro!", disse, estendendo-lhe *Os nós e os laços*. Era um velho marinheiro...

— Tem muita graça, a tua estória, mas não te deixo fugir. Diz-me, em Cape Town entraste no meu quarto e fizeste amor comigo ou eu sonhei?

— Sonhaste, claro! Foi um sonho bom?

— Foi. Tão bom que fiquei com o teu cheiro colado à pele durante um dia inteiro. Ainda hoje sinto o teu cheiro, acreditas? Seria capaz de te reconhecer, pelo cheiro, entre dezenas de mulheres...

— Meu Deus! Nunca fui tão humilhada. Mas agradeço-lhe a sinceridade. Vou passar a tomar banho mais vezes e, além disso, preciso mudar de desodorizante.[12]

— Estás muito corada!

— Corada, eu?! Sou mulata, não coro.

— Sim, és mulata. Também reparei nisso quando fizemos amor.

---

12. Isso do cheiro colado à pele sempre me incomodou. Todavia, o elogio da catinga é muito popular. O ridículo também, sobretudo, como observou Fernando Pessoa, nas declarações de amor.

Muito mulata, e de uma forma nova, mesmo para mim. No entanto, estás corada. Incomoda-te o tema?

— Incomoda. Tu, que sabes tudo, explicas-me por que deram a este rio o nome de Bons Sinais?

— Quando um homem e uma mulher se sentam diante dele a falar de amor, e a mulher muda de assunto, isso é um bom sinal. Significa que o homem pode ter esperanças.

— Ah! Julguei que mentisses melhor. Não és escritor, tu?

— Existe outra lenda. Numa tarde, já o sol se punha, um homem encontrou uma mulher aqui, mais ou menos onde estamos agora, a olhar fixamente para o rio. Era tão bonita que ele se apaixonou. Nesse dia, não teve coragem de lhe dizer nada. Na tarde seguinte, porém, encontrou a mulher no mesmo lugar. Então, aproximou-se dela e declarou-se. A mulher o olhou em silêncio. O silêncio dela teve o efeito de deixar o homem ainda mais apaixonado. Passou a voltar sempre à mesma hora e todas as vezes trazia presentes para a mulher: flores, espelhos, capulanas, colares de missangas. Ela aceitava-os, mas nunca dizia nada. Até que, numa bela tarde, estando o céu limpo e as águas do rio completamente lisas e muito, muito brilhantes, a mulher se voltou para ele e disse: "São bons sinais. Vens?". Depois saltou o muro, abriu caminho pela vegetação, despiu-se e entrou na água. O homem arrancou a roupa, excitadíssimo, e a seguiu. Então a mulher transformou-se numa sereia e devorou o homem.

Ri. Ele me faz rir. Creio que é a sua principal arma de sedução.

— E era boa, a carne do homem?

— A sereia, ao que consta, achou-a um tanto amarga...

— Melhoraste. Gostei da tua estória. No fundo, recupera o mito da mulher louva-a-deus. Tens receio que eu te devore. É isso?

— Suponho que sim. Apaixonei-me por ti, sabes? Não sei como isso foi acontecer, logo comigo, que tenho sempre tanto cuidado para não misturar sexo com amor. Apaixonei-me loucamente por ti...

— Disparate! Tu és um caçador. Caçadores caçam, não se apaixonam pelas presas.

— Evidentemente, tens razão. Asseguro-te que nunca me tinha acontecido antes. Estou assustado. Por um lado, quero ficar para sempre contigo, quero envelhecer nos teus braços, vês? Isto dá-me para dizer parvoíces, é patológico. Por outro, quero bazar quanto antes, desaparecer, voltar à minha vida anterior. Nunca mais dizer parvoíces. Além disso, sinto ciúmes do teu namorado, eu, que nunca sofri de sentimentos pequeno-burgueses, ou de pequenos sentimentos burgueses, como preferires. Já não posso ver o muadié à frente.

— Porta-te bem. Estamos no fim da viagem.
— E depois? O que vai acontecer a seguir?
— A seguir voltas para Luanda, para a tua pequena vida...
— Não sei se ainda tenho uma vida, mesmo pequena...
— Mais parvoíces?
— Estou a ser sincero. Julgas que isso é fácil para mim...?
— O que queres que te responda? Se Mandume suspeitar do que quer que seja, eu mato-te. Não aconteceu nada entre nós, entendeste? Esta conversa não está a acontecer.
— Por favor, Laurentina...

Levantei-me e deixei-o ali, a conversar com outra Laurentina – no caso loira, engarrafada, a razão por que carrego este nome. "A menina chama-se Laurentina", disse a mãe de Alima quando me depositou nos braços de Doroteia. "Era o nome que lhe dava a minha filha. O nome que o pai da criança queria que ela tivesse, eles tinham a certeza de que seria uma menina." Isso contou-me Dário. Provavelmente – é o que imagino –, Faustino Manso bebia uma Laurentina, nalgum bar da Ilha, quando Alima lhe disse que estava grávida. O meu pai batizava os filhos com os nomes das bebidas que estava a tomar no momento em que era informado da sua existência.

(A casa)

Vista da rua, a casa assemelha-se a um grande animal fatigado. Uma sólida escadaria em pedra conduz à porta principal. Todo o orgulho do velho edifício assenta naquela escadaria; o que nele persiste de intacto, e resiste, e insiste, e teima em combater o tempo e os dias maus, como uma mulher, pobremente vestida, segurando, sob o duro sol, uma sombrinha de seda. No grande salão, os avós de dona Ana de Lacerda olham para nós, solenes, entre pesadas molduras douradas. Sobraram ainda, do fausto antigo, meia dúzia de intrincados cadeirões em madeira, ao estilo indo-português, além de uma mesa, compridíssima, que ocupa todo o centro do vasto aposento.

— Esta casa — comentei — tem alma. Parece viva.

Dona Ana de Lacerda olhou para mim, diretamente, como se só então tivesse me visto.

— Alma? Digamos antes almas! Você percebeu? Ah, creio que percebeu. É uma moça sensível. Dê-me a mão. Coloque-a aqui, na parede. Está a sentir?

O calor! Retirei a mão, impressionada, muda, sem saber o que pensar. A mulher observava-me, olhos brilhantes.

— Compreende? Esta minha velha casa tem febrões. Em certas noites de chuva, sinto-a estremecer. Isto às vezes assusta um pouco, além das vozes, claro...

— Vozes?! — Mandume olhou-a, aterrado. — Que vozes...?

— Juliana não vos contou? Toda esta gente... — E apontou para os quadros nas paredes. — Toda esta gente conversa durante a noite.

Conversar é maneira de dizer. Já dormiram alguma vez num quarto cheio de sonâmbulos? Um deles diz uma coisa, outro responde, mas, na maior parte das vezes, não parece haver ligação alguma entre aquilo que um pergunta e o que os outros respondem...

Mandume fez que não a cabeça.

— Disparate! Não acredito nisso!

Bartolomeu fulminou-o com o olhar.

— Estou certo de que haverá muitas coisas nas quais não acreditas, meu irmão, mas a tua descrença não impede que elas prosperem, um pouco por toda parte, sobretudo aqui, sob os céus de África. A realidade tem mais imaginação do que tu.

Dona Ana de Lacerda sorriu. Um sorriso trocista. Os óculos de pequenos aros redondos, em prata, lentes escuras, dão-lhe um ar de intelectual rebelde. O penteado e o vestuário estão de acordo: cabelo ao estilo black power, camisa cor de laranja, colete indiano, em patchwork, larga saia rodada, até os pés, com belos desenhos de orquídeas, e, caindo sobre o peito, uma colorida torrente de missangas. Seria uma hippie desterrada do seu tempo.

— Filho, esta casa está cheia de vozes...

Contou-nos que a mãe, dona Consolação, costumava ouvir, quando criança, gemidos e lamentos vindos da parede à qual estava encostada a cama em que dormia. Para o pai, Pascoal de Menezes e Lacerda, um viúvo amargurado, aquela filha era toda a família. Não lhe recusava nada. Decidido a sossegar a menina, demonstrando-lhe a inexistência de fantasmas, mandou derrubar a parede. Descobriram um minúsculo compartimento, uma espécie de armário, com uma argola de ferro solidamente soldada à parede a que estava preso o esqueleto de uma mulher. Junto a este encontraram ainda as frágeis ossadas de um bebê. Pascoal de Menezes e Lacerda lembrou-se de uma estória que o aterrorizara na infância: contara-lhe o avô que uma escrava jovem e muito bonita fora emparedada viva, às ordens da sinhara, após esta a ter surpreendido em ousados exercícios amorosos com o seu (dela, a sinhara) marido.

— Lendas! — murmurou Mandume. — Esse seu avô deve ter lido Poe.

— Certamente — concordou, docemente, dona Ana de Lacerda.

— Querem ver os esqueletos?

Já não havia propriamente esqueletos, mas meia dúzia de ossos melancólicos, guardados numa caixa de metal, da Deles-paul-Havez, com o desenho de oito crianças a devorar chocolates. A caixa estava depositada no "armário da escrava", debaixo da argola de ferro. Achei assustador. Mandume não falou durante o resto da tarde.

*

(Os búzios magnílocos)

Dedos finos e longos. Unhas cuidadosamente pintadas de vermelho-cereja. Um cigarro apagado entre o anelar e o dedo médio. Dona Ana de Lacerda não se parece em nada com o que eu imaginava. Serviu-nos chá e fatias de bolo de caju. Enquanto conversávamos, colocou no aparelho de som um CD do Conjunto João Domingos ao vivo em Macau.

— Era o que ouvíamos. Dancei muito com a música do Conjunto João Domingos...

— Tem saudades desse tempo?

— Saudades, filha? Lamento já não ter as mamas como as tuas, isso sim. Tenho saudades do tempo em que os homens olhavam para mim e suspiravam. Naquela época, se um homem se dirigisse a mim, na rua, era para me lançar um piropo. Agora querem saber as horas.

— Não é verdade! A senhora está muito bem conservada...

Dona Ana de Lacerda afastou, com um ligeiro gesto de enfado, a minha compaixão:

— Tirando as mamas, não tenho saudades de nada. O presente é isso mesmo, um presente! Só temos de abri-lo e desfrutar. Eu não olho nunca para o passado. Olho para o futuro. Ganho o presente a olhar para o futuro. Mas tu não vieste até este fim de mundo para me ouvires filosofar sobre o passado e o presente e o futuro. Queres que te fale de Faustino, não é assim? Ah, Faustino Manso! Morreu, não foi? Ele não era o que parecia...

— Como assim?

— É algo que irás descobrir por ti. Deve ter feito alguns inimigos, claro, como todos nós. No caso dele, sobretudo entre os maridos descontentes. Mas uma coisa te asseguro: não vais encontrar uma única mulher que, tendo dormido com ele, se mostre rancorosa ou arrependida. Faustino era como um espelho benévolo. Uma mulher olhava para ele e via-se sempre bonita.

Riu. Rindo, lembra Juliana (o contrário é que está correto, bem sei). Serviu-se novamente de chá. Estendeu-me mais uma fatia de bolo. Naquele momento, senti-me pela primeira vez moçambicana, em estreita harmonia com aquela velha casa e esta cidade onde, ao longo dos séculos, se foram juntando, para o bem e para o mal, árabes, portugueses, indianos, além dos diversos povos africanos que receberam Vasco da Gama, em 1498, quando ele aqui aportou. Dona Ana de Lacerda adivinhou a minha emoção,

— Esta casa dá-te as boas-vindas. — Tirou os óculos, e eu vi-lhe os lúcidos olhos de esfinge. — É a tua casa.

A seguir, levantou-se e, segurando-me pela mão direita, arrastou-me com ela.

— Sinto muito, meus jovens — disse, dirigindo-se a Bartolomeu e Mandume. — Eu e Laurentina temos de ter uma conversa. Uma longa conversa. Está ali um tabuleiro de xadrez. Pertenceu ao meu avô. Por que não jogam um pouco? É uma espécie de duelo entre cavalheiros, e no fim ninguém se magoa.

O quarto para onde me levou ardia num intenso crepúsculo de seda. A única janela estava coberta por uma longa cortina vermelha. Uma segunda cortina, ainda mais rubra que a primeira, ocultava quase por completo a parede em frente. À cabeceira da cama um velho espelho, numa moldura em cobre muito trabalhada, repetia o fulgor das cortinas. Num dos cantos, numa espécie de pequeno altar, uma imagem belíssima da Virgem orava, muito pálida, de olhos postos no teto, enquanto um dragão dormia, como um cachorro inválido, entre os seus frágeis pés descalços. Velas vermelhas, velas negras, a cera esculpindo ao cair figuras fantásticas. Paus de incenso queimando, um perfume de cedro, o fino fumo no ar estático. Sentei-me na borda da cama. Dona Ana de Lacerda retirou um pequeno saco da gaveta na mesa de cabeceira, puxou uma banqueta e uma cadeira para junto da cama e sentou-se à minha frente. Cobriu a banqueta com um paninho bordado e despejou o saco sobre ele. Búzios. Uma série de búzios, negros, polidos pelo uso.

— Descontrai-te — disse-me. — Não tenhas medo. Não tens de ter medo do que se vai passar. Não sou eu que leio os búzios, é o meu avô, o Velho Pascoal.

Tirou os óculos e pousou-os na banqueta. Ficou depois em silêncio, uns bons minutos, acariciando os búzios. Subitamente revirou os olhos, sacudiu o corpo, e eu pude ouvir claramente os ossos que estalavam dentro do seu corpo magro. Esticou-se toda, enquanto o rosto mudava de expressão, o queixo puxado para diante, as sobrancelhas arqueadas. Pigarreou. Pôs-se a falar com uma voz de homem, grave, rouca, forte sotaque local:

— Boa tarde, ora, ora, muito boa tarde...!

Agarrou os búzios com as mãos e jogou-os sobre o paninho. Debruçou-se sobre eles.

— Ora, ora! Ora esta!

Abanou a cabeça, insatisfeita. Encarou-me, muito séria. Murmurou umas poucas palavras numa língua redonda e refulgente. Depois, voltou a jogar os búzios. Isso se repetiu várias vezes. Comecei a sentir-me nervosa.

— O que se passa?

— Calma, filha! — murmurou. Com a mão direita, enrolou um bigode imaginário. — Calma, calma, bem vejo que estás numa encruzilhada. Ah! Ah! Numa encruzilhada. Uma mulher bonita, uma mulher misteriosa, ah! ah!, como os homens gostam de mulheres misteriosas...

Voltou a jogar os búzios. Seguiu-lhes o desenho com a ponta do indicador. Estava agora extremamente concentrada. O rosto brilhava de suor.

— A tua mãe, a tua mãe adotiva, desencarnou há pouco, não foi?

Confirmei, assustada.

— Morreu em janeiro.

— Morreu zangada com o teu pai. Os dois discutiam muito, não era? Isso a ti afetou-te mais do que julgas. Os homens assustam-te. Nunca te entregas completamente. Quanto mais eles se entusiasmam, quanto mais apaixonados se revelam, mais tu procuras afastar-te. E, é claro, quanto mais fria, quanto mais distante te mostras, mais apaixonados os homens ficam... Não, não tens de me responder. Seja como for, é necessário fazer alguma coisa para apaziguar o espírito da tua mãe. Ah, a vossa viagem não vai terminar tão cedo, mas no fim serás uma mulher diferente. Numa ilha, a Ilha de Moçambique, suponho, encontrarás a tua mãe verdadeira. Ela te espera. Perdeste uma mãe, vais ganhar outra, pouca gente tem essa sorte... Vejo um perigo... A morte, sim, sem dúvida, a morte. Um estrangeiro — suspirou. Voltou a enrolar o suposto bigode. — Não te preocupes, não te diz diretamente respeito... Quanto ao teu coração, vais ter de escolher, mas isso já tu sabes, e eu não te posso ajudar. A vida faz-se de escolhas, abre-se uma porta, fecha-se outra. Bem sei, trata-se de um clichê e tu não aprecias clichês. Vamos chamar-lhe, então, livre-arbítrio, ah! ah!, podemos escolher o caminho a tomar, e é isso que torna este jogo, o jogo da vida, tão interessante. Tens, aliás, um terceiro caminho: podes tentar ficar com ambos. Ri? Dona Ana de Lacerda, minha neta, teve dois homens ao mesmo tempo, primeiro conheceu o Faustino, sim, sim, o angolano!, mas a seguir apaixonou-se por um português. Eram muito diferentes um do outro, virtudes diversas, defeitos também, e ela não foi capaz de tomar uma decisão. Evidentemente, essa já é uma decisão. Por fim, contou aos dois. Faustino disse-lhe que compreendia, também já amara duas mulheres ao mesmo tempo, inclusive mais que duas. "Sou um campeão mundial nessa matéria", insistiu. Era mentira, claro. A vida toda ele amou uma única mulher, a primeira: dona Anacleta. À minha neta, aliás, acho que a tomava como um resumo dela. Faustino suspirava, no amor, ah, Ana!, Ana! E ela conseguia ouvir o resto do nome. Todavia, as mulheres gostavam dele. O grande traste, ah! ah!, sim, sim, gostavam dele. Diziam: ainda que não nos ame, ama-nos mais e melhor que a maioria dos homens. Voltando à vaca fria, Faustino aceitou a situação, o português é que não ficou muito satisfeito, mas este gostava realmente da minha neta. Durante um tempo, o acordo funcionou, dona Ana e os seus dois maridos, sem que o resto da cidade tomasse conhecimento. Ela alugava quartos, ainda aluga, era disso que vivia; portanto, costumava ter aqui vários hóspedes. Mas, infelizmente, o português não aguentou. Um dia, foi embora. Deixou uma carta de despedida. Dona Ana ainda hoje chora quando a relê. Não há nada mais triste, e mais bonito também, que uma carta de despedida.

    O sol tinha-se posto. Escurecera sem que nos déssemos conta. Dona Ana de Lacerda pousou os búzios. Sacudiu o corpo, longamente. O rosto recuperou a expressão habitual. Levantou-se e acendeu a luz. As

mãos tremiam-lhe do esforço. Limpou com um lenço branco o suor do rosto. Quando regressamos à sala, Mandume anunciava xeque-mate. Voltou-se para mim, triunfante:
— Pum! Matei um angolano!
Não, com estes dois a Terceira Via não daria certo.

*

(O Paulatino, ou Pau Latino)

O proprietário do restaurante em que costumamos jantar é um velhote de olhos vivos, magro e muito direito, sempre com um elegante chapéu de feltro na cabeça. Afirma lembrar-se bem de Faustino Manso.
— Era um tipo muito tranquilo, discreto, mas não podia ver uma gaja bonita. Mal a gente se distraía, ele comia-nos a mulher, as filhas, até a mãe, dependendo da idade. Há malta aqui que não pode nem ouvir a música dele. Conheço um que é alérgico. Basta eu colocar, por exemplo, "Luanda ao crepúsculo", ele começa a tossir, e a engasgar-se, e a respirar mal. A menina sabe qual era a alcunha de Faustino, entre nós, em Quelimane? — Piscou-me enquanto me servia mais uma cerveja. — O Paulatino. Quero dizer, o Pau Latino...

*

(Cerveja, tremoços e estórias)

Faustino, o Paulatino!
O correto seria: Faustino, o Pau Afro-Latino.
Laurentina não achou graça da alcunha. O avô, certamente, teria rido. Gostava de troçar de si mesmo. Sempre que eu aparecia lá em casa, levava-me para a varanda, indicava-me uma cadeira e oferecia-me cerveja e tremoços; mais raramente, um pratinho com camarões; finalmente, sentava-se diante de mim e contava-me episódios da sua vida. Gostava de ouvi-lo. Falou-me algumas vezes de Quelimane. Caçadas, pescarias. Contou-me que em certa ocasião foi atingido com um tiro numa perna; mostrou-me as cicatrizes. Um acidente de caça.

— Acidente de caça, avô, ou marido enganado?
— Não, não, meu neto! — Riu muito e deu-me uma palmada cúmplice. — Um marido que não foi enganado!

Um gordo, funcionário dos Caminhos de Ferro de Moçambique, casado com uma mulher amarga, famosa pelo mau hálito, um fedor tão perverso, assegura Faustino, que até as árvores perdiam as folhas à sua passagem. O gordo atingiu-o a tiro para que os colegas pensassem que também ele havia sido corneado pelo angolano. Ofendia-o a possibilidade de a esposa ser a única mulher virtuosa das redondezas.

Às vezes ficava com a impressão de que Faustino troçava de mim, de que inventava aquelas estórias apenas para me impressionar e rir mais tarde, na Biker, entre velhos amigos, da minha ingenuidade. Acredito que foi atingido por um tiro de caçadeira, as cicatrizes estavam lá, na perna direita, junto ao joelho, a comprová-lo; quanto ao resto, não tenho certeza.

Ilha de Moçambique
sábado, 19 de novembro de 2005

Chegamos nesta tarde à ilha de Moçambique. O propósito original era cumprir todo o percurso por terra, mas, infelizmente, estamos bastante atrasados e, além disso, ultrapassamos o orçamento. Optamos, assim, por desembarcar em Quelimane, a sexta cidade do roteiro de Faustino Manso, e seguimos de avião de Maputo para Nampula. Em Nampula, outra cidade abandonada em plena fantasia colonial – ruas largas, porém vazias, um cansaço invencível a vergar as casas –, alugamos um táxi. O motorista chamava-se Bem, diminutivo de Benigno, explicou-nos ele, Benigno Meigos, o que me pareceu excelente presságio. A Ilha foi capital de Moçambique até 1898. Povoada por árabes, portugueses, indianos, além de povos africanos vindos da costa, acumulou ao longo dos séculos um rico bordado de memórias. Poucos lugares, de dimensões tão reduzidas, terão conseguido maravilhar tão elevado número de poetas. Nelson Saúte e António Sopa recolheram dezenas de poemas inspirados em Muhipiti, o nome indígena da Ilha, num livro publicado em 1992, em Lisboa, pelas Edições 70: *A Ilha de Moçambique pela voz dos poetas*. Os excertos que se seguem, com exceção dos versos de Jall Sinth Hussein, foram por mim encontrados no livro em questão.

Tomás António Gonzaga: "A Moçambique aqui vim deportado./ Descoberta a cabeça ao sol ardente; trouxe por irrisão duro castigo/ Ante a africana, pia, boa gente./ Graças, Alcino amigo,/ Graças à nossa estrela!/ Não esmolei, aqui não se mendiga;/ Os africanos peitos caridosos/

Antes que a mão infeliz lhe estenda,/ A socorrê-lo correm pressurosos./ Graças, Alcino amigo,/ Graças à nossa estrela!".

Rui Knopfli: "[...] retomo devagarinho as tuas ruas vagarosas,/ Caminhos sempre abertos para o mar,/ Brancos e amarelos, filigranados/ De tempo e sal, uma lentura/ Brâmane (ou muçulmana?) durando no ar,/ No sangue, ou no modo oblíquo como o sol/ Tomba sobre as coisas ferindo-as de mansinho/ Com a luz da eternidade".

Jall Sinth Hussein: "As ruas desertas cheias de vento/ Como um deus as paredes enormes do forte assistindo a tudo/ A areia longa e lisa e a timidez do mar/ A língua perdida como ruínas/ Na mão o cavalo-marinho e os sonhos/ O tempo sem chegada e sem partida// Assim haveria de ser mais tarde a minha vida".

Glória de Sant' Anna: "[...] É uma ilha toda/ Com fecho de prata/ – sua fortaleza/ Muito bem lavrada// Em pálidas pedras/ Que se transportaram.// E palmares e casas/ Ao pé de outros bairros/ Descidos na terra/ Que se amolda e talha// Para gente negra/ Tão esbelta e grave".

Alberto de Lacerda: "Ilha onde os cães não ladram e onde as crianças brincam/ No meio da rua como peregrinos/ Dum mundo mais aberto e cristalino".

Luís Carlos Patraquim: "[...] É onde somos inúteis/ Puros objetos naturais. Uma palmeira/ De missangas com o sol. Cantando [...]".

*

A Ilha de Moçambique está ligada ao continente por uma longuíssima ponte, tão estreita que dois carros não conseguem cruzar-se sobre ela. Torna-se necessário aguardar um sinal para aceder ao tabuleiro. Ao longe dir-se-ia uma amarra. Caso se rompa, o que, receio, possa acontecer a qualquer instante, há de afastar-se da costa, à deriva, em direção a um tempo morto. O casario degradado, as árvores, a estátua de Vasco da Gama diante do antigo Palácio dos Governadores – tudo isso se encontra coberto, democraticamente, por um véu de poeira e de esquecimento. Fomos passear pelas ruas tortas. Jordi fotografou um velho, no cemitério cristão, junto a uma urna. Um bom retrato: o homem, de largos óculos escuros, cofió na cabeça, camisa azul com os primeiros botões desapertados, revelando o peito glabro e um insuspeito talento de ator. Fotografou um menino, num bazar, de pé, em cima do balcão, tendo como pano de fundo as prateleiras coloridas: sabonetes, latas de conservas, garrafas de água, pacotes de bolachas, sacos de batatas fritas. A televisão transmitia um programa patrocinado pelas Nações Unidas. Fotografou, ainda, um alfaiate na sua loja. Paredes de pau a pique, um calendário com a imagem de uma pequena casa em madeira, cor de laranja, em meio a uma paisagem despida. Reconheci (ou julguei reconhecer) a pequena casa. Tive a sensação de já haver vivido aquele exato momento. O homem sorria (sorri, eternamente, na fotografia) atrás de uma velha máquina Singer.

    Regressamos depois ao Hotel Omuhipiti, onde estamos alojados, trocamos de roupa e descemos até uma pequena praia entalada entre o forte de São Sebastião e um velho armazém em ruínas, nas traseiras do hotel. Chamam-lhe a praia do Nacarama, leão, em macua, porque nas ruínas dos armazéns ainda se pode ver, no topo, a pequena estatueta de um leão. É a única praia, garantiu-nos Bem, onde se pode tomar banho com alguma segurança, porque as outras servem, desde sempre, de imensa latrina pública. Ocorreram-me os versos que Jorge de Sena escreveu (podia tê-los citado há pouco) lembrando a passagem de Camões por este breve chão onde teve início Moçambique:

"[...] Tudo passou aqui – Almeidas e Gonzagas,
Bocages e Albuquerques, desde o Gama.
Naqueles tempos se fazia o espanto
desta pequena aldeia citadina
de brancos, negros, indianos e cristãos
e muçulmanos, brâmanes e ateus.
Europa e África, o Brasil e as Índias,
cruzou-se tudo aqui, neste calor tão branco
como do forte a cal no pátio e tão cruzado
como a elegância das nervuras simples
da capela pequena do baluarte.
Jazem aqui em lápides perdidas
os nomes todos dessa gente que,
como hoje os negros, se chegava às rochas,
baixava a calça e largava ao mar

a malcheirosa escória de estar vivo.
Não é de bronze, louros na cabeça,
nem no escrever parnasos que te vejo aqui.
Mas num recanto em cócoras marinhas
soltando às ninfas que lambiam rochas
o quanto a fome e a glória da epopeia
em ti se digeriam [...]."

Jordi não se atemorizara com os versos de Sena. Entrou na água, ensaiou meia dúzia de enérgicas braçadas e ficou depois a boiar de costas. Entrei também. Disse-me:
— O que eu queria era conseguir fotografar a cor deste mar.
— Nem tudo se consegue fotografar, maninho. Também a fotografia não é a verdade, apenas uma aproximação.
— Não. É outra verdade. São verdades diferentes. Provavelmente tem razão.

(A varanda do Frangipani)

Laurentina tem andado nervosíssima, esgotada. Sentiu-se mal e desmaiou, ontem à noite, assim que chegamos à pousada. Preparei-lhe um chá, fiz-lhe uma massagem com óleo de amêndoas e camomila (receita minha), dei-lhe um banho quente e, finalmente, consegui que adormecesse. Acordou bem-disposta. Nesta manhã circum-navegamos a Ilha num velho barco de pescadores. Vista do mar, parece ainda menor e mais degradada. Almoçamos no restaurante O Paladar, de dona Kiu-Kiu, filha de um chinês e de uma senhora negra, que se casou com um árabe e teve cinco filhos. Uma das filhas se casou com um indiano, as outras, com mulatos etc., num exemplo de multirracialidade que, como seria de esperar, encantou Bartolomeu. Quis perguntar a dona Kiu-Kiu se conhecia alguma mulher, na Ilha, chamada Alima, mas Laurentina me impediu.

— Não faças isso — pediu-me. — Ainda não estou preparada.

Bartolomeu encolheu os ombros, cético, ou distraído, ou ambas as coisas.

— Provavelmente existem muitas mulheres com esse nome, é um nome comum aqui, e talvez nenhuma delas seja aquela que tu procuras.

— Procuro a minha mãe!

— Não, Lau — eu lhe disse. — A tua mãe morreu. A mulher que tu procuras nem sequer sabe que existes.

— Tens razão! O que devo fazer?

— A decisão é tua. Faremos aquilo que achares melhor.
— Não! Iremos até o fim. — Bartolomeu levantou a voz, já arrependido do ceticismo anterior. — Não se trata de um simples capricho. Viajámos até este fim do mundo para filmar um documentário sobre a vida de Faustino Manso. Agora temos de procurar essa senhora e, caso a encontremos, entrevistá-la.
— Não, não temos de fazer isso. — Senti que a mostarda me subia ao nariz. — Vamos filmar a Ilha. Gravar mais dois ou três depoimentos. O testemunho da Alima não é essencial. — Laurentina olhava para mim, olhava para Bartolomeu, e, pela primeira vez, vi-a incapaz de tomar uma decisão. Paguei a conta e saímos.

*

Ao entardecer, encontrei Bartolomeu, no pátio, junto à piscina, sob um incandescente caramanchão de buganvílias. Conversava com o proprietário da pousada, um italiano muito ruivo, chamado Mauro. À rubra luz, filtrada pelas flores da buganvília, a rebelde cabeleira de Mauro parecia ter-se incendiado.
— Este aqui é o nosso português — disse Bartolomeu, apontando para mim. — Um português tropical.
Mauro estendeu-me a mão.
— Olá! Sou o Mau. — Sorriu, mostrando dentes surpreendentemente luminosos. — Não tão mau assim. Sucede que neste país as pessoas gostam de economizar nas palavras.
Mauro, ou Mau, pelo contrário, não aprecia nenhum tipo de economia, muito menos verbal. Tem, todo ele, certa propensão para a literatura. A pousada, aliás, chama-se A Varanda do Frangipani, como o romance de Mia Couto. Quis saber se fora intencional. Sorriu ainda mais largamente.
— Temos uma varanda e um frangipani, não reparou?
Reparei. Mas, sei lá, podia chamar-se também O Caramanchão da Buganvília. Reconheço que ele fez um bom trabalho. A pousada mantém o encanto de um casarão antigo: pé-direito alto, assoalho de tábuas corridas, cadeirões de verga adormecidos em sombras propícias e, nas paredes, cestos, esteiras e peças de artesanato local; ao mesmo tempo,

oferece todo o conforto da modernidade, incluindo a bela piscina no pátio e internet sem fio em todos os quartos.

Mau tem um curioso passatempo: fabrica insetos mecânicos. Ou melhor, o que ele faz é entranhar em carcaças de marimbondos, e todo tipo de coleópteros, minúsculos mecanismos retirados de velhos relógios. Possui uma coleção impressionante, espalhada pela pousada, em monstruários, como ele lhes chama, com tampas de vidro. Alguns escaravelhos batem as asas, agitam as pinças, e em outros piscam frágeis luzes azuis, vermelhas ou amarelas. Dois ou três chiam quando se lhes toca a cabeça. Parecem criaturas saídas de filmes de ficção científica, do tipo *Blade Runner*, ou dos livros de banda desenhada de Enki Bilal. A mim, proporcionam calafrios; ver Mau na sua oficina a dissecar escaravelhos assustou-me ainda mais. Há naquilo uma mistura de sofisticação e crueldade, a paciência de um torturador amoroso e experiente.

— O que você fazia antes de vir para a Ilha?

Olhou-me desconfiado.

— Não fazia nada. Era muito bom nisso.

Insisti:

— Lá, na Itália, o que você fazia?

— Deixei a Itália há muitos anos. Numa outra encarnação. Agora sou moçambicano.

— Nunca mais voltou à Itália?

— Já lhe disse, aconteceu numa outra encarnação. Ninguém regressa ao corpo anterior. — Apontou para um dos escaravelhos. — Eu sou como estes bichos, percebe? Da vida que levei quando era italiano só me resta a carcaça. O que me move agora não é o coração, nenhum músculo vivo, só me levanto, de manhã, por inércia. Ou então, quem sabe?, talvez também já seja meio bicho, meio máquina. Quando me autopsiarem, vão descobrir que alguém substituiu todos os meus órgãos por peças mecânicas.

A ideia pareceu diverti-lo. Ficou uns bons quinze minutos explicando-me que tipo de mecanismos implantaria na própria carcaça caso pudesse. Num mural de cortiça, na parede, estavam espetados, com alfinetes, uns dez escaravelhos, cigarras e louva-a-deus. Havia também desenhos a lápis de coleópteros, juntamente com esboços de como ficariam depois de neles serem introduzidas as peças mecânicas.

Algumas fotografias: Mau em cima de um camelo; Mau, em roupa de banho, abraçado a uma bela mulher; Mau a pescar, num barco, com outro homem. Esta última imagem chamou-me a atenção.

— Conheço este tipo!

— Conhece?! Acho improvável...

— Conheço, sim. Conheci-o em Luanda...

— Em Luanda? Então pode ser, ele é angolano.

— Tenho certeza. Monte, chama-se Monte. Magno Moreira Monte. Empresário, poeta, detetive particular...

— Detetive particular, o Monte?! — Mauro riu com gosto. — A vida dá muitas voltas. Vivi alguns anos em Angola, no fim dos anos 1970, depois de sair da Itália e antes de me fixar em Moçambique. Conheci o Monte nessa época. Colecionava borboletas e coleópteros. Tinha uma coleção fantástica. Foi com ele que comecei a interessar-me por escaravelhos. Até hoje trocamos exemplares.

— E o que fazia o Monte na época?

— Como lhe digo, colecionava insetos...

— Já percebi. Mas você ficou surpreso quando contei que o tipo agora é detetive particular. Magno Moreira Monte. Empresário, poeta, detetive particular. É assim que está escrito no cartão que me entregou. Não esqueci.

— Você sabe, o mundo mudou muito. As pessoas, para sobreviver, foram forçadas a mudar com o mundo. Nos anos 1970, o Monte já era detetive, embora, suponho, não o chamassem assim. Mas não defendia a iniciativa privada, não. Éramos comunistas.

Bartolomeu, que estivera distraído a observar os besouros mecânicos, veio também espreitar a fotografia.

— Ah! Este eu conheço muito bem. Tremendo bófia...

Mau sacudiu a ruiva cabeleira, desordenando a tarde.

— Porra! Vocês conhecem-se todos?! Angola é um país pequeno.

— Não, não! — retorquiu Bartolomeu, indignado. — Angola é grande. O mundo, sim, é pequeno.

(Os sonhos de Aline)

Aline, a minha melhor amiga, sonha muito bem. Sonhar bem é talento raro, pouco reconhecido, pelo menos nos países europeus. Aqui em Moçambique, pelo contrário, as pessoas que sabem sonhar costumam ser bastante respeitadas. Os sonhos de Aline são intrincados, com reviravoltas súbitas, e há neles, por vezes, pormenores realistas, que a mim me perturbam mais que o próprio enredo. Aline não se limita a sonhar com um anjo, algo bastante trivial, mas é capaz de discutir com ele o último teorema de Fermat e de descrever com precisão o formato das suas asas; o anjo matemático, por exemplo, tinha-as transparentes, tipo as de uma libélula.

Hoje encontrei no meu e-mail uma mensagem de Aline dando-me notícia do seu último sonho. Transcrevo.

"Há um rapaz, de pé, tocando uma espécie de flauta, curva e aguda como um sabre, enquanto um peixe canta pousado na outra extremidade. Um segundo rapaz, estendido de bruços no chão, toca harmônica; um terceiro, acocorado diante dos dois primeiros, segura um pássaro. Há ainda uma gaiola, e dentro dela palpita um crepúsculo – ou um coração. Ao longe, desdobra-se o casario. Tu estás sentada numa cadeira, observando tudo. Um homem avança sobre ti, vindo por trás, a guedelha a arder. Parece um archote. Diz-te, apontando para a gaiola: 'É meu, o coração!', e então alguma coisa estala e o homem cai. Tinha um segredo, sei disso pela escuridão no seu espírito enquanto cai. Quando olhas de novo, reparas que a gaiola está vazia. Um escaravelho levanta voo com o sol preso entre as mandíbulas."

O curioso é que quando terminei de ler a mensagem ergui o olhar e dei, presa à parede, com uma serigrafia de Chichorro:[13] um rapaz de pé tocando uma espécie de flauta etc. Virei-me para trás, inquieta, à espera de ver avançar contra mim o homem-archote, mas não aconteceu nada.

*

(Um tiro na madrugada)

Nesta madrugada assisti a um crime.

Passo as noites na carrinha. Não tanto para poupar dinheiro, mas simplesmente porque me desagrada a ideia de pagar, por pouco que seja, pelo duvidoso prazer de me estirar numa cama pública a fingir que durmo. Incomoda-me ainda mais a possibilidade de efetivamente cair no sono e sonhar o resto dos sonhos que alguém deixou para trás. Os colchões das camas de hotéis, sobretudo de hotéis baratos, acumulam no geral resíduos de sonhos rápidos, mal sonhados, não sendo de excluir a possibilidade de se contrair um ou outro pesadelo tresmalhado. Conhecem promiscuidade maior que sonhar um sonho de segunda mão?

Eu, que tenho sido tão promíscuo, odeio a promiscuidade.

Não há nisso nada de extraordinário, vendo bem. São raros os fumadores que amam os cigarros, e os defendem, e se mostram dispostos a morrer por eles com o mesmo entusiasmo, digamos, com que um homem-bomba sacrifica a vida pelo santo nome de Alá e de seu profeta.

Prefiro, pois, passar as noites na minha Malembe. Deito o banco para trás e olho as estrelas. Estaciono ora nas traseiras do hotel, ora na

---

13. Roberto Chichorro, um dos mais conhecidos pintores moçambicanos, vive em Lisboa há muitos anos. Já houve quem lhe chamasse de Chagall africano. Como Marc Chagall, Chichorro gosta muito de música e de noivas, de azul e de gente a levitar. Uma vez, numa exposição dele, ouvi uma senhora comentar com outra: "Este homem deve ser feliz. Só pinta gente alegre". Eu olho para aquelas mulheres que ele pinta, todas de olhos grandes, sonhadores, num langor tropical, e penso que gostaria de ser uma delas.

praia, eventualmente nalgum desvão mais sossegado. Em toda parte tenho assistido a cenas estranhas ou, no mínimo, moralmente pouco edificantes. O diabo – como gostavam de lembrar meus professores no seminário – aprecia as sombras. Há duas noites um carro parou diante de mim. Uma mulher, ainda jovem, com um vestido preto, de malha, conduzia a viatura. Ao lado dela estava um homem alto e distinto, cabelo grisalho, alvo terno de linho. Não me viram. A mulher puxou o vestido pela cabeça e ficou inteiramente nua. Abriu a porta do carro, saiu e estendeu-se na areia. O homem saiu também. Não se despiu. Simplesmente deitou-se, em silêncio, ao lado da mulher. Ficaram assim, sem um movimento, a olhar a Lua, que estava nessa noite muito redonda e luminosa. Depois a mulher voltou a entrar no carro, vestiu-se e foi embora. O homem continuou deitado durante muito tempo. Finalmente, também ele se levantou. Caminhou em lentos passos na direção do mar, até que deixei de vê-lo, engolido pela escuridão e pelo manso rumor das ondas.

Também vi, noutra noite, uma velha a passear um peixe. Trazia o peixe dentro de um pequeno aquário redondo. Pousou o aquário junto à rebentação e, com a ajuda de um copo, mudou a água. Era um peixe azul, que cintilava no escuro, como se tivesse luz própria. A velha conversava com ele.

"Sou só tu e eu, senhor Bonifácio", ouvi-a dizer ao passar a escassos centímetros de mim, sem, todavia, me ver. "No mundo ninguém nos consegue escutar."

Aparece muita gente a satisfazer as necessidades fisiológicas. Acocoram-se junto à água com grande segurança. Às vezes chegam a ser seis, sete, até mais, em simultâneo – e palram. Um autêntico congresso de defecadores.

Eis o que testemunhei há pouco, ainda não seriam nem cinco horas. Um tipo em uniforme de treino cor de laranja, desarrumada guedelha com a mesma cor da areia dos nossos musseques luandenses, saiu do hotel e afastou-se na direção da praia. Ficou um tempo parado, sob a renda frágil de uma acácia. O sol se abria no horizonte, pétala a pétala, como uma rosa. Ouviu-se o ronronar de um motor, e logo depois uma lambreta vermelha veio furando o lusco-fusco. Parou logo junto do ruivo. O motociclista usava um capacete, também vermelho, que lhe ocultava parcialmente o rosto. Conversaram os dois por alguns minutos, muito em sossego, como velhos amigos. O da lambreta puxou um cigarro. Acendeu-o e ofereceu-o ao ruivo. Este deu dois tragos fortes, jogou o cigarro fora, pisou-o. A seguir, fez uma coisa estranha: endireitou-se, ergueu o punho direito e começou a cantar. O motociclista tirou uma pistola da cintura, apontou-a ao peito do ruivo e disparou. Voltou a guardar a pistola, ligou o motor e foi embora. O ruivo não caiu imediatamente. Rodopiou em câmara lenta, o braço direito junto ao peito, o esquerdo esticado, como se dançasse uma valsa com uma moça invisível. Abraçou-se a uma árvore e, finalmente, deslizou para o chão, onde ficou, de bruços, os dedos espetados na areia. O ribombar do tiro no líquido sossego da madrugada atraiu gente. Primeiro saiu da pousada uma mulher jovem, bonita, vestindo simples combinação transparente. Caiu de joelhos junto ao corpo do branco, atirou a cabeça para trás, como se fosse gritar, mas nada se ouviu. Bartolomeu surgiu logo a seguir. Afastou a mulher, num gesto suave, mas firme, e tomou o pulso ao ferido, tipo filme. Era como se fizesse aquilo todos os dias.

— Socorro! — gritou. — Chamem uma ambulância...!

Começou a chegar gente: Laurentina, Mandume, outros hóspedes. Só então me aproximei. Bartolomeu disse-me que o ajudasse a colocar o homem na carrinha. Nós o estendemos atrás, sobre uma toalha de praia com as cores da bandeira angolana.

— E agora?

— Temos de levá-lo para o hospital, cota. Alguém sabe onde fica o hospital?

A mulher vestida com a combinação transparente assentiu, movendo a cabeça para cima e para baixo, sem dizer palavra. Talvez o choque a tenha deixado sem voz. Sentou-se ao meu lado, muito aprumada, esforçando-se por cobrir com a mão esquerda o firme desenho dos seios; com a outra mão, foi-me indicando o caminho.

(O regresso do Sorriso e duas ou três revelações extraordinárias)

Mauro está entre a vida e a morte. Levaram-no nesta tarde, num helicóptero militar, para Joanesburgo. Ao que parece, tem bons amigos nas Forças Armadas. Pouca Sorte disse-me que viu o atirador – um homem numa lambreta vermelha. Recusa-se, porém, a prestar testemunho à polícia. Assim que lhe falei nisso, ficou muito sério e voltou atrás, que não, que se enganou, que não viu nada. Achei inútil insistir. Cada qual com os seus segredos. Mauro deve ter muitos. A namorada (suponho que seja namorada), uma rapariga de vinte e poucos anos, não parece capaz de contribuir com grande coisa para a resolução do mistério. Aliás, é muda! Bartolomeu ironizou:

— Um homem que escolhe por companhia uma mulher muda, eis um verdadeiro sábio.

A observação de Mandume pareceu-me mais inteligente:

— Não. Eis alguém que tem muito a esconder. Lembrei-me do susto de Mauro quando lhe propusemos que gravasse um depoimento sobre a Ilha e sua experiência desde que comprou a pousada e se instalou aqui: "Eu?! Não, não! Nem filmes nem fotografias. Sou demasiado feio".

Não é feio, pelo contrário. Corre, anda de bicicleta, nada, faz pesca submarina e musculação, enfim, tem um corpo impecável para a idade. O rosto lembra bastante o de Sean Connery, isto se o imaginarmos, ao velho ator, o que não é fácil, bem sei, com uma rebelde cabeleira ruiva. Segundo Bartolomeu, Mauro pinta o cabelo. Mandume discorda. Quanto a mim, acho que é a cor natural, precisamente por parecer tão falsa. Se eu me quisesse disfarçar, sobretudo se quisesse passar despercebida, não pintaria o cabelo daquela cor absurda.

No hospital, encontrei um velho amigo. Não o reconheci imediatamente. Ele, sim.

— Como está? Que bom vê-la com saúde...

Sorriu e, então, sim, reconheci-o: Sorriso, o médico que me tratou em Maputo. Abracei-o e agradeci-lhe. Saí de Maputo sem lhe agradecer. A verdade é que nem sequer sabia como se chamava. Ele se apresentou, gentilíssimo, com um ligeiro cumprimento.

— Amândio Pinto de Sousa, princesa, ao seu dispor...

A idade já lhe pesa. Hesita um pouco ao caminhar. O cabelo liso, muito branco, contrasta fortemente com o tom queimado da pele. Amândio Pinto de Sousa vem de uma família goesa, católica, como a da minha mãe. Quis saber se eu estava na Ilha a turismo ou trabalho. Expliquei-lhe que realizava um documentário sobre a vida do músico angolano Faustino Manso. Dizia-lhe alguma coisa, o nome?

Amândio Pinto de Sousa sobressaltou-se.

— Faustino?! É claro! Faustino foi um dos meus melhores amigos!

Contei-lhe, então, toda a minha história. O velho médico escutou-me em silêncio. Ali mesmo, no seu gabinete, guarda uma fotografia sua com Faustino. Os dois à mesa de um bar. Amândio Pinto de Sousa exibia uma bela crina negra, lustrosa, que lhe caía a direito pelas costas; surpreendeu-me um pouco. Nos anos 1970 os jovens usavam o cabelo comprido, sim, mas Amândio já devia ter, então, quarenta e muitos anos.

— Éramos inúteis — disse-me, subitamente melancólico. — Puros objetos naturais...

Segurou-me a mão.

— Eu conheço a tua mãe, dona Alima, posso levar-te a casa dela. Mas acho melhor, antes disso, confiar-te um segredo. — Suspirou. — Nem sei como começar... Quando estavas doente, com febre, a delirar, disseste que o teu pai se chamava Dário. Dário Reis. Eu também conheci o Dário Reis. Agora vens dizer-me que, afinal, o teu pai não é o Dário, é o Faustino... Bem, o que te vou contar vai, talvez, perturbar-te ainda mais. Acontece que já depois de a Alima engravidar, supostamente do Faustino, Faustino teve um problema, um problema muito desagradável, e me procurou para tratá-lo. Aproveitei para fazer uma série de testes e descobri que ele era estéril...

— ... Que tinha ficado estéril devido a esse problema...?

— Não, não, princesa! Sempre foi estéril.

— Absurdo! Deixou dezoito filhos! Falei com alguns deles...

— Bem sei. Dezoito filhos, nenhum deles biológico. Faustino ficou arrasado quando eu lhe disse. Um trapo. Podes imaginar. A vida inteira posta em causa.

— E o meu pai? Quem é, então, o meu pai?

— Não sei, princesa, isso não sei! Terás de perguntar a dona Alima.

Estávamos os dois sozinhos no gabinete dele. Amândio Pinto de Sousa preparou um chá. Bebi-o devagar. Sentia-me tonta, incapaz de raciocinar com clareza. Em determinada altura, Mandume bateu à porta. Vinha à minha procura. O médico levantou-se, disse-lhe qualquer coisa num murmúrio áspero e tornou a sentar-se diante de mim.

— Foi por isso que Faustino regressou a Luanda. Por isso e por outra razão que não posso ser eu a revelar-te. Voltou para a primeira mulher, dona Anacleta, num estado de extrema ansiedade. Tenta ver as coisas pelo lado positivo. O teu pai, como tu mesma me disseste, é, e será sempre, Dário Reis. Foi ele quem te criou, e criou-te, pelo que me contas, com todo o amor do mundo. Privei com ambos. Os dois eram bastante parecidos.

— Parecidos como?

— Não te ofendas. O que eu quero dizer é que os dois gostavam muito de mulheres. Geralmente, as mulheres retribuíam. Seja como for, deixa-me que te diga que foi uma boa troca para ti. Imagina que Faustino tivesse ficado com a Alima. Não daria certo. Não poderia dar certo. Terias sofrido muito.

— E o casamento dos meus pais, acha que foi um sucesso?

— Não sei. Conta-me tu. Em todo caso, estou certo de que a primeira possibilidade teria sido mais dolorosa para todas as partes. Mas me diz... Foi por isso que fizeste esta viagem? Querias ver o que poderia ter acontecido contigo, como poderia ter sido o plano A?

— Não! Claro que não! Queria conhecer o meu pai biológico. Achei que, se o conhecesse talvez, isso me ajudasse a conhecer-me melhor.

— Entendo... Não, minha querida, não entendo nada. Aquilo que tu és tem muito a ver com quem te criou e muito pouco com os teus genes. Mas isso é um assunto teu. Passemos agora à Alima. Se tivesses chegado há um ano, eu nem sequer te levaria até ela. Diria: 'Alima? Não conheço'. Na altura, Alima era uma mulher casada. Se lhe aparecesse de repente uma filha, de um outro homem, isso a deixaria numa situação muito difícil. Entretanto, o marido faleceu. Hoje Alima é viúva, sem filhos, vive sozinha. Quero dizer, não tem outros filhos além de ti. Temos de lhe explicar a situação com muita calma...

— Tenho andado ansiosa por causa disso. Mal durmo. Para falar a verdade, não sei se vale a pena. Quer dizer... Incomodar a senhora... Talvez fosse melhor deixar isso assim mesmo. Aliás, depois do que me contou sobre Faustino, já nem sei o que pensar.

Amândio Pinto de Sousa sacudiu a cabeça.

— Compreendo. Precisas de descansar. Têm sido muitas emoções...

— E Mauro?

— Aqui não podemos fazer muito por ele. Vamos perdê-lo. Mas, se conseguirmos despachá-lo para Joanesburgo e se chegar lá vivo, talvez sobreviva. Já me apareceram tipos em piores condições e alguns sobreviveram. Mau é forte. Incrivelmente forte.

— E o que foi aquilo? Um assalto?

— Ali? Àquela hora? Aliás, o que fazia Mau na rua àquela hora?

— Ele costumava correr...

— Às quatro e pouco da manhã?!

— Não sei. Também me parece estranho.

— Sabe o que acho? Acho que aquele tiro veio de longe, de outro tempo, é isso o que acho.

— Como assim?

Amândio Pinto de Sousa baixou a voz:

— Imediatamente após a independência, Moçambique transformou-se numa espécie de terra prometida da revolução socialista. Durante os primeiros anos, recebemos revolucionários de todas as latitudes. Pessoas que eram perseguidas nos países de origem: sul-africanos do ANC e do Partido Comunista, bascos ligados à ETA, guerrilheiros peruanos e argentinos, italianos das Brigadas Vermelhas...

— Acha que Mauro pertenceu às Brigadas Vermelhas, é isso?

— Não sei. Nem sequer estou certo de que seja realmente italiano...

— Por que diz isso?

— Nada de muito concreto, um ou outro episódio que testemunhei, algumas coisas que me contaram e, sobretudo, prudência de velho. Ou talvez simplesmente por gostar de literatura de espionagem. Não me leves muito a sério, princesa. Sou um espírito livre. Não tenho nenhum compromisso com a verdade.

No regresso à pousada, Mandume estranhou o meu silêncio.

— O que tens? Pareces, tu sozinha, todo um cortejo fúnebre.

Talvez por fora eu fosse de fato um escuro silêncio; por dentro, porém, sentia-me uma avenida de uma grande cidade em plena hora de rush. Ideias passando apressadas, aos encontrões. Memórias girando de forma vertiginosa. Buzinas aos gritos. Semáforos piscando. Não conseguia adivinhar um rosto. Estabelecer um contato. Reconhecer um lugar. Não dormi. Ou talvez tenha adormecido algumas vezes, mas sempre dentro do mesmo estreito espaço em convulsão. Ao acordar, de manhã muito cedo, Mandume olhou para mim e se assustou.

— Não estás assim por causa do italiano, tenho certeza. Dizes-me o que se passa?

Então, disse-lhe:

— Faustino Manso não é o meu pai!

— Eu sei que não, amor. Disse-te isso desde o princípio...

— Não entendes. Ele não é realmente o meu pai. Faustino era estéril!

Contei-lhe a minha conversa com o médico. Mandume encolheu os ombros com desprezo.

— O grande macho africano! Vai-se a ver e foi o maior corno do continente...!

— Isso não te admito!

— Essa agora! O tipo não te é nada, Laurentina! Não tens de defendê-lo.

Tem razão, bem sei. Faustino Manso não é meu pai, não me é nada e ninguém na família me deu procuração para o defender. Nunca me procurou. Nem sequer esperou por mim para morrer. No entanto, ao longo dos últimos dias, fui-me afeiçoando a ele. Conheço-lhe a voz e os lugares por onde passou. Falei com as mulheres com as quais partilhou alegrias e tristezas e comecei a vê-lo através dos olhos delas. Também aprendi a amá-lo. É como se o tivessem roubado do meu coração.

— Sinto-me espoliada!

Mandume recuou. Estava de pijama (nunca se deita sem vestir o pijama), e o seu espanto, puro como a luz da madrugada, encheu o quarto.

— Como?!

Vesti-me e saí. Mandume veio atrás de mim.

Havia sangue no asfalto. Ao fundo o mar, alheio a tudo. A Malembelembe estava parada sob a larga ramagem de uma figueira. Reparei, lá dentro, num ansioso movimento de sombras. Vozes. Então um adolescente dos seus dezesseis anos saiu pela porta do motorista, em tronco nu, olhou-nos aos dois numa atitude de desafio, abotoou os calções e foi embora assobiando. Reconheci (surpresa) a melodia: "Xigombela", de Faustino Manso.[14] Mandume abanou a cabeça, chocado.

— Viste aquilo?! Este tipo, Pouca Sorte, é um poço de surpresas.

Um poço, sim. Sem fundo.

---

14. Sei a letra de cor: "Vivo do outro lado do espelho/ Onde está esquerda, viro à direita/ Querem-me azul, eu sou vermelho./ A boca diz sim, coração não aceita.// Meu coração não aceita,/ Açoite nem trela,/ Insulto ou desfeita./ Dança, dança, a xingombela". Este nome, xingombela, é a designação de uma dança tradicional do sul de Moçambique praticada em geral ao crepúsculo. Consiste numa roda em que entram e saem casais solistas. Uns dançam o amor, e outros procuram representar a valentia. "Xingombela" deve ter sido um dos últimos temas compostos por Faustino Manso em Moçambique.

(A minha mãe, dona Alima)

Penso: *então é esta a minha mãe*. Não sei o que dizer. Alima parece ainda mais aturdida que eu. Evitamos olhar uma para a outra. Ela se enrola em si mesma como um ouriço. É uma mulher muito magra, apagada, talvez com metade da minha altura. Pessoas assim vão deixando de existir, a partir de certa idade, graças a um esforço de silêncio e de anulação, até alcançarem uma quase invisibilidade pública. Amândio Pinto de Sousa falou com ela antes de me trazer. Contou-me que Alima recebeu a notícia sem aparente surpresa. Quis saber se eu era feliz, se vinha sendo feliz com a minha família adotiva. Em determinada altura, fraquejou um pouco, recolheu uma lágrima com um lenço branco; enfim, concordou em encontrar-se comigo. A casa é pequena, encravada numa fileira de outras, uma porta e uma janela, uma porta e uma janela, todas iguais. Dois sofás de couro muito gastos; uma televisão, num canto, sobre uma pequena mesa de madeira, e sobre a televisão um paninho rendado e uma estatuetazinha em bronze de Ganesh,[15] sentado numa espécie de trono e com um ratinho aos pés. Pendurado na parede, um calendário com a imagem da Virgem Maria. Amândio veio comigo. Enfiou-se no outro sofá. Bebeu em silêncio o seu café. Provou os biscoitos de chocolate que dona Alima deve ter comprado no bazar (comprei há dias uns iguais). Finalmente, levantou-se:

---

15. Sempre simpatizei com Ganesh, o menino, filho de Parvati e de Shiva, que perdeu a cabeça, na sequência de um desentendimento doméstico, sendo substituída pela de um elefante. Ganesh é o protetor dos lares, e a Ele recorrem também os crentes para remover obstáculos.

— Vou deixar-vos a sós. Devem ter muito que conversar...

Alima fez menção de se erguer, mas o médico impediu-a com um gesto.

— Não vale a pena, minha cara senhora. Conheço o caminho.

Abriu a porta, piscou-me e saiu. Ficamos as duas frente a frente. Era a minha vez.

— Ouça: imagino que deva ser muito difícil para si. Afinal, pensava que eu tinha morrido no parto...

Alima abanou a cabeça.

— Não, filha! Eu sabia que estavas viva. Não me perguntes como. O meu coração sabia. Não houve um único dia em que não pensasse em ti. Quando eras menor, fazia contas à tua altura, tentava adivinhar no rosto das outras crianças como seria o teu. Cheguei a comprar-te brinquedos, que depois escondia.

Um soluço sacudiu-lhe o frágil corpo. Levantei-me, dei dois passos e ajoelhei-me junto dela. Afundei o rosto no seu colo. Senti as mãos de Alima a deslizarem, leves borboletas, sobre o meu cabelo. O colo da minha mãe cheirava a incenso e maresia. Choramos, as duas. Um cansaço veio descendo sobre mim, uma vontade de esquecimento, de não haver tempo nem universo, tampouco a sombra de um Deus sobre tudo isso.

*

Alima era Doroteia, todas as mães, e eu, as filhas todas do mundo.

QUARTO ANDAMENTO
(presto et finale)

Luanda, Angola
sábado, 11 de março de 2006

Ontem fui a uma festa no apartamento do Orlando Sérgio. Telefonou-me duas horas antes para me convidar. Havia meses que não sabia nada dele. Deu-me o nome da rua e o número do prédio. Disse-me que o apartamento ficava no sétimo andar e meio. Estranhei o meio.

— Yá! Sobes a pé até o sétimo, o elevador não funciona. O meu apartamento fica entalado entre o sétimo e o oitavo.

Era um prédio velho, fachada sombria, fundas olheiras negras, que se mantinha de pé por pura teimosia. "Dignidade, meu caro, diz antes dignidade!", retorquia Orlando. "Ele ainda se lembra dos tempos felizes." A entrada metia medo. Degraus quebrados, sujos. Vários lances às escuras. Velas arfando na penumbra. A cera a derramar-se pelas lajes. Meninos nus a brincar aos caubóis nos patamares. Um rapper, sentado num degrau, atirava rimas contra as paredes, como se fossem pedras.

"O melhor amigo do homem não é o cão,
é o copo, o garrafão,
vou beber até cair morto no chão."

Uma menininha de vestido azul, com babados, com pequenas tranças espetadas, passou correndo por mim. Gritou para alguém (que eu não podia ver) dentro de casa:

— Papááá! Essa música faz dodói!

Fazia mesmo. Orlando esperava-me no topo das escadas, vestido com uma velha bermuda amarela, uma garrafa de cerveja na mão esquerda. Regressara dias antes de uma longa estada no Rio de Janeiro. Achei-o remoçado. Estranhei os óculos, de grossos aros pretos, quadrados, como um anacrônico adereço de fantasia. Alguns atores atuam em período integral, de forma compulsiva, mudando de rosto e de personalidade, a cada instante. Talvez seja uma espécie de deficiência profissional ou, ao contrário, de extrema eficiência. Orlando Sérgio foi o primeiro ator negro a interpretar o papel de Otelo em Portugal. Somos amigos há mais de vinte anos. Demos um forte abraço.

— Cansado?

Mostrou-me o apartamento. Uma sala desafogada, cozinha, banheiro e três quartos. O quarto dele tinha por única mobília uma estreita cama de ferro. Nos outros havia colchões colocados diretamente sobre o cimento e arames para estender a roupa presos às paredes. Os quartos estavam alugados para dois casais de artistas. Uma das raparigas, de barriga inchada, movia-se pelo apartamento como se flutuasse, iluminada pela plácida e alheada luz das grávidas. Havia ainda uma extensa varanda debruçada sobre a noite fresca. Um sujeito magro, comprido, estendido de bruços no cimento, perturbava a passagem.

— Morreu?

Orlando encolheu os ombros.

— Pode ser. Encontrei-o assim nesta manhã. Não conheces?

Reconheci o nome: um estilista nacional que vivera muitos anos em Nova York. A rapariga grávida ofereceu-me uma cerveja. Pedi-lhe um suco. Trouxe-me uma caipirinha e um prato de sopa com muzonguê. Apresentou-me a um rapaz de olhos vivos, verdes, cabelos castanho-claros. Desembarcara hoje de manhã, muito cedo, vindo de Lisboa. Perguntei-lhe o que o trazia a Luanda.

— Quero ser angolano — informou-me. — Sempre quis. Acho que tenho jeito.

Dei-lhe os parabéns pela coragem. Acrescentei que me parece um objetivo terrivelmente ambicioso. Acentuei a palavra "terrivelmente". Vir para Angola para ser angolano não é o mesmo que ir para Los Angeles disposto a ser um ator famoso. Mais facilmente um tipo consegue tornar-se um ator famoso. O rapaz, porém, não esmoreceu. Nem sequer perdeu o sorriso. Nasceu no Porto, explicou, mas os pais, ambos naturais de Benguela, passavam o tempo a falar-lhe de Angola. Diz que sabe mais sobre o país que a maioria dos angolanos. Levantou-se e foi dançar kuduro. Admito, dança bem. Uma rapariga alta, magra, de pele brilhante, muito negra, expressão enigmática, como a de uma máscara quioca, sentou-se ao meu lado. Vestia uma T-shirt branca justa e calça de ganga muito gasta. Não se apresentou. Não disse nada. Levantei-me. Na cozinha dois jovens enrolavam cigarros de liamba. Em outro grupo um famoso pintor e marchand de arte dissertava aos gritos. O cabelo grisalho tornava quase credível o discurso torrencial com que esmagava a plateia. Discutia-se a contribuição da arte tradicional africana para a renovação da pintura europeia, o cubismo, a globalização, o estreito nacionalismo cultural de muitos dos nossos intelectuais, que ficam felizes quando lhes dizem que Pablo Picasso se inspirou na arte tradicional africana ou que a Bahia começa em Luanda, mas se irritam pelo fato de alguns dos nossos grupos de Carnaval se inspirarem em modelos brasileiros. Já me vem faltando paciência para esse tipo de discussões. Tradições, dizem, há que se respeitarem as tradições. Quais tradições? Quem trouxe o Carnaval para Angola foram os portugueses, além da língua, de Jesus Cristo, do bacalhau, da mandioca, do óleo de palma, do milho, da guitarra, do acordeão, do futebol e do hóquei em patins. Os portugueses trouxeram também a sífilis, a tuberculose, as bitacaias e, inclusive, o diabo. Queimaram feiticeiras, em autos de fé, dando origem a uma tradição que se mantém até hoje. Implantaram o tráfico de escravos e, com isso, iniciaram uma série de outras respeitadíssimas tradições. Tradição. Só a palavra já me dá arrepios. Voltei a sentar-me. Servi-me de mais um prato com feijoada. A rapariga alta, ao meu lado, continuava na mesma posição em que a deixara uma hora antes.

— É amiga do Orlando?

Olhou para mim, surpresa.

— Não, não! Sou a Bailarina.

Certo. Devia haver alguma relação. Horas mais tarde, encontrei Orlando na varanda, sentado numa cadeira de plástico, os olhos mergulhados na vasta escuridão. Quis saber quem era a Bailarina. O meu amigo sorriu. Um sorriso absorto.

— Ninguém — disse. — Vivia aqui...

— Vivia aqui...?!

— Isso. Vivia aqui. Vivia com um sapador. A Bailarina e o sapador. Podes imaginar uma estória de amor mais estranha que essa?

— O que aconteceu?

— O que querias que acontecesse? Um dia o sapador foi trabalhar e não voltou. Uma das minas explodiu enquanto ele a desarmava. No dia seguinte, encontraram-na a dançar, nua, no campo de minas.

— Nua?!

— Yá, nua. Nuinha, parente. Como Deus a pôs no mundo...

— E o que faz aqui?

— Senta-se e respira. Não faz mais nada. Volta e meia bate à porta, e eu a deixo entrar. É uma espécie de fantasma, mas sem a impertinência dos fantasmas.

Encontrei-a de novo nesta manhã, na praia, com os pés mergulhados na renda do mar. As mãos desenhando flores. Fiquei com a impressão de que só eu a via.

(A Bailarina)

Nunca soube o nome dela.

— O nome não tem importância — costumava repetir Monte, o bófia. — O que conta é a alcunha.

Sujeito estranho, Monte: um olhar, agudo, perscrutador, como o dos tipos nos aeroportos que nos pedem o passaporte. Movia-se em silêncio, sem ferir o chão, e ao mesmo tempo seguro, tremendamente seguro, o anjo da morte a passear ao crepúsculo. A voz excessivamente afável, de dar medo, podes falar, filho, fala à vontade, já sabemos tudo. Também me lembro da alcunha dele: o Morto.

O que conta é a alcunha.

Voltemos à Bailarina. Costumava vê-la na Ilha, em frente ao Café del Mar, a dançar sozinha. Dançava sozinha não como quem dança sozinha numa festa cheia de gente, antes com a intimidade de quem dança sozinha num salão desolado e vazio, horas depois da festa. Os pés mergulhados na espuma cintilante, os longos braços erguidos, olhos bem fechados. O vestido rendado, branco, tênue, a desenhar-lhe as curvas breves do corpo. As pessoas afastavam-se dela – como de um abismo. A mim, pelo contrário, atraía-me. Tentei, algumas vezes, iniciar uma conversa:

— Vem muito aqui?

Nunca me respondeu. O olhar dela atravessava-me como se eu não existisse, como se não existisse à sua volta pessoa alguma, sinal de atividade humana. A sensação de ser mero espírito em trânsito não é muito agradável, acreditem. Numa tarde experimentei tocar-lhe o braço. Talvez, afinal, fosse ela o espectro. Então, sim, estremeceu.

— O que deseja?

Não soube o que responder. Menti-lhe:

— Acho que nos conhecemos...

Recuou, num breve assombro.

— Já não conheço ninguém...

Convidei-a a sentar-se comigo. Pedi um suco de maracujá para ela. Outro para mim. Maracujá acalma, é o que dizem. Queria saber quem era. Ardia de curiosidade. A Bailarina bebeu o suco delicadamente. A seguir, como numa coreografia, soltou a alça do ombro direito, soltou a outra, ergueu-se, e o vestido deslizou-lhe num suave afago até os pés. Tinha o corpo perfeito. Seios redondos, de pequenos bicos castanhos, ventre plano, o umbigo como um ponto de exclamação sobre o escuro bosque do sexo. Fez-se silêncio, um silêncio atordoado, como o do pugilista, no instante em que o punho do adversário lhe bate entre os olhos, e o sangue aflui, uma luz que encadeia tudo, e eu tive consciência de que a cidade inteira olhava para nós. Sabia que devia levantar-me e cobri-la com uma toalha. Não o fiz. Fiquei quieto, no lugar, enquanto ela atravessava a estreita faixa de areia e entrava no mar. Mergulhou de cabeça, desapareceu, e a cidade inteira suspirou, ÔÔÔÔÔ, exatamente assim, as bocas abertas e os chapeuzinhos na cabeça, e na sequência começaram todos a falar ao mesmo tempo. Só então agarrei uma toalha e fui recebê-la à beira da água.

Levei-a para casa. Morava no largo do Quinaxixe, no sexto andar do chamado prédio da Cuca, um dos emblemas da cidade durante os últimos anos da época colonial. Hoje é uma ruína melancólica, à espera da implosão – será depois substituído por um prédio muito maior –, mas de noite continua a ostentar, orgulhosamente, o largo néon iluminado da Cuca com que se celebrizou. No apartamento da Bailarina, o que havia de melhor (de puro luxo) era a luz. Um sueco pagaria muito para ter uma luz assim entrando no apartamento em Estocolmo. Aquela entrava de graça pelas janelas abertas, de modo preguiçoso, e estirava-se depois nos amplos compartimentos vazios. Todos os quartos estavam meticulosamente limpos, o que, em contraste com as manchas, em vários tons de sépia, nos tetos e nas paredes, produto do demorado labor de infiltrações sucessivas, induzia no espírito, ao menos induziu no meu, uma viva angústia. A Bailarina foi até a cozinha preparar café. Trouxe duas xícaras e colocou-as no chão, diante da cama, um ruidoso aparato em ferro, que era, aliás, o único móvel em todo o apartamento. Sentei-me no chão e bebi o café, atentamente, em pequenos goles. Ela bebeu o dela. Quando terminei, tirou-me a xícara da mão, colocou sobre ela o pires, virou-a, retirou o pires e debruçou-se depois sobre os desenhos da borra de café que haviam ficado nas bordas e no fundo do recipiente.

— Vê este pequeno quadrado? Você está prestes a envolver-se com uma mulher casada. Este outro aqui, que parece a cabeça de um cavalo, indica que fará em breve uma viagem importante, a qual mudará a sua vida. Também vejo que vai perder alguém que ama.

Na semana seguinte, morreu o meu avô e conheci Laurentina. Poucos dias depois, partíamos em viagem.

(O regresso ao caos)

Regressamos a Luanda, de avião, via Joanesburgo. Pouca Sorte terá de voltar sozinho, refazendo todo o percurso, com a Malembelembe. É uma pena, porque a carrinha e a paciência, a gentileza e a habilidade do seu condutor nos fazem bastante falta nesta cidade horrível. Após tudo o que sucedeu na Ilha de Moçambique, o regresso a Maputo e a viagem, a seguir, deu-se uma espécie de fim de festa: um grande cansaço, a louça suja espalhada pela casa, a sensação de que alguma coisa se quebrou ou se perdeu para sempre. Lau pouco fala. Bartolomeu não compreende o que se passa, mas percebe que se passa alguma coisa. Anda nervoso. Decidimos, eu e Lau, após longa discussão, ocultar-lhe o segredo de Faustino Manso. Lau argumenta (compreendo-a) que tal revelação afetaria muita gente – inclusive o próprio Bartolomeu – e teme a reação da família. Negou-se a entrevistar Alima para o filme. Não sei o que conversaram nem sequer sei se Alima revelou o nome do homem que a engravidou. A recusa em entrevistar Alima, como seria de esperar, irritou ainda mais Bartolomeu. Ele acha que sem o testemunho dela o filme ficará mutilado. Laurentina ignora-o. Ontem passou o dia na casa de dona Anacleta. Hoje foi almoçar com ela e ainda não regressou. Vejo-a, à velha senhora, como uma espécie de guardiã de todos os segredos. Tem a chave dos armários. Resta saber se estará disposta a mostrar-nos os esqueletos. Refiro-me a esqueletos metafóricos, mas, enfim, já nada me surpreende. Dona Ana de Lacerda não nos mostrou ossos autênticos?

*

(Uma epifania, ou melhor: o seu inverso)

Passeio pela Ilha para me distrair. Reencontrei Alfonsina. Aliás, encontrei Pintada, a galinha, e ela levou-me à menina. Pintada estava na praia, meio enterrada na areia, bêbada de sol. Soltou-se assim que me aproximei e foi-se afastando aos saltinhos, aos gritos agudos, mas mantendo, apesar de tudo, certa dignidade (a dignidade possível para uma galinha). Segui-a. Dei com Alfonsina adormecida no interior de um coreto em ruínas. Ia acordá-la, mas Pintada atacou-me com duas bicadas vigorosas. A primeira rasgou-me a calça. A segunda feriu-me a mão. O alarido despertou Alfonsina. Sentou-se no chão, compôs o vestido e sorriu.

— Você voltou? Ah, meu pai, Luanda é cuia!
— Não, eu não gosto de Luanda.
— Voltaste, então, por minha causa?
— Não! — Ri. — Também não. Voltei porque tenho de terminar o meu trabalho aqui.
— Um filme?
— Sim, um filme. Sobre um homem que teve sete mulheres.
— Ao mesmo tempo?
— Não, ao mesmo tempo não.
— Ah! O meu pai tem três mulheres.
— Tem?! Disseste-me que os teus pais morreram na guerra...
— Não morreram. Ficaram lá, na guerra, no Cuíto. Não sei nada deles.
— E o teu pai vive com as três mulheres na mesma casa?
— Vive. Está um velho. Mais velho que tu.
— Tens saudades deles?
— Não. O meu pai me batia. Eu fugi... Isso, na tua mão, é sangue ou o quê?
— Foi a galinha, bicou-me. É um animal feroz. Devias açaimá-la.

Alfonsina riu. Assobiou a chamar Pintada.

— Avisei. Tipo cão, ela. Me protege.

Sentei-me ao seu lado.

— Ao jantar, da outra vez, disseste-me que tinhas feito um filme...

Olhou-me aterrada.
— Não, não! Não fiz filme nenhum...
— Disseste-me que tinhas feito um filme com um italiano...
— Era mentira!
— Voltaste a ver o outro tipo, o branco, ele ameaçou-te?
— Não, não vi ninguém. Nunca vejo ninguém. Estou aqui bem sozinha. — Levantou-se. Sacudiu a poeira do vestido, e eu pensei que ela trazia sob a pele mais poeira que vestido. — Adeus! Vou pro hospital...
— Estás doente?
— Fome é doença?
— Queres comer?
Alfonsina sorriu, um sorriso de mulher, levemente irônico. Só então me dei conta de que emagrecera. Os olhos pareciam maiores, brilhavam, refletindo, como dois espelhos, a luz radiante da manhã.
— Não. Não é só fome, meu pai. Estou mesmo doente. Febre.
Toquei sua testa. Queimava.
— Assim, doente, nenhum homem quer dormir comigo.
Não soube o que lhe dizer. Aconteceu-me ali, naquele instante, o inverso de uma epifania: revelou-se ao meu espírito, como uma escuridão explodindo sob o largo sol do meio-dia, a implacável ausência de Deus. Suspirei.
— Se quiseres vou contigo ao hospital...
— Tens carro?
— Não.
— Então dá-me cem quanzas para o candongueiro.
Levei a mão ao bolso e tirei tudo o que tinha. Duzentos dólares. A menina olhou-me, atônita.
— O que é isso?
— Toma. Compra comida, remédios, o que precisares.
— Queres o quê, tu?
— Só quero que te ponhas boa.
Alfonsina tirou-me o dinheiro da mão, descalçou o sapato do pé direito e guardou as notas lá dentro. Voltou a calçar-se. Depois, abraçou-me, encostou a cabeça contra o meu peito. Senti-lhe o calor, os ossos frágeis e leves, como se estivessem cheios de ar quente. Senti vergonha, o susto de que alguém nos visse assim e pensasse que eu

me aproveitava dela, então a afastei. Fiz isso, talvez, com demasiada brusquidão. Alfonsina assustou-se.

— O que foi? Tens medo de apanhar piolhos?!

Colocou a galinha dentro de um saco.

— Não posso deixá-la aqui sozinha. Matam-na e comem-na. Já mataram e comeram algum amigo teu?

Acompanhei-a até o candongueiro.

— Sabias que agora, lá na cidade, tem até costangueiros?

— Costangueiros?

— Yá! São tipo candongueiros, mas sem viatura. Atravessam as ruas alagoadas com os passageiros às costas.

*

(Um tio inédito)

Voltei para o hotel, atordoado. A cabeça pesava-me. Cerrei os estores e estendi-me na cama. Estava já meio dormindo quando o telefone tocou. Atendi.

— Alô?! Gostaria de falar com Mariano Maciel...

A voz era igual à do meu pai.

— Sim, sou eu...

— Mariano? Fala o teu tio, pá, como estás? Tive um trabalho do caraças para te encontrar.

— Tio?!

— Nelito, o irmão mais velho do teu pai.

— O meu pai nunca me disse que tinha irmão mais velho.

— Não?! Bem, não me surpreende. Quando o Mariano e o Martinho foram mortos, em 1977, eles estavam de um lado, juntamente com o teu pai, e eu do outro. Não pude fazer nada para salvá-los. Não consegui. O teu pai nunca me perdoou. Cortou relações comigo. Tentei ver-vos uma vez, em Lisboa, mas ele não permitiu.

— ...

— Alô?! Ouve-me... Não desligues... Quero conhecer-te, apresentar-te aos teus primos. O que passou passou. Vocês, os miúdos, não podem ser penalizados. Não é justo.

— Tenho de falar com o meu pai.

— Sim, fala com ele. Diz-lhe que eu mando cumprimentos. Vou deixar-te o número do meu celular, tens onde anotar? Liga quando quiseres.

Pousei o telefone. Procurei concentrar-me no ronronar do aparelho de ar-condicionado. Laurentina julgava que tinha uma mãe e um pai e disseram-lhe que não, que era outra a mãe e era outro o pai. Depois disseram-lhe: lamentamos muito, também esse segundo homem não é, na verdade, o teu pai. Procura-o. Quanto a mim, descubro agora que o meu pai me escondeu o irmão mais velho. Tenho um tio, primos (quantos?) e não sabia. Sentei-me na cama e liguei para Lisboa.

— Pai?

— Mandume? Está tudo bem...?

— Nelito, o nome diz-te alguma coisa?

— Não!

— Não?!

— Tive um irmão com esse nome. Morreu.

— Não morreu, não, senhor! Por que nunca me falaste dele?

— Nelito procurou-te? Não acredito...

— Que o meu tio tenha me procurado não me parece estranho, só lhe fica bem. Estranho é que tu me tenhas escondido a existência dele.

— Não te aproximes desse homem!

— Por que não?

— Porque eu não quero!

Pousei o telefone. Contei os segundos. Estava em vinte e oito quando começou a tocar. Retirei o cabo da ficha e estendi-me de novo na cama. Tentei distinguir os ruídos que me chegavam aos ouvidos: o ar-condicionado, os carros passando rápidos e perigosos na estrada diante do hotel, o remoto bater das ondas, uma longa gargalhada. Sempre que presto atenção aos ruídos, aqui em Luanda, encontro, em pouco tempo, uma gargalhada. Não estou a dizer que signifique alguma coisa. Limito-me a constatar um fato.

(Um cenotáfio)

A casa: um cenotáfio.[16] Os visitantes são recebidos, na sala, por um retrato, a óleo, de Faustino Manso abraçado ao seu contrabaixo. Soube quem o pintara mesmo antes de ver a tímida assinatura, no canto inferior direito: Fatita de Matos. Walker, o contrabaixo, enche a sala com sólida presença. Sobre o piano, há dezenas de fotografias emolduradas: Faustino Manso, no fim dos anos 1950, com Raul Indipwo; Faustino Manso, provavelmente no fim dos anos 1960, início dos anos 1970,[17] numa esplanada, em Lisboa, com Rui Mingas, de quem era grande admirador; Faustino Manso ao lado de Nelson Mandela – esta última foto atraiu-me a atenção. Entre Mandela e Faustino, de costas para o fotógrafo, e, aparentemente, em animada conversa com o histórico

---

16. "Túmulo ou monumento fúnebre em memória de alguém cujo corpo não jaz ali sepultado; túmulo honorário. etim fr. cénotaphe (1501) id., do lat. tar. cenothaphìum, ìi, túmulo honorário, essa, e este do gr. kénotáphion, ou túmulo vazio'; ver cen(o) - e - tafo sin/var ver sinonímia de sepulcro." Retirei a definição do dicionário Houaiss. Acho que o Houaiss está para os usuários da língua portuguesa como a carteira para uma senhora: é indispensável e salvadora e traz uma infinidade de minúsculos artigos absolutamente inúteis, mas maravilhosos. "Cenotáfio", por exemplo, para mim foi amor à primeira vista. Aqui há dias, no aeroporto, em Joanesburgo, demos com um policial de fronteira extremamente obtuso, um tipo sem alma. "Parece um cenotáfio", comentei. Bartolomeu concordou com uma gargalhada: "Não faço ideia do que seja um cenotáfio, mas que parece, parece".

17. O empregado que os serve tem cabelo comprido, longas costeletas, calça boca de sino. Acho que os homens nunca foram tão ridículos quanto no fim dos anos 1970.

dirigente sul-africano, vê-se uma mulher loira. O rosto está oculto. A elegância, porém, denuncia-a imediatamente.

— Sim — adiantou-se dona Anacleta, adivinhando o meu pensamento. — É a Seretha du Toit. A fotografia foi tirada em Pretória, quando o presidente Mandela tomou posse.

Mostrou-me depois três álbuns com imagens da família. Ela e Faustino, na tarde em que se casaram, diante da Igreja da Nazaré. O noivo muito magro, muito escuro, como uma sombra, ao entardecer, alongada contra uma parede. A noiva era o dia ao seu lado, radiosa, num belo vestido de cetim. Em outra foto Faustino surge abraçado a um rapaz um pouco mais moço, carão comprido, olhos francos, uns lábios deliciosos, muito bem desenhados.

— Chamava-se Ernesto e era irmão do Faustino, dois anos mais jovem. Morreu em 1975, coitado, de bala perdida. Estava em casa, começou um tiroteio, e ele foi ao quintal buscar a Irene, a filha caçula, que devia ter seis ou sete anos. A bala atingiu-o no coração. No funeral, alguém comentou, creio que foi o padre, não ser de admirar que a bala tivesse atingido o coração, porque ele tinha um coração enorme. Tinha, de fato, um coração enorme. Eu vejo-o como uma espécie de anjo.

— Era o único irmão do Faustino?

— Bem, sim, o único filho do mesmo pai e da mesma mãe. O velho Guido, o pai deles, teve muitos outros filhos fora do casamento... Não faças essa cara, querida. Neste país, até os coxos pulam a cerca.

Uma senhora magra, acanhada, veio anunciar que a mesa estava posta. Comemos no quintal, à sombra generosa de uma mangueira enorme. A mulher sentou-se conosco.

— É Irene, a minha sobrinha — apresentou-a dona Anacleta. — Lembras-te do que te contei? O pai morreu-lhe nos braços. Irene nunca se casou. Vive sozinha. Mudou-se para cá, nestes dias, para me fazer companhia.

Durante o resto da tarde, Irene não deve ter pronunciado mais de meia dúzia de palavras. Limitou-se a acenar com a cabeça e a anuir, brevemente, nas raras ocasiões em que dona Anacleta se dirigiu a ele. Houve alturas em que me esqueci dela. A tia também, suponho. Era como se falasse só para mim.

— Julguei que tivesses vivido sempre em Moçambique — disse. Comêramos a sopa e um calulu de carne-seca, muito bem temperado, e passáramos aos doces: bolo de banana, mousse de manga, pudim de mandioca. Escolhi o bolo de banana. Dona Anacleta optou pela mousse de manga. A voz tornou-se mais suave. — Na verdade, julguei que fosses moçambicana. Mas alguém me disse que não, que foste criada em Lisboa por um casal de portugueses. Soube também que estiveste na Ilha de Moçambique, com o meu neto, o Bartolomeu, e que encontraste a tua mãe. A tua mãe biológica...

— Sim, é verdade.

— Ela gostou de te ver?

— Gostou, creio que sim. Foi um pouco estranho. Difícil tanto para mim quanto para ela, mas acho que fiz bem em procurá-la. Conversamos muito.

— Compreendo. Há alguma coisa que me queiras dizer?

— Realmente, há. Conheci um médico, lá na Ilha, que me falou do pai... do seu marido... Disse-me que foi muito amigo dele.

Dona Anacleta suspirou.

— Irene, por favor, vai comprar os meus remédios.

Irene levantou-se, despediu-se de mim com um beijo e saiu. Uma empregada gorda, com a pele muito lisa e esticada,[18] veio tirar a mesa. Dona Anacleta pediu-lhe que nos trouxesse chá. Aproximou o rosto do meu.

— E esse médico tem nome?

— Amândio Pinto de Sousa...

— Sim, o Faustino falou-me muito dele. O que te disse o doutor Amândio?

— Ouça, nem sei se posso acreditar no que ele me contou. Disse-me...

— Eu sei o que ele te disse...

— Bem, também me disse que não tem com a verdade compromisso algum.

— Faz ele muito bem. A verdade é uma velha senhora chata, estúpida e inconveniente. Além de surda, surda não como as portas, que

---

18. Parecia saída de um quadro do pintor colombiano Fernando Botero: era alegre de ser gorda!

as há bastante atentas, e olha que não são poucas, mas como Deus, a quem todos suplicam e que não ouve ninguém. Procuras a verdade, tu?
— Acho que sim.
— E de que te serve conhecer a verdade?
— Não é questão de serventia. De que me serve a beleza das estrelas, por exemplo? Alegra-me a alma. Acho que a verdade tem alguma coisa a ver com a beleza.
— Não concordo contigo, filha. Há verdades muito feias. Algumas só trazem dor.
— Sim, há verdades que magoam. Mas talvez a dor seja necessária...[19]
— Tu não acreditas nisso!
— Tem razão, a dor é inútil. Podemos passar muito bem sem ela.
— Pois podemos! — Riu. — As flores não têm dentes.
— A senhora leu Breyten Breytenbach?
— Não fazes ideia das coisas que li. Supões, pelo fato de não haver uma única boa livraria aqui em Luanda, desde a independência, que ficamos todos burros?
— Não, claro que não...
— Não? Pois devias supor, filha, ficamos mesmo. Eu tenho a sorte de ter bons amigos, em Lisboa, no Rio de Janeiro, em Paris, que me enviam livros. Mas voltemos à verdade e às armadilhas dela. A verdade é um recurso de quem não tem imaginação. A mentira pode ser, além disso, de proveito geral. Com o engodo de uma mentira, pesca-se uma carpa muito autêntica...
— Shakespeare?
— Certo, o velho Guilherme. Diz-me, gostas de estórias de amor?
— Gosto, sim. Gosto muito. Gosto das boas estórias.
— Estou disposta a contar-te uma estória de amor, quero contar-te essa estória, embora não hoje. Hoje sinto-me cansada, e a minha estória talvez seja um pouco longa. Fica para outro dia.

---

19. Mal terminei de dizer isso, lembrei-me de uns versos do poeta sul-africano Breyten Breytenbach: "A dor é inútil, Senhor/ Podemos passar muito bem sem ela/ As flores não têm dentes./ [...] Deixa-nos beber gota a gota a doçura das tardes/ Nadar em mares temperados adormecer ao sol/ Passear calmamente de bicicleta ao domingo/ E pouco a pouco apodrecermos como velhos barcos e árvores/ Mas a dor guarda-a de mim, Senhor/ Outros que não Eu a sofram [...]". *Enquanto houver água na água e outros poemas*, Publicações Dom Quixote, 1979, em tradução de Mário Césariny.

— E o que tem essa estória a ver com a verdade?
— Tudo, minha querida. É a vida verdadeira de Faustino Manso. A demonstração de como há verdades pérfidas e mentiras benévolas. A vida não é cinzenta nem cor-de-rosa. Depende das lentes com que olhamos para ela.

(Atraso)

Minha menstruação devia ter descido há três dias. Sou muito regulada. Começo a ficar preocupada. Penso em passar por uma farmácia, daqui a pouco, e fazer um teste de gravidez. Interrompi, a conselho da minha ginecologista, o uso da pílula. Passaram-se seis meses. Em geral sou muito cuidadosa. Mas, ainda que não o fosse, poderia confiar em Mandume. Com ele, sinto-me tranquila. Infelizmente, aconteceu naquela noite em Cape Town. Olho para trás e ainda não consigo compreender como fui capaz de bater à porta do quarto de Bartolomeu. A minha memória dessas horas continua imprecisa. Fragmentos. Numa ocasião, há muitos anos, estava de carro, com o meu pai, numa rua de Lisboa, quando um táxi nos abalroou. Era uma manhã de domingo, em janeiro, e quase não havia trânsito. O táxi surgiu de repente de dentro do nevoeiro, como se viesse de outro mundo, paralelo ao nosso, e bateu com força na porta do lado do condutor. Associo o desastre a outro acidente, menor, quando o meu pai me soltou, inadvertidamente, enquanto girava comigo, segurando-me pelas mãos, na sala de visitas da nossa casa. Fui atirada de rastos contra a parede. Não me magoei. Tanto num caso quanto noutro, lembro-me do mundo a girar rapidamente. Um gosto de sangue na boca. Levaram-me para o Hospital de Santa Maria, de ambulância, com um golpe na testa, e a única imagem que consigo evocar, entre o instante em que o táxi embateu contra o nosso carro e o momento em que dei por mim a entrar no banco de urgência, é a de uma enfermeira, dentro da ambulância,[20] a olhar para mim e dizer-me: "Não é nada, filha, não é nada". Por mais que me esforce, também não me recordo de ter saído do quarto de Bartolomeu. No entanto, lembro agora, acho que me lembro, de ter reencontrado Lili no corredor. Creio que foi ela que me levou até o meu quarto. Mandume devia já ter adormecido e não acordou. Curioso, penso em Lili e vem-me à memória o rosto de Mauro. Num curto intervalo de tempo, um ruivo e uma ruiva entraram e saíram da minha vida – um deles a tiro. Vermelho, já se sabe, é a cor do perigo.

---

20. Esta cena tem banda sonora: o uivo da ambulância. Porém, a imagem que guardo do desastre, o mundo a rodopiar à minha volta, é silenciosa e em preto e branco, como um documentário antigo.

(O que distingue a vida dos sonhos)

Quero contar-vos o que vi, noite ainda, em Quelimane. Cheguei ontem. Terei de ficar dois dias a preparar o regresso. Não me importo de voltar sozinho, eu e a minha fiel Malembe. Esvazio o pensamento enquanto a estrada corre. Viajar é esquecer. Tenho muito o que esquecer. O que se passou na Ilha, por exemplo, depois da madrugada em que testemunhei uma tentativa de assassinato (ou um assassinato, depende, o proprietário da pousada permanece em coma num hospital de Joanesburgo). Um rapaz veio ter comigo, perguntando-me se queria comprar moedas antigas; a seguir, propôs-se vender-me missangas e, finalmente, imagens de santos. Conversamos um pouco, e logo percebeu que o meu interesse, nele, era ele. Não tenho a menor curiosidade por moedas antigas e menos ainda por missangas. Quanto a santos, disse-lhe, só me interessam os que não têm asas.

— E isto?! — perguntou, baixando os calções. — Isto te interessa?

Ah, a arrogância dos adolescentes! Abdul passou a noite comigo na carrinha. Ao sair, tropeçou em Laurentina e Mandume. Foi pouca sorte. Nessa mesma tarde, o português veio ter comigo.

— Não sei quem você é, se padre ou candongueiro, se ambas as coisas ou nenhuma delas. E também não me compete julgá-lo pelas suas opções sexuais. Peço-lhe apenas que procure ser mais discreto.

Fiquei calado. Sou discreto.

Fecho os olhos enquanto penso nisso. O coração dispara, o sangue queima-me o rosto. Dizia eu: nesta noite, em Quelimane, vi algo realmente estranho. Pensava numa frase. Posso ficar horas, à noite, a pensar numa frase. "*So weird are my dreams when you're away from me.*" Quem me disse isso, a boca colada ao meu ouvido, foi um homem que conheci, faz muito tempo, em Cape Town. Acho que, se o encontrasse hoje na rua, já não o reconheceria. A frase, porém, nunca esqueci, nem o perfume dele, a dura barba arranhando-me a nuca: "Estranhos sonhos os meus longe de ti".

Então, abri os olhos e dei com as hienas. Ali, na praça, enquanto amanhecia, entre o espanto do rio e o silêncio muito branco da pequena igreja. Cinco hienas. Ofegantes. Um choro fino, como mulheres, já cansadas, carpindo um morto. Assim ao longe, ao lusco-fusco, mal lhes adivinhava as formas, manchas esquivas, o sólido pescoço de cavalo, as patas traseiras demasiado pequenas e a rodarem, rodarem e gemerem. Quando se aproximaram do carro, vi as mandíbulas aprisionadas numa espécie de focinheira, feita de sisal, e, ao pescoço, fortes correntes de ferro. Três anões, minúsculos, porém musculosos, vestidos de escuro, seguravam as correntes. A noite erguia as negras asas, dissolvendo-se pouco a pouco no ar denso e úmido. Deixei que o grupo se afastasse uns trinta ou quarenta metros, abri a porta do carro, sem fazer ruído, e saí. Segui-os. Estava aterrorizado, mas queria saber até onde iria o desvario. A cidade dormia. Um bêbado tardio, sentado a uma esquina, ergueu a cabeça ao escutar o gemido das hienas. Esfregou os olhos, também ele incrédulo. Talvez tenha prometido a si mesmo deixar a bebida. O cortejo avançou, afastando-se do centro, cada vez mais depressa. Receavam – quem sabe? – que a luz da manhã, ao iluminá-los, denunciasse o desvario. Passamos por velhos casarões com largas varandas em ferro, telhados de zinco; elegantes vivendas ao estilo dos anos 1950; e, depois, por uma sucessão de casas mais humildes, brancas, com as portas pintadas de verde ou de anil, quintalões com palmeiras. Um cão fugiu, em pânico, diante das hienas. Então, de repente, abriu-se um descampado, e eu vi a enorme tenda às listas: branco, amarelo, cor de laranja. A imagem fez-me regressar à infância. Voltei a ver, com os meus olhos muito redondos de menino de nove anos, a arquibancada, em madeira, cheia de gente. Vi de novo as mulheres, com saias curtíssimas, meias de renda, a venderem pipocas e a sorrirem para mim. Eu as achava lindíssimas, era assim que imaginava os anjos. Voltei a ver os malabaristas, os ilusionistas, os contorcionistas, os faquires, os atiradores de facas, os domadores de feras, os palhaços que falavam espanhol. Naquele tempo eu julgava que espanhol fosse uma língua inventada pelos palhaços. Até hoje não consigo levar a sério alguém que se dirige a mim em espanhol. Não consigo conceber uma tragédia em espanhol.

"Circo Boswall", estava escrito, numa placa à entrada da porta principal. Ao redor da tenda, havia quatro ou cinco caravanas, dois caminhões e três jaulas sobre rodas. Os anões abriram as portas de uma das jaulas e fizeram entrar as hienas. Na jaula do meio, dormia um leão muito velho e magro. Um gorila ocupava a última. Os anões entraram numa das roulottes, às gargalhadas, trocando frases rápidas num idioma que me era totalmente estranho. Sentei-me diante da jaula do gorila. O animal estava acordado. Palitava os dentes com um graveto enquanto olhava para mim. Olhos turvos, amarelos. Olhava para mim de cabeça erguida, como um prisioneiro de guerra que se esforçava para preservar o orgulho; acho mesmo que me olhava com certo desprezo.

— *Rust never sleeps...*

Virei-me, assustado. Era um dos anões. Não o percebera chegar. A voz dele refulgia na manhã. Os dentes também. Rust, explicou-me o homenzinho sem que houvesse necessidade, era o nome do gorila. O pelo do pobre animal tinha realmente um tom de ferrugem, o que acentuava o ar de abandono, de coisa deixada para trás, como a carcaça de um carro na beira de uma estrada secundária.

— De onde são vocês?

O anão encolheu os ombros largos.

— De toda parte. O povo do circo não tem nação. Eu sou nigeriano.
— Apontou para as hienas. — Elas também. Estou aqui com os meus irmãos. Por que não vem à tarde ver nosso número?

Concordei. A vida não é menos incoerente que os sonhos; é apenas mais insistente.

(Irmãos inimigos)

Domingo em Luanda.

De manhã cedo, Nelito passou pelo hotel para me levar a conhecer a família. O meu pai se parece com ele, sem dúvida, porém não como se imagina que um irmão mais novo se assemelhe a outro, mais velho; antes como uma sombra se assemelha ao corpo que a projeta. Abraçou-me, eufórico.

— Tanto tempo, meu sobrinho...

Tanto tempo? Era a primeira vez que nos víamos! A mulher, Ondina, veio com ele. Também ela me cumprimentou como se me conhecesse desde sempre, embora com menos calor, uma bruma a escurecer-lhe o olhar (belos olhos, aliás: fundos, muito negros). Levaram-me para um clube náutico, a alguns quilômetros da cidade, onde vi muitos barcos de recreio, alguns de dimensão considerável. O meu primo mais velho, Manolo, já nos esperava, numa lancha elegante, branca como um cisne, para nos levar ao Mussulo. Nelito tem quatro filhos: duas raparigas, Mimi, quinze anos, e Mulata, dezessete, e dois rapazes, Miguel, vinte e nove, e Manolo, trinta e um. Manolo é diretor comercial de um novo banco. Está rico, presumo, pois mandou construir no Mussulo uma enorme casa de praia, em madeira e bambu, que, nas palavras dele, "dialoga de forma harmoniosa com o ambiente". Dialoga e não é pouco. Farta-se de conversar com os coqueiros, dezenas deles, que se estendem desde a porta até a orla do mar. O meu rico primo possui ainda um espaçoso apartamento em Luanda e outro no Rio de Janeiro.

Miguel, Mimi e Mulata já nos esperavam. Mulata não é mulata; chamam-lhe assim por ter nascido com a pele um pouco mais clara que os irmãos. É bonita, de uma beleza meiga e sossegada, sem a impertinência que por vezes me incomoda nas jovens luandenses. Almoçamos frango na brasa, preparado por Miguel e Manolo, talvez demasiado apimentado para o meu gosto, mas, ainda assim, muito bom. Fui eu que puxei a conversa para o tema da discórdia:

— Há algumas coisas que o meu pai nunca me contou. Passaram-se já tantos anos. Acho que tenho o direito de saber. O que aconteceu exatamente com meus tios?

Nelito suspirou. Abriu uma garrafa de Cuca e encheu o copo. Bebeu um longo trago.

— Mariano foi morto logo nos primeiros dias. Martinho era miúdo, devia ter no máximo dezoito anos, estudava em Cuba. Mandaram-no vir e ficou detido algumas semanas na prisão de São Paulo. Consegui vê-lo apenas duas vezes, depois enviaram-no para um campo de concentração, algures no sul. Eu tentei tirá-lo de lá, fiz o possível, mas tu não imaginas, não podes imaginar, como era a nossa vida naqueles dias. Vivíamos mergulhados no medo. Adormecíamos exaustos, aterrorizados, e de manhã, ao acordar, estávamos ainda mais cansados que antes, porque tremíamos e rangíamos os dentes a noite inteira. Ainda hoje às vezes acordo com pesadelos. O medo cansa. Quebra a gente. Eu estava do lado certo, mas tinha três irmãos do lado errado, e isso pesava contra mim. Os camaradas olhavam-me de caxexe, assim, de soslaio, estás a perceber? E eu sabia que muitos punham em dúvida as minhas convicções. Podia ouvir, às costas, a palavra maldita: "Fracionista! Fracionista!". Ou era eu que imaginava isso, tanto faz. Dormia vestido para o caso de me virem buscar de repente, no meio da noite. Não queria ir preso de cueca...

Mulata o interrompeu.

— Eu acho que um homem digno continua a ser um homem digno, mesmo de cueca. A verdadeira dignidade resiste à nudez.

Todo mundo riu. Quanto a mim, pareceu uma afirmação muito sensata. Regressei ao hotel com um sentimento diferente em relação aos angolanos. Liguei para o meu pai e contei-lhe o que acontecera. Ouvi o silêncio se formando do outro lado, como nuvens que se adensam num céu de tempestade, e preparei-me para o pior. A voz dele, porém, não revelava nem sombra de fúria, apenas mágoa:

— O que queres que te diga? Provavelmente fizeste bem. Em todo caso, cresceste. Não tenho o direito de te impor o meu rancor. Perdi três irmãos, não quero perder um filho.

— Perdeste dois irmãos, pai! Nelito está vivo!

Novo silêncio. Ao fundo, a voz da minha mãe num murmúrio ríspido. A buzina de um automóvel (deviam estar presos no trânsito). Por fim, um longo suspiro.

— Quando voltas?

*

A noite já caíra, e nem sinal de Laurentina. Disse-me que passaria o dia na casa de dona Anacleta. A velha, ao que parece, prometeu contar-lhe a verdadeira estória de Faustino Manso. Eu mesmo estou curioso. Fiquei um bom tempo sentado diante da televisão, trocando de canal em canal, até me dar conta de que não estava a ver nada. Então, decidi sair. Fui procurar Alfonsina. Encontrei-a no coreto abandonado, com a galinha adormecida entre as pernas. Tinha comprado roupa nova, um vestidinho branco, com um enorme arco-íris desenhado do ombro direito até a dobra, tênis azuis com florezinhas amarelas. Abriu para mim um sorriso enorme.

— Você me acha linda?

Disse-lhe que sim. Quis saber quais os resultados dos exames. Encolheu os ombros.

— Peguei aids.

— Como?

— Yá! Me deram bué de comprimidos para tomar. Agora me sinto bem.

— Não pode ser aids, Alfonsina!

— Estou bem, cota, não se preocupa. A febre passou, sinto-me bem.

Perguntei-lhe por que andava sempre sozinha, por que não a via com os outros meninos. Crianças de rua costumam andar em bandos. Disse-me que os garotos lhe batem. Acusam-na de ser feiticeira e batem-lhe. Feiticeira?! Não deu pelo meu espanto. Feiticeira, sim, insistiu.

Uma vez tentaram tacar-lhe fogo enquanto dormia. Jogaram-lhe petróleo e depois um fósforo aceso. Ela acordou e rolou na areia. Mostrou-me as cicatrizes na barriga. Senti-me agoniado, revoltado, foi a gota de água. A voz saiu-me rouca:
— Junta as tuas coisas e vem comigo.

Agi sem pensar. Agora que reflito sobre que fiz, sinto-me um pouco assustado. A menina seguiu-me em silêncio. No hotel, aluguei outro quarto em meu nome. O recepcionista olhou-me desconfiado, a abanar a cabeça, enquanto nos via subir. Estávamos no meio das escadas quando ele gritou:
— Não, isso não pode ser!

Assustei-me.
— Isso o quê?
— A galinha! A galinha não pode subir. Não autorizamos animais nos quartos.

Voltei, levei a mão ao bolso e tirei uma nota de dez dólares. Coloquei a nota em cima do balcão.
— E agora pode?

O homem voltou a abanar a cabeça, em tom reprovador.
— Eu não vi nada.

Subimos. Abri a porta do quarto e deixei Alfonsina entrar.
— Vou ficar aqui?
— Vais.
— Queres fazer sexo comigo?
— Não, caramba!
— Porque estou doente ou porque não gostas de mim?
— Nem uma coisa, nem outra. Não quero dormir contigo porque ainda és uma criança. Quero apenas que fiques bem. Não podes continuar a dormir na rua.
— Sempre dormi na rua.
— Vamos procurar os teus pais. A tua família...
— Os meus pais desapareceram. Desapareceram quando voltou a guerra, depois das eleições. Nunca mais os vi...
— Em 1992?
— Sim...
— Não mintas, Alfonsina. Em 1992 tu nem sequer eras nascida.

Calou-se. Sentou-se na cama com a cabeça entre as mãos.
— Você não sabe nada sobre mim.
Puxei uma cadeira e sentei-me diante dela.
— Queres contar-me?

(Grávida)

Confirma-se: estou grávida. Fiz o teste. Repeti-o. Deveria falar com Mandume, contar-lhe tudo, mas me falta coragem. O melhor seria conversar primeiro com Bartolomeu, mas só de pensar nisso sinto-me dominada pela cólera. Odeio-o. Odeio a mim mesma. Evidentemente, não o odeio, não odeio a mim mesma e, mal releio o que escrevi, dou-me conta do ridículo. Caio facilmente no ridículo, o que querem? Vivi toda a infância e toda a adolescência em uma espécie de telenovela mexicana com legendas em português. Em minha casa, cultivava-se o exagero. O meu pai gosta de fado e da festa brava, guitarras, touros, xailes, dramas de faca e alguidar. A minha mãe, Doroteia, gostava de filmes indianos. Ouvia Roberto Carlos e Julio Iglesias enquanto cumpria a lida da casa. Eu sou o resultado desses amores destemperados.

Liguei para Aline. Ouviu-me, incrédula (podia vê-la, no seu pequeno apartamento, no Chiado, a enrolar o cabelo com a mão esquerda, como faz sempre que está nervosa). Gritou-me:

— Esse tipo de desastres não acontece contigo! Não contigo!

— Lamento desiludir-te, aconteceu comigo...

— E agora? O que vais fazer?

— Liguei para ti na esperança de que me dissesses o que devo fazer.

— Eu?! Certo, amiga, vamos pensar com calma. Quando voltas?

— Não sei. Estão a acontecer tantas coisas. Dona Anacleta, viúva de Faustino Manso, contou-me uma estória maravilhosa. Gostava que ela aceitasse contá-la para o nosso filme. Se não contar, o filme será falso;

para mim, pelo menos, será falso. Falso, como uma joia falsa. O que quero dizer é que ainda que brilhe e engane toda a gente com o seu brilho, ainda assim não ficarei feliz, porque conheço a verdadeira estória. Ao mesmo tempo, compreendo que dona Anacleta não queira falar. Seria um grande choque para muita gente...

— Não entendo, estás preocupada com a tua gravidez ou com o teu filme?

— Com tudo, Aline, com tudo isso ao mesmo tempo. O que queres que te diga? Olho para a minha vida e o que vejo é uma bagunça imensa. Sabes como detesto coisas desarrumadas. O que devo fazer, meu Deus?

— Não estás a falar com Deus, estás a falar comigo, a tua melhor amiga. Seja como for, também não te posso dar uma resposta. Ainda tens alguns dias para pensar. Tu não queres ser mãe agora, queres?

— Não sei. Por incrível que te possa parecer, parte de mim quer muito. Deixa-me explicar: se começo a pensar no que está a acontecer neste preciso instante, se começo a pensar que há alguém a desenvolver-se dentro de mim e se penso a seguir numa criança, num bebê, então sinto uma grande ternura, um arrebatamento, sei lá, sim, quero muito ser mãe...

— Isso nem parece teu...

— Tens razão, talvez esteja a enlouquecer.

— Vais contar ao Mandume?

— Posso não contar?

— O rapaz não merece isso. Eu é que devia ter ficado com ele.

— Bem, por que não ficas?

— Porque o pobre coitado está apaixonado por ti! Só tem olhos para ti. Vê se recuperas o juízo, Laurentina, tipos como o Mandume aparecem-nos uma vez na vida. Nunca mais encontras outro assim. Esse Bartolomeu, a julgar pelo que me contas, é o próprio Lobo Mau. Foge dele.

— Acho que agora é um pouco tarde.

— É tarde, amiga? Então olha: arde...!

Disse isso e desligou o telefone. Subitamente, dei-me conta de que posso dizer a Mandume "sabes, estou grávida de ti!" ou apenas, sem precisar de mentir, "sabes, estou grávida!", e o mais certo é que receba a notícia com grande satisfação. Ele quer muito ter um filho meu. Dei-me conta de que, se fizesse isso, estaria a agir como todas as mulheres do meu pai, digo, de Faustino Manso. Eu no papel dessas mulheres; Mandume no papel de Faustino. Bartolomeu no papel dos muitos pais sem rosto a quem todas aquelas mulheres se entregaram.

Uma vertigem.

Alima, a minha mãe, não me revelou o nome do meu pai. Não lhe perguntei. Suponho que nem sequer sabe que Faustino era estéril. Não deve saber, até hoje, por que ele a deixou.

(Fala de Alfonsina, a que ama o mar)

Nasci no Bailundo, você não conhece. O Bailundo é um segredo no mapa da nação. O céu: clara imensidade! O azul de um azul que não existe em mais lugar nenhum. O azul do céu no Bailundo – costumava dizer-nos o padre Cotovia – é o mesmo do princípio do mundo. Às vezes sonho com o céu do Bailundo, brilhante e molhado, e então me transformo em pássaro e voo. Acordo e canto como um pássaro. Fico igual à Pintada. Nessas alturas, consigo falar com ela em passarês do mato. Tem muito verde lá, paus de toda a espécie, os nomes eu nem sei, mas sempre sons bem doces, porque o umbundo é a língua que os anjos usam para namorar – também era o padre Cotovia quem falava isso, e deve ser verdade. Luanda, mal comparando com o Bailundo, é tipo um peixe seco junto a um peixe vivo. No Bailundo, a vida é muito cheia de brilhos, veste roupa de Carnaval, espelhinhos, missangas ao pescoço, chocalhos no calcanhar, sempre, seja noite, seja dia, sempre a dançar. Mas eu não tive sorte. A mamã pisou uma mina, não dessas de explodir e mutilar, arranca pé, arranca perna, não, paizinho, não dessas, uma mina de feitiço, ouviu falar? Nunca?! São uma arte nossa, armas tradicionais, a mamã pisou a mina quando estava grávida, e a mina atingiu foi a mim, no silêncio macio da barriga dela. Não sou feiticeira, espero que você entenda, sou enfeitiçada, mas isso só soubemos depois, quando eu não cresci. Você duvida? Lá em Portugal não tem feitiço? Em todo lado tem. Jesus Cristo, por exemplo, caminhava sobre as águas. Curava os cegos. Ele pegava num copo de água e ordenava: vais ser vinho, água! E a água aceitava e mudava de cor e de cheiro e passava a ser um bom vinho. Jesus Cristo pegava um carapau pequeno e dizia: vais ser um bué de carapaus. E aquele carapau pequeno se transformava num bué de carapaus, cada escama um novo carapau, e com eles se matava a fome de uma aldeia inteira. Agora eu, ah!, eu, se caminhar sobre o mar, vão dizer o quê? Essa miúda – chê! – é feiticeira! Vão-me jogar pedras. Vão querer me queimar. Passou-se, então, que cheguei aos onze anos e não cresci mais. Fiquei menina. Assim como estou. Vieram as chuvas, e depois o cacimbo e as chuvas outra vez, e eu sempre igual, e então alguns, no meio do povo, começaram a dizer: isso é coisa de feitiçaria, essa miúda vai nos trazer azar e doenças e guerra aqui no Bailundo. Mas a minha mãe me defendia, o meu pai me defendia, levantava alto a catana dele, e, como era um homem muito forte, parecia o Rambo, e muito dado ao respeito, professor na escola dos padres, os outros tinham medo e me deixavam em paz. Em 1992, quando a guerra recomeçou, vieram buscar o meu pai. Levaram-no para o mato, para ser guerrilheiro, e nunca mais o vi. Noutra noite, tempos depois, a guerra entrou na vila. Tiros, confusão. Um obus furou a parede da nossa casa. Saímos aos gritos, a minha mãe, eu e os primos e as primas, alguém me bateu na cabeça, ou alguma coisa, e quando acordei estava sozinha. Andei à toa. Então uma madre me viu e me juntou a outros meninos numa carrinha e nos levaram para o Huambo. Ninguém me conhecia, as pessoas me tratavam não como se eu fosse anã, uma coisa ruim, mal parida, mas como mais uma miúda despardalada. Tinham pena de mim. Fiquei lá quatro anos, então alguns começaram a suspeitar, pois eu não crescia, e voltaram a me perseguir. Fugi para o Lubango, depois para o Namibe, e ali vi pela primeira vez o mar. Tanta água, e a espuma dela, como uma toalha de rendas, um vestido de noiva – eu, a noiva? Só quero viver na orla da praia. Quando me perguntavam a idade, falava sempre onze, escondia todos os outros anos de vida. Procurava esquecer-me de mim. Fazia força no pensamento para me esquecer. Ao fim de algum tempo, conseguia. Lembrava-me do Bailundo já como se fosse um sonho. O monte Lubiri entre o nevoeiro. E, se me perguntavam, eu dizia: Bailundo? Não conheço, nunca fui. Uma família me acolheu. Uma velha e a filha, meio mulata. A velha me tratava bem, era minha amiga, ríamos juntas. Ela me dava leite azedo. Penteava meu cabelo com óleo de mupeque. A filha não gostava de mim, ciúmes, a alminha dela, vejo agora, era muito inclinada a sombras. Eu ajudava a limpar o bar, cozinhava, servia os clientes e à noite estendia uma esteira atrás do balcão e dormia lá mesmo. Um dia a velha amanheceu morta, assim, de repente, o coração parou. A mulata passou a implicar comigo. Me obrigava a trabalhar o dobro. Me batia. Fugi. Conheci um caminhoneiro, o capitão Basílio, chama-se assim, e ele me levou para o Lobito. Fiquei lá dois anos, trabalhei num restaurante, varria, lavava o chão, tinha até um quarto só para mim. Mas também dessa vez a minha sorte durou pouco. Uma noite o patrão me agarrou, me arrancou a roupa com os dentes e me bateu e violou. Isso aconteceu uma vez, depois outra. Mais outra ainda. Esperei que o capitão Basílio voltasse a passar e lhe pedi ajuda. O capitão Basílio foi procurar o meu patrão e lhe deu uma surra com pau. A seguir, pegou em mim, me pôs no assento ao lado dele e me trouxe para Luanda. Eu nunca tinha visto tantos carros. Esse ruído todo de muita gente a caminhar me assustava. As ruas, um rio a rugir, raivoso, cheio de dentes, depois das chuvas. Bicho do mato, eu tapava os ouvidos com as mãos, fechava os olhos e tentava pensar no céu azul do Lubango e no grande silêncio das madrugadas. O capitão Basílio, você tem de conhecer, é mutilado. Perdeu a perna direita numa mina quando estava no exército. Assim mesmo, puro perneta, conduz o caminhão, viaja o país inteiro, conhece gente em cada cidade, tem amigos em todos os bares desta nossa Angola. Um primo dele, ou o amigo de um primo, tanto faz, trabalha no Roque Santeiro, o maior mercado ao ar livre de África, nosso orgulho, e me deu emprego, fiquei lá a vender fruta. Dois anos, três anos, depois recomeçou tudo de novo, as pessoas a olharem para mim de caxexe, essa miúda então não cresce? Já devia ser mocinha. Onde estão os peitos dela? Deixei o Roque e vim viver na Ilha. Comecei a vender o corpo. Me dá um nojo, às vezes, dos homens sujos, a cheirar mal, mas ao menos ninguém manda em mim. Sou quase livre. Vivo a ouvir o mar. O mar me lava. Tomo banho de sol. Aprendi com a Pintada. Você escava na areia, faz um ninho e depois se encaixa nele. O sol te aquece, e então começas a esquecer, é melhor que cheirar cola. Melhor até que fumar liamba. A Pintada eu trouxe do Roque. Havia lá uma cadela pequena, de pelo branco, bem comprido, chamada Maria Rita. Tinha boa muxima, mansinha. Um dia alguém me trouxe um ovo de galinha-do-mato e de brincadeira eu dei a ela para chocar. A cadela ficava deitada sobre o ovo o dia inteiro. Quando a Pintada nasceu, a Maria Rita ficou muito feliz. Cuidava do pintinho como se fosse realmente filho legítimo. Por isso a Pintada acha que é um cão.

    A minha idade? Pois então, paizinho, deve ser quase trinta.

    Você acredita em mim?

(O homem da lambreta vermelha)

Cheguei, após uma viagem sem surpresas, à fronteira com a África do Sul. Uma confusão de gente. Umas a querer passar. Outras, vindas do lado de lá, carregadas de tralha diversa. Um branco, com uma antena parabólica às costas, quis saber se eu o ajudaria a levar o pesado estorvo até Maputo. Dois pretos tentaram vender-me um fogão. Uma velha vestida com um traje tradicional ndebele – manto listado, azul, amarelo e castanho; pescoço inteiramente escondido por colares de metal e sobre estes mais uma série de outros grossos colares de missangas; os calcanhares cobertos igualmente por pulseiras de metal – mostrou-me um macaco que, segundo ela, era capaz de assobiar, muito bem, o "Nkosi Sikelel' iAfrica", mas apenas o fazia nos dias de chuva. Perguntei-lhe para que diabo quereria eu um macaco capaz de assobiar o hino nos dias de chuva. A velha riu.

— Tem mais préstimo que o meu marido, que nem assobiar sabe.

Esperei na fila uma boa meia hora. Atendeu-me uma mulher de trinta e poucos anos, bonita, muito bem-arranjada. Olhou meu passaporte e sorriu.

— Bom dia, senhor Albino! Angolano?! Posso saber o que o trouxe a Moçambique...?

— Turismo. Fui até Quelimane.

— Sozinho?

— Não. Levei uns turistas portugueses. Eles ficaram; regresso eu para Luanda. Quer vir comigo?

Ela soltou uma pequena gargalhada luminosa.

— Não me pergunte outra vez. Olhe que eu vou.

A diferença entre a polícia de fronteiras na África do Sul, em Moçambique e em Angola é que, enquanto na África do Sul são eficientes, mas antipáticos, em Moçambique são, eventualmente, incompetentes, mas simpáticos; já em Angola são antipáticos e incompetentes. Do outro lado, parei num supermercado e comprei bebidas, biscoitos e sanduíches para a viagem. Bebi um Red Bull. Duas horas mais tarde, bebi o segundo. Não demorei a sentir o efeito: uma espécie de ansiedade, uma urgência de me mover, de me perder, de me dissolver no ar. Depois de beber dois Red Bulls, sou capaz de conduzir vinte e quatro horas sem parar. Rodei muito tempo. Anoitecia quando vi a pequena casa vermelha, emergindo do nada, onde, na ida, conseguimos encontrar material para reparar a Malembelembe. Pensei que seria simpático agradecer ao proprietário a ajuda involuntária. Estacionei e saí. A porta estava aberta, como anteriormente, mas desta vez havia luz lá dentro. Vi um homem muito pálido, cabelo grisalho, liso, penteado para trás e fixado com gel, sentado num dos sofás de couro. Tinha um livro no colo e olhava fixamente para mim. Não disse nada, tampouco fez menção de se levantar. Cumprimentei-o.

— Boa noite!

— Boa noite!

— Desculpe, espero não incomodar...

— Precisa de alguma coisa?

Tinha um sotaque estranho. Eu conhecia aquele sotaque de um filme qualquer, mas não fui capaz de identificá-lo. Na África do Sul, o inglês tem muitos sotaques diferentes, por vezes parece outra língua.

— Não, não! Não preciso de nada! Estou apenas de passagem, vi a luz e não havendo mais nenhuma casa ao redor...

Arrependi-me de ter parado. Neste país ainda é perigoso um preto parar num lugar remoto apenas para cumprimentar um branco. Nunca se sabe que tipo de branco temos diante de nós. O homem levantou-se, pousou o livro sobre a mesa e estendeu-me a mão.

— Entre. Quer uma cerveja?

Concordei. Uma cerveja cairia bem. O homem convidou-me a sentar, no outro sofá, e foi à cozinha buscar as bebidas. Espreitei pela janela que dava para o alpendre e vi uma lambreta vermelha encostada num poste. Vi também o capacete, da mesma cor, pendurado no volante da lambreta. Santo Deus! Aquele era o homem que disparara contra o proprietário da pousada. O meu coração acelerou. Limpei com um lenço o frio suor da testa. O homem voltou com uma bandeja – três ou quatro garrafas de cerveja, um prato com camarões, um limão e alguns bagos de jindungo. Apoiou a bandeja na pequena mesa em madeira, diante de nós.

— Castle Lager ou Black Label?

— Castle, muito obrigado.

— Você não é sul-africano, tenho certeza. Moçambicano?

— Não, não. Sou angolano.

Queria sair rapidamente dali, mas não sabia como. Ocorreu-me que o homem poderia ter reparado na Malembelembe, e talvez até em mim estendido lá dentro na manhã em que eu o vira disparar contra o italiano. Seria fácil me matar. Ninguém escutaria o tiro. Poderia depois enterrar-me algures, entre as espinheiras, e incendiar a carrinha.

— Angolano? — O homem abriu uma das garrafas Castle Lager e a estendeu para mim; a seguir abriu uma Black Label e bebeu um trago, devagar, pelo gargalo. Uma ruga profunda dividiu-lhe a testa. — Santo Deus! Está muito longe de casa...

— Conhece Angola?

— Se conheço Angola?! — Olhou para mim, admirado. — Ah, sim! Pensa que fui militar? Neste país são muitos os homens, homens brancos, que estiveram em Angola durante a guerra. Mas não. Nem sequer sou sul-africano. Também eu me encontro muito longe de casa.

Suspirou. No silêncio imaculado, o suspiro soou profundo e um pouco rouco, como algo que se esvazia. Uma estrela cadente cruzou a noite. Se prestássemos atenção, talvez conseguíssemos ouvi-la tombar, suavemente – puf! –, na colcha macia do capim distante.

— Está uma noite perfeita para morrer.

— Como?

— Nada. Agrada-me a noite. Gostaria de morrer numa noite assim. E você? Como gostaria de morrer?

— Preferia não morrer, ao menos por enquanto. Nenhuma noite é mais bela que a vida.

— Não? Você deve ser um homem muito feliz, ou muito mentiroso, ou ambas as coisas.
— Fui, sim, algumas vezes fui feliz. Agora é raro acontecer. Apenas quando me esqueço. A partir de certa idade, só somos felizes por esforço de esquecimento. Isso não me impede de amar a vida e de achá--la bonita.
— Não se pode separar a vida da morte. Se você realmente ama a vida, tem também de amar a morte. Amar a vida sem amar a morte é como amar uma mulher pela metade. Amá-la apenas da cintura para cima, ou da cintura para baixo, tanto faz. — Pôs-se tristemente a descascar camarões. Cortou um limão ao meio, fez o mesmo a um dos bagos de jindungo e temperou os camarões. Estendeu-me um pratinho com os camarões já preparados. — Você concebe uma perversão assim, alguém que se apaixone apenas por metade de uma mulher?

Pensei nas sereias. Há quem se apaixone por sereias. Contudo, fiquei calado. Os camarões estavam ótimos, a cerveja também, e a noite era, de fato, digna de se morrer por ela. Lembrei-me de uma música de Faustino Manso, que Laurentina nos forçou a ouvir durante boa parte da viagem. Sei-a de cor.

"A vida não é triste.
Triste é morrer sem ter vivido
um grande amor.
A morte só existe
longe do teu calor."

*

Então, disse-lhe:
— A morte é tão triste quanto a vida, mas dura mais.

(Funje de sábado)

Suponho que, para a maioria das pessoas, o sentimento do regresso à casa, após uma ausência prolongada, seja algo que experimentam assim que as portas do avião se abrem. Para outras, leva mais tempo. Têm de se sentar na sua poltrona preferida e saborear um bom charuto. Fazer amor com a esposa. Dormir um tranquilo sono. Passear no parque com o cão. Tomar a bica no café da esquina. Etc. Para mim, é o funje de sábado. A comprida mesa de madeira, no pátio – com o meu irmão, as minhas duas irmãs e respectivos namorados, tios e tias, primos e primas, e Cuca, a minha mãe, a presidir à assembleia, de vestido branco, colares de prata, brincos de madrepérola, como uma rainha no seu palácio de verão. Contam-se anedotas, desfiam-se velhas estórias. Por vezes alguém traz um violão e recordam-se canções do tempo das lutas, ou até um pouco mais antigas, as canções do avô Faustino, aquelas que ele escreveu para a avó e que ela canta, mãos postas, olhos fechados, com uma voz de dióspiro bem maduro. Se chegar a Luanda numa segunda-feira, permaneço cinco dias em estado de ansiosa incompletude: vagueio pela cidade com a consciência de que ela se vai manifestando bruscamente ao meu redor, as duras esquinas concretas a crescer para mim, o feroz metal azul-bebé dos candongueiros, as praças onde os mutilados combatem à bengalada, ou à cabeçada, dependendo de terem ou não terem braços. Cabeça normalmente têm. Falta-me algo, todavia, e essa ausência deixa-me nervoso, o coração apertado de angústia, como um paraquedista que, depois de saltar, numa vertigem, vendo aproximar-se o chão, descobre que lhe falta o paraquedas. Só sinto que verdadeiramente regressei depois que me sento, ao sábado, à grande mesa no pátio da casa da minha mãe.

Sábado passado foi assim. Sentei-me, bebi, comi e conversei e voltei a beber, a comer e a conversar. Ri até as lágrimas, entre um copo e outro, do que me contava um primo, piloto militar, sobre a companhia aérea nacional, que, tendo adquirido seis ou sete aviões, se esqueceu, entretanto, de formar novas tripulações. Finalmente encostei-me para trás e achei-me em condições de proclamar, satisfeito:

— Povo, cheguei!

Foi nesse momento que Merengue apareceu. Acenou para mim, um imperioso "vem!", do lado de lá da mesa. Levantei-me e fui ter com ela. Arrastou-me por um braço para dentro de casa. Empurrou-me depois pelo corredor, numa urgência, até o meu antigo quarto. Atirou-me contra a parede e calou-me os protestos com um beijo longo e molhado.

— Amooor! Más notícias...

Adivinhei o que me queria dizer.

— Estás grávida?!

— Muito grávida, pelo menos dois meses...

— E por que não me disseste antes?

— Porque estavas em viagem. A princípio, nem tinha a certeza, acontece-me passarem-se dias sem menstruar; depois, quando confirmei, não te quis dizer porque andavas a trabalhar no mato profundo, na África do Sul, em Moçambique, sei lá por onde, com a nossa nova tia e podias ficar aborrecido.

Sentei-me na cama.

— Aborrecido?! Achaste, então, que eu podia ficar aborrecido?

— Estás a ver como tu és?! Amor, vais ser pai! Devias estar feliz...!

— Eu não vou ser pai! Além disso, tu tomas a pílula. O que aconteceu?

— Desculpa, achei que não ia engravidar nunca, que era infértil, e suspendi a pílula por uns dias só para testar. E, bem, e agora é tarde demais. Já não podemos fazer nada...

— Podemos, sim!

— Não! Não podemos! Vamos ter essa criança. Eu quero ser mãe. O que podemos fazer, o melhor que temos a fazer, é assumir o bebê, nos casarmos. Vou-te fazer muito feliz...

— Nos casamos e temos um filho ou temos um filho e nos casamos depois?! E o que vão dizer os teus pais?

— Não te preocupes. Eu falo com eles.

Olhei-a, incrédulo. O meu tio N'Gola é general. Foi, durante muitos anos, um dos homens mais poderosos e mais temidos do país. Nunca consigo olhá-lo nos olhos. Fico nervoso de todas as vezes que me cumprimenta, com um aperto de mão enérgico, uma forte palmada nas costas.

— E então, meu sobrinho, sempre em prontidão combativa?

E eu, que sim, à procura de uma frase que lhe possa agradar, uma piada, um fait divers, enquanto olho para os pés dele, uns pés enormes e tão sólidos que se diria estarem firmemente presos ao chão com parafusos. No general N'Gola, meu tio, tudo é imenso e compacto – um tanque de guerra triunfante, que onde quer que entre imediatamente impõe completo domínio. O mundo encolhe-se ao seu redor, o ar fenece, e talvez por isso eu me atrapalhe tanto, ansioso por uma golfada de oxigênio, e embaralhe as palavras, e gagueje, e termine quase inevitavelmente por produzir algum comentário idiota sobre o estado do tempo.

— Caramba, está um calor de lascar!

Seja como for, ele não me ouve. Não ouve ninguém. Dá-me mais uma palmada nas costas e ordena:

— Prepara-me lá um martíni, miúdo, e não economizes no gim. Sabes como gosto do martíni.

E eu vou correndo preparar-lhe a bebida. Gim, um pouco de vermute, três cubos de gelo e uma azeitona verde, servido numa taça de pé alto, cônica, porque, se for num copo normal, é capaz de puxar a pistola do bolso, da cueca, das meias, de onde quer que seja que a guarde, e fuzilar-me. Estendo-me na cama. Che olha para mim, na outra extremidade do quarto, num cartaz já meio desbotado pelo tempo: *"Hay que endurecerse, pero sin perder la ternura jamás"*. Aos dezesseis anos, jurei que aquele seria o lema da minha vida... e até hoje tem dado certo. Merengue deita-se ao meu lado. Pousa a cabeça no meu peito. "A boneca do papá", como o general N'Gola insiste em chamar-lhe.

— O teu pai me mata! — digo-lhe. — Até já me sinto meio morto. Cheiro a morto.

— Disparate, cheiras é a catinga. O velho gosta de falar alto, tem a mania que é muito duro, mas quem lhe abrir o peito encontra um coração de manteiga. Faz tudo o que eu quero...

— Merengue, porra! Somos primos direitos, quase irmãos! Fomos criados juntos. O teu pai me mata, sim, e a minha mãe depois mata-o, e no meio do tiroteio também a tua mãe morre de desgosto. Já vês, vão ser muitas mortes. Não vale a pena...

Inútil argumentar com uma pedra. Merengue foi embora a chiar ameaças.

— Vou falar com o papá. Lamento muito, mas terei de lhe dizer que me engravidaste e agora não queres assumir a paternidade.

Estava em casa, desesperado, pensando no que fazer, quando me ligou um amigo, Jordi, um fotógrafo português de origem catalã, que está em Luanda a trabalhar numa reportagem sobre a nova burguesia angolana. Expliquei-lhe que me restavam poucas horas de vida, e Jordi sugeriu que fôssemos festejar a minha própria cova no bar do Elinga. Fomos. A Bailarina dançava sozinha, olhos fechados, rosto erguido, ondulando o corpo ao ritmo da música. As pessoas afastavam-se dela num rumor assustado, como se temessem ser contaminados pela sua, como dizer...?

Foi Jordi quem me socorreu.

— Volúpia?

Isso, volúpia. Na mitologia grega, Volúpia, filha da Alma (Psiquê) e do Amor (Eros), era uma fada que se transformava em sereia mal uma gota de água lhe tocasse na pele. Levava, presas às costas, grandes asas coloridas de borboleta. Decidimos que a Bailarina passaria a se chamar Volúpia. Jordi foi buscá-la. Teve alguma dificuldade porque ela não queria abrir os olhos e nem parecia escutar o que o meu amigo lhe dizia. Por fim, saiu do transe e, ao ver-me, abriu um sorriso e aceitou tomar um copo conosco. É difícil conversar com Volúpia, pelo menos enquanto tentarmos fazê-lo de forma convencional. Não se pode esperar dela que responda diretamente a determinada questão. Por exemplo, pergunte-lhe "gostas deste lugar?", e talvez ela responda: "Ser a pedra é fácil, difícil é ser o vidro". Ao fim de algum tempo, com a prática, a conversa flui. Jordi estava fascinado. Infelizmente, nem ela, nem três uísques e uma caipirinha, conseguiram fazer-me esquecer Merengue e suas ameaças.

Voltei para casa, às quatro da manhã, sozinho e ainda mais angustiado que quando saíra. Acordei há pouco, perto do meio-dia, com o estrídulo do telefone. Reconheci, estremunhado, a voz trêmula de Cuca.

— O que foi que tu fizeste, filho?!

Ouvi-a em silêncio. Depois desliguei o telefone e tomei uma ducha fria. Escrevo estas notas para tentar acalmar-me. Chove lá fora, uma chuva espessa, e por instantes forma-se uma espécie não de silêncio, que é algo, em Luanda, de que apenas os surdos se beneficiam, mas um clamor benévolo. Abro as janelas e deixo a frescura entrar. Ao fim da tarde, terei de comparecer em tribunal de família. Prevejo o pior.

Durban, África do Sul
domingo, 23 de março de 2006

(Fragmento de uma entrevista com Karen Boswall)

"[...] Quando ficou claro para mim que precisava fazer uma limpeza, por causa do que sucedeu em Quelimane, o meu marido, Sidónio, disse-me que conhecia um curandeiro muito poderoso em Catembe, e fui – fui com ele. Primeiro fizemos uma consulta, o curandeiro jogou os ossinhos, e logo nessa altura nos disse: "Olha, ela está com maus espíritos". Então fizemos uma série de cerimônias em várias madrugadas, o que foi fantástico, muito bonito, atravessar a ponte juntos para os rituais. Eu já conhecia, já tinha filmado diversas vezes rituais de exorcismo. O curandeiro vai procurando os espíritos enquanto canta. De mim tirou uns oito espíritos com a ajuda de um pequeno instrumento, tipo rabo-de-boi. Se se sente?! Yaaá, seeente-se, juro! Uma sensação muito esquisita. Um, eu lembro bem, era quase orgásmico. Antes tens de tomar um banho com o sangue de duas galinhas brancas, misturado com medicamento. O curandeiro faz pequenos cortes em várias partes do teu corpo e vacina-te com cinza para te proteger dos maus espíritos. Os espíritos saltavam de dentro de mim aos gritos, com vozes diferentes, falando línguas diferentes, algumas das quais Sidónio conhecia. Hoje sinto-me melhor. Pode ser impressão, claro, mas me sinto melhor. A minha relação com Sidónio também melhorou bastante."

(O justiceiro, ou o elogio da eutanásia)

Cheguei ontem a Cape Town, com o espírito vazio. Vazio como o céu, no deserto, está vazio de nuvens, ou seja: cheio de luz e de um azul vibrante. Ah, a doçura do esquecimento. Sentia-me feliz como uma ave migratória depois de vencer as areias do Saara. Quilômetros e quilômetros a deslizar sobre a lenta ferrugem da tarde. Os morros ao fundo. Os tufos de espinheiras, como ouriços preguiçosos. Os fios de eletricidade correndo ao longo da estrada. Uma águia seguiu-me, muito alto no céu, durante mais de meia hora. Estacionei a carrinha numa espécie de miradouro, na encosta da Table Mountain, recostei a cadeira e fechei os olhos. Devo ter adormecido por alguns minutos, porque sonhei com o homem da casa vermelha. Agora, olhando para trás, já nem sei muito bem se sonhei com resquícios da realidade ou se, pelo contrário, tropecei, lá no Karoo, foi com as so(m)bras de algum sonho alheio. Voltemos, pois, ao ponto onde suspendi o meu relato. Estávamos os dois a beber e a conversar. Uma cerveja e depois outra. Grandes frases fátuas sobre a vida e a morte, o destino do homem, enfim, conversa de bêbados – ou de seminaristas (não há grande diferença). A determinada altura, levantei-me. O álcool, ou o cansaço, ou ambas as coisas somadas, deram-me alento.

— Esta casa não tem um quarto de dormir, uma cama?

— Não — respondeu o homem, numa voz muito doce. — Para quê? Roubaram-me vinte e cinco anos de vida. Então decidi abolir o sono. Já não durmo. Dormindo oito horas por dia, perdemos cerca de três meses por ano, inconscientes, deitados numa cama. Quero recuperar os anos que me tiraram, aproveitar todos os instantes que me restam.

— Eu durmo muito raramente e não mais que alguns minutos. Acontece às vezes enquanto estou a viajar e a carrinha decide correr sozinha. Ela, a minha carrinha, Malembelembe, conhece de cor quase todas as estradas de Angola. Mas, claro, você não acredita nisso...

— Por que não?! — O homem encolheu os ombros. — O cavalheiro subestima-me. Sou imensamente crédulo. Tenho acreditado em coisas extraordinárias. Por exemplo, fui comunista. Às vezes ainda sou, sobretudo quando bebo demais.

Não gosto de comunistas. Arruinaram o meu país. Mas não lhe disse isso. Pareceu-me descortesia. Fui até a porta e fiquei a ver o espetáculo das estrelas a girar no firmamento. O homem levantou-se e veio ter comigo. Senti-lhe o hálito quente, um forte cheiro de tabaco.

— Você estava lá, na Ilha. Dentro do carro. Eu o vi. Nunca esqueço um rosto.

Todo o meu nervosismo desapareceu nesse instante. Voltei-me para ele e o enfrentei.

— Vai me matar?

— Essa agora! Pensei que fosse o contrário, que tivesse vindo até aqui para me matar! — Deu um passo em frente. Os olhos a poucos centímetros dos meus. — Brian McGuinness foi o último homem que matei. Procurei-o durante trinta anos. Um assunto entre nós. Quando o encontrei, descobri que teria de o matar de qualquer maneira, tantos crimes, e tão horríveis, Brian cometeu depois que fugiu. Traiu o seu povo e, a seguir, ao longo de todos esses anos, traiu todos os princípios e as crenças em que cresceu, os valores da nossa religião. Isso o corroeu. Penso que procurava a morte. Nos olhos dele, quando lhe apontei a pistola, não havia medo. Sabe o que havia? Alívio. O que o senhor viu não foi uma execução. Foi um suicídio assistido: eutanásia. Mas, diga-me, afinal de contas, você trabalha para quem?

— Trabalho por conta própria. Transporto turistas.

— E a minha casa o atraiu? Encontrou-me por mero acaso...?!

— Acaso. Sim, vamos dar-lhe esse nome. Se soubesse que vivia aqui, nem sequer teria passado perto. Não gosto de me envolver com problemas alheios. Já me bastam os meus.

— Entendo. De qualquer maneira, o cabrão sobreviveu, sabe?

— Chegou vivo ao hospital. Levei-o eu mesmo na carrinha. Depois mandaram-no para Joanesburgo, mais morto que vivo...

— Vai viver, dizem os jornais. Tanto faz, para mim é como se o tivesse matado. Acabou. Aliás, acabou tudo, também o nosso tempo chegou ao fim. Pode dizer isso aos seus chefes.

— Já lhe disse que não tenho chefes.

O homem se afastou. Sentou-se no chão, encostado à parede da casa, e puxou um maço de cigarros, muito amassado, do bolso da camisa. Estendeu-me o maço. Recusei. Ele tirou um cigarro e o acendeu.

— O tabaco mata, está aqui escrito. Sabe como se chama isso? Propaganda enganosa. Um tipo compra um maço de tabaco, para se matar, naturalmente, vai para casa, fuma os cigarros todos, e o que acontece? Continua vivo. Com sorte, morre vinte ou trinta anos depois. Imagine que você compra um produto para clarear os dentes e que a publicidade desse produto assegure isso mesmo, que o tal produto clareia os dentes. Você utiliza o produto e não acontece nada. E só então lhe explicam que, para ficar com os dentes de um branco impecável, vai ter de usar o produto todos os dias durante vinte ou trinta anos. Estaria certo, isso? Não, porra, não estaria certo. Pois, olhe, é a mesma coisa com o tabaco. — Fumou o cigarro em silêncio. Jogou a bituca num caixote de plástico, a uns dois metros de distância. Voltou-se de novo para mim. — O rancor também mata. A mim, matou. O seu amigo Mauro, aliás, Brian, entregou-me aos ingleses. Fiquei vinte anos à sombra. Quatro companheiros morreram por causa dele. Quando saí, o mundo havia mudado. Eu não. Era ainda o mesmo, mas sem sono, e estava muito aborrecido. Fiz umas perguntas, aqui e ali, e em pouco tempo tinha o cadastro do traidor. Vendi a casa dos meus pais e pus-me a caminho. Poupo-lhe os detalhes, não quero incomodá-lo. Andei muito até chegar aqui. Você sabe de que se ocupava, ou ocupa, ou voltará a ocupar-se, o seu amigo?

— Não é meu amigo. Nunca falei com ele...

— Brian McGuinness está envolvido numa rede de pornografia infantil. Uma coisa monstruosa, que vai de Luanda a Londres, envolve gente com muito poder e funciona há mais de dez anos com total impunidade.

Talvez esperasse ver-me chocado. Queria a minha ira, a minha compreensão, eventualmente o consolo solidário de um abraço: "Deixe pra lá, cota, fez muito bem, o tipo era um crápula". Já não me parecia, afinal, muito distinto da comum humanidade. Encolhi os ombros e disse-lhe:
— Não me importa.

Dei-lhe as costas, caminhei até a carrinha, entrei, coloquei a chave na ignição, e a Malembelembe arrancou. Fui embora sem olhar para trás. Penso nisso tudo agora, de olhos bem abertos, enquanto a manhã se desdobra em cores claras, daqui de onde estou até o imenso oceano. Se o irlandês me tivesse apontado uma pistola, teria lido o que nos meus olhos?

Luanda, Angola
16 de fevereiro de 2007

(Dançando com rãs)

Despertei no meio da noite com a rouca algazarra das rãs. O apartamento em que resido situa-se logo defronte ao largo do Quinaxixe, num prédio em fase de transição para o capitalismo, ou seja, com a fachada ainda suja e amargurada, caindo aos pedaços, mas muitos apartamentos já inteiramente recuperados pela nova burguesia. Os fundos dão para uma lagoa obstinada. Nos anos 1950, habitava nessas águas uma quianda poderosa. As pessoas deixavam-lhe ofertas nos cruzeiros dos caminhos, comida, algum dinheiro, que os colonos pobres, recém-chegados da metrópole, roubavam ao entardecer. Quando da construção do prédio, os engenheiros responsáveis pela obra optaram por drenar a lagoa, substituindo-a por um amplo pátio interior. Após a independência, porém, as águas ressurgiram com renovado vigor. Devoram tudo. Já vi uma carrinha amarela – dessas escolares, que fazem parte da mitologia americana e que não sei por que diabo em determinada altura surgiram também nas ruas de Luanda –, vi uma carrinha assim ser engolida em poucos meses pela água escura, capim alto e canavial, nenúfares indômitos. Os habitantes miseráveis dos andares superiores, aqueles que ainda resistem a vendê-los, lançam para a lagoa toda a sorte de dejetos, da "malcheirosa escória de estar vivo", para citar mais uma vez Jorge de Sena, a móveis velhos, colchões, garrafas vazias ou botijões de gás. Tudo isso a lagoa aceita. Por ela deslizam ratos gigantescos, anfíbios com membranas interdigitais, segundo me garantiu o professor, um velho do quarto andar, matemático na reforma, marxista serôdio e tenaz, secretário-geral de um tal Partido da Congregação Comunista Luz da Salvação. O professor dedica quase todas as horas do dia, e suspeito que também da noite, sentado na varanda, a estudar a exótica fauna da lagoa. Numa ocasião mostrou-me um pequeno caderno de capa preta cheio de caprichosos desenhos, a lápis e nanquim, alguns coloridos a aquarela, de aves, lagartixas, morcegos e ratazanas. Reparando melhor, dei-me conta de que eram, vários deles, animais improváveis – e outros mitológicos. Por exemplo, o que primeiro me pareceu uma lagartixa tinha pequenas asas membranosas encolhidas contra o corpo. Um pássaro, de peito rubro, bico forte, mostrava dentes afiados. Adiante havia o desenho minucioso de uma sereia, aparentemente morta, e, logo na página seguinte, uma aquarela impressionante mostrando o mesmo animal dissecado e a forma como a cauda se inseria com inequívoca lógica no sistema muscular.

Volta e meia desaparece um menino na lagoa. Diz-se que a sereia o levou. Há de ressurgir horas depois, desorientado, mudo de espanto, a pele ainda a refletir o fulgor da quianda, próximo de qualquer fonte de água.

Despertei, pois, no meio da noite, no ar que fremia com a ansiedade das rãs. Levantei-me, passei pela cozinha, abri a porta e fui à varanda espreitar. As rãs machos lutavam pelas fêmeas. Deviam ser milhares, muitos milhares, num frenético bacanal. A escuridão agitava-se, lá em baixo, à medida que o tumulto crescia. O que eu via era uma espécie de noite invertida, cristais de luz cintilando, apagando-se, minúsculas explosões negras abrindo a água. Subitamente, dei-me conta de uma silhueta feminina desenhando-se, tênue, bem no meio da lagoa. Dançava. Os braços erguidos, ondulando; as mãos: borboletas adejando as asas. Os pés flutuando sobre o denso mistério. Reconheci-a pela postura, pela doçura dos gestos, não, é claro, pelos traços do rosto, que dali não conseguia distinguir: a Bailarina!

Deixei-me ficar, atônito, não sei por quanto tempo, assistindo a um espetáculo que parecia haver sido preparado só para mim.

(A verdadeira história de Faustino Manso)

Na tarde em que me contou a verdadeira estória de Faustino Manso, dona Anacleta abandonou o pesado luto de viúva. Imagino que tenha sido um pequeno escândalo para algumas das suas amigas, mas não surpreendeu os mais íntimos. Dona Anacleta nunca apreciou convenções. O pai, Joffre Correia da Silva, sujeito rebelde, muito divertido, transmitiu-lhe certo desrespeito pelos valores instituídos. Funcionário da Fazenda, leitor compulsivo de romances de aventuras, leu-lhe a obra completa de Emilio Salgari na hora de dormir, antes de ela completar nove anos. Mais tarde fundou um grupo de excursionistas, Os Papa-Léguas, com os quais, quase todos os fins de semana, organizava piqueniques nos arredores de Luanda. Nas férias viajavam pelo país: Benguela, Moçâmedes, Sá da Bandeira, mas também para o norte, até São Salvador do Congo. Joffre odiava padres e militares, com idêntico ardor, e costumava imprimir folhetos antirreligiosos que depois distribuía pelos amigos. Era também sócio e principal dinamizador de uma, assim chamada, sociedade esperantista, destinada a divulgar o esperanto, a língua da fraternidade universal, que num futuro não muito distante o mundo inteiro falaria. Dona Isolda, a leal esposa, esforçava-se por contrariar, ou ao menos conter, os ímpetos libertários do marido, mas sem grande sucesso. Conseguiu, porém, convencê-lo a colocar Anacleta – única menina e a mais nova dos quatro filhos – no Colégio de São José de Cluny, dirigido por madres. Todos os dias, as meninas tinham de rezar, na capela, com o cabelo coberto por um véu negro.

Esquecer o dito véu era considerado falta grave, punida com a penitência de uma grande porção de ave-marias e padre-nossos, de joelhos sobre a laje dura. Foi por causa do tal véu, a jovem Anacleta conheceu Faustino Manso e se apaixonou por ele. Numa manhã, percebendo (assustada) que havia esquecido o dito acessório de fé, a jovem Anacleta entrou numa loja de tecidos, situada não muito longe do colégio, e foi atendida por um moço alto, delgado, de rosto comprido, olhos grandes e sonhadores. A voz impressionou-a ainda mais que os olhos; uma voz grave, serena e quente, como a voz de um contrabaixo.

— Em que posso ajudá-la, menina?

Reparou a seguir nos dedos dele, longos e finos, mais escuros nas articulações; reparou na forma como se moviam nervosos, batucando um ritmo interior, com inteligência própria. Suspirou.

— O senhor é músico?

— É o meu sonho, menina. Como adivinhou?

Os dedos dele acariciando um pedaço de tecido. Os olhos dela presos aos dedos dele. Faustino foi buscar os véus. Escolheu o melhor, fina seda, muito macio, escuro como a noite mais escura; no cabelo dela, assegurou, brilhariam estrelas – e não a deixou pagar. Uma semana mais tarde, Anacleta reapareceu, na companhia de uma amiga, para comprar tecido para uma saia. Desta vez, assentiu em revelar-lhe o nome e ficou a saber o dele. Faustino convidou-a para um baile na Liga Africana, no sábado seguinte. A rapariga recusou; ele insistiu, de olhos baixos; ela gostou daquela mistura entre ousadia e timidez e disse-lhe que iria pensar, sabendo de antemão que lá estaria, ainda que para tal tivesse de vender a alma ao diabo. O pai, porém, não opôs a menor resistência. A mãe, sim, exigiu que a menina fosse acompanhada pelo irmão mais novo, a quem todos chamavam Almirante, pelo gosto que tinha em andar sempre vestido de branco e muito teso e altaneiro.

Naquela época, Faustino ainda só tocava violão, mas já impressionava pelo estilo. Podia tocar uma rumba popular, um sambinha então na moda, o que quer que fosse, e era como se estivesse a inventá-lo naquele exato instante. Anacleta sentiu que o rapaz dedilhava não as cordas da guitarra, mas o seu coração. Foi o que me disse:

— Era como se a música saísse inteira, no seu estado mais puro, de dentro do meu peito. Nem sei bem explicar-te, filha, era como se a música já lá estivesse, adormecida, e ele a despertasse dedilhando o meu pobre coração.

Nessa noite, deitou-se angustiada e teve dificuldade em adormecer. Sonhou que a perseguia uma legião de anjos, ou de gafanhotos, ou umas vezes de anjos e outras de gafanhotos, sendo que quer uns, quer outros traziam a cabeça coberta por véus muito escuros, como se tivessem a própria noite enrolada à cabeça, com todas as suas estrelas, os seus planetas atordoados, as antiquíssimas constelações perplexas com que Deus joga aos dados para combater o fastio. Acordou lavada em lágrimas e continuou a chorar durante o resto do dia, pelo muito que, tinha certeza, iria sofrer em razão da sua escolha.

— Depois disso, nunca mais chorei.

Nem sequer chorou na tarde de domingo em que Faustino Manso, após almoçar um prato de cachupa, acompanhado por um copo de vinho tinto, lhe pediu para deitar a cabeça no seu colo e adormeceu. Há muitos anos que cumpria tal hábito. Fazia a sesta estirado num comprido divã, a cabeça ao colo da mulher. Anacleta aproveitava para ler. Muitas vezes lia em voz alta até o marido adormecer. Naquela tarde, relia *Pedro Páramo*, de Juan Rulfo: "Agora estava aqui, nesta aldeia sem ruídos. Ouvia cair os meus passos sobre as pedras redondas que empedravam as ruas. Os meus passos ocos, repetindo o seu som, no eco das paredes tingidas pelo sol do entardecer". Deteve-se um momento e releu a segunda frase, achando que algo nela não estava bem o pleonasmo, "as pedras redondas que empedravam as ruas", quando Faustino soltou um pequeno gemido e depois se aquietou para sempre em seus braços. Compreendeu, então, que o amara ininterruptamente desde aquela manhã de sereno, cinzenta e melancólica, em que lhe admirara os dedos pela primeira vez. Continuara a amá-lo com a mesma loucura desmedida, sem desmaios, sem hesitações, mesmo durante os vinte e dois anos, dois meses e treze dias em que o infeliz andara à deriva pelo sul de África, fugindo dela, tentando esquecê-la nos braços de um sem-número de mulheres. Amara-o ainda mais ao saber que tivera filhos de algumas dessas mulheres – amara-o pela imensa ingenuidade, pela bondade e pela estupidez, pela certeza absoluta de que, ao entregar-se a tais mulheres, a todas elas, era a ela que ele procurava, a mais nenhuma.

— A senhora sabia que o seu marido não podia ter filhos?
Anacleta sorriu.
— Do que tinha a certeza era que eu não era estéril!
Ela queria muito ter filhos. Faustino, esse, adorava crianças. Não falava noutra coisa. "Quero que me dês pelo menos cinco filhos", disse-lhe, no mesmo dia em que trocaram o primeiro beijo.

Ah, o primeiro beijo. O rádio na sala tocava baixinho Cauby Peixoto, cantando "O nono mandamento", o samba da moda: "Senhor,/ Aqui estou eu de joelhos/ Trazendo os olhos vermelhos/ De chorar, porque pequei./ Senhor,/ Por um erro de momento/ Não cumpri o mandamento/ O nono da vossa lei".[21]

Joffre Correia da Silva simpatizou com o rapaz, filho de um colega seu, Guido Lopo Manso, mais conhecido por Louco Manso, alcunha que ganhou em razão das frequentes crises de sonambulismo que o faziam sair de casa no meio da noite, de pijama, para acordar depois nos lugares mais improváveis: no alto do pedestal aos combatentes da Grande Guerra, no Quinaxixe, impropriamente conhecido por Maria da Fonte,[22] sobre o qual se ergue hoje a estátua, um tanto tosca, convenhamos, da rainha Ginga; nas ramadas mais altas de uma alta mangueira; estendido junto ao altar da Igreja do Carmo; nas areias da Ilha. Certa manhã, inclusive, acordou na cama de um vizinho, entre o vizinho e a vizinha, mas conseguiu sair antes que o notassem.

Dona Isolda, como sempre, levou mais tempo para aceitar o namoro. Desconfiava do futuro de um jovem cuja maior ambição – para

---

21. Ao chegar ao hotel, fui pesquisar na internet e cheguei à conclusão que isso não pode ter acontecido. Cauby Peixoto gravou o seu primeiro disco apenas em 1952. "O nono mandamento", um samba-canção de René Bittencourt e Raul Sampaio, foi composto somente em 1957. Porém, quando liguei para dona Anacleta a dar-lhe conta desse anacronismo, ela se ofendeu. "Disparate!", disse-me. "Tenho certeza absoluta de que o Cauby estava a cantar quando nos beijamos pela primeira vez."

22. Maria da Fonte, uma mulher do povo, natural da Freguesia de Fonte Arcada, no Minho, terá sido a instigadora de uma revolta popular, ocorrida na primavera de 1846, que conduziu ao derrube do governo de Bernardo da Costa Cabral. A razão por que a estátua recebeu esse nome tem a ver com a figura principal, uma mulher atlética e determinada, erguendo alto uma espada. Maria da Fonte foi destruída logo após a independência e substituída por um tanque de guerra.

não dizer única – era ser músico. Que futuro poderia ter um músico num país como Angola, em 1946? Contudo, também ela acabou seduzida pela elegância e doçura de Faustino.

O casamento de Faustino e Anacleta realizou-se a 5 de outubro desse ano, na pequena Igreja da Nazaré. Compareceram à cerimónia duas dezenas de familiares e amigos mais chegados. Vi as fotografias, já o disse antes: Faustino, magérrimo, uma comprida sombra vestida de negro; Anacleta resplandecente nos braços dele. Ernesto, o irmão mais novo de Faustino, tão magro quanto ele, mas mais sólido, nem sei bem por quê, talvez por causa do olhar firme e do sorriso claro com que enfrenta a objetiva da máquina fotográfica. Reparei também num sujeito meio careca, elegante, que numa das fotografias abraça Faustino Manso. Reparei nele porque me pareceu um erro de casting: calça de caxemira inglesa combinando com o chapéu-panamá e a gravata de seda, sapato bicolor; os dedos das mãos descorados pelo vitiligo, a arrogância natural de um domador de leões.

— E este... quem é?

— Este?! Ah, este homem é uma figura fundamental na carreira do Faustino. Chama-se Arquimedes Moran e foi quem ensinou o meu marido a tocar contrabaixo...

— O marinheiro norte-americano que ofereceu o contrabaixo ao Faustino?

— Exatamente. Vocês têm de falar com ele!

— Falar com ele?! O homem ainda é vivo?

— Graças a Deus! Aliás, estava no funeral. Arquimedes não pretende morrer. Diz sempre que morrer dá muito trabalho.

— E onde vive? Voltou para os Estados Unidos?!

— Arquimedes?! Não! Arquimedes já nem lembra que foi norte-americano. Vive no Cazenga há mais de trinta anos, numa casa decrépita. O melhor que tem é o quintal. Fica lá o dia inteiro, no quintal, a conversar com os pássaros e os vizinhos.

Julguei que o Marinheiro fosse uma invenção afável de Serafim Kussel; ele e Walker, o contrabaixo mágico. Não consegui esconder o espanto.

— E o contrabaixo?! Alguém me disse em Cape Town, um velho músico que trabalhou com Faustino, que o Walker, o contrabaixo, tinha vontade própria...

— Ah, isso! — Dona Anacleta sorriu com estudada indiferença. — Estórias que Arquimedes gostava de contar. Por que não falam com ele?

Quis saber se Faustino continuara tocando contrabaixo depois de regressar a Luanda, em 1975. Dona Anacleta confirmou. Tocava, mas sobretudo em casa, com grupos de amigos. A revolução não beneficiou a música. Mais tarde, já nos anos 1990, criou uma banda de jazz, A Sociedade das Nações, com um pianista cubano e um baterista português, e voltou a tocar em bares e casamentos. Nos últimos anos, Merengue costumava cantar com a banda – e com sucesso crescente.

— Merengue canta muito bem. Parece ter várias vozes dentro da garganta e, às vezes, usa todas ao mesmo tempo. Acho que aquilo nem é normal.

Não respondi. Não simpatizo com Merengue. Ficamos as duas em silêncio. Então, subitamente, dona Anacleta pareceu tomar uma decisão.

— Mana Fatita, vocês conheceram-na, suponho...

Assenti. As mãos dela tremiam. Prendeu uma na outra e a ambas no regaço. Baixou a voz.

— Faustino andava com essa senhora mesmo antes de começar a namorar comigo. Coisas de homens. Mana Fatita, o nome diz alguma coisa, devia ser uma mulher bastante liberal para a época, em todo o caso mais liberal que eu. O certo é que Faustino se casou comigo, mas quem engravidou foi ela. Casei-me em outubro, e em novembro nasceu Pitanga, a primeira filha da Mana Fatita. Eu soube, claro, soube logo. Essas coisas aqui sabem-se logo. Era muito nova, tinha vinte anos, e entrei em pânico, julguei que fosse perdê-lo, tanto ele queria ter filhos. Passaram-se anos, e eu sem engravidar. Emagreci, comecei a perder o gosto pela vida. Ernesto preocupava-se comigo. Jantava frequentemente aqui em casa e, depois que o velho Guido morreu, passou mesmo a viver conosco. Guido Lopo Manso teve uma morte estúpida, coitado, caiu de um armário em que tinha subido dormindo. Caiu porque o acordaram, e ele se assustou. Bateu com a cabeça numa quina da mesa de cabeceira, e foi morte imediata. Eles não tinham mãe. A mãe morreu quando os dois eram ainda muito novos. Câncer.

Novo silêncio. Eu sabia que não era a morte da mãe de Faustino que lhe ocupava o pensamento. Percebi – com repulsa! – que o meu papel ali era semelhante ao dos jornalistas que reviram o lixo das estrelas de cinema em busca de indícios que lhes permitam construir qualquer pequeno escândalo. Não sabia o que fazer: levantar-me e sair? Pedir-lhe para parar? Ou, pelo contrário, ajudá-la dizendo alguma coisa? Talvez lhe fizesse bem falar. Afinal de contas, partira dela a proposta. Prometera contar-me a verdadeira história de Faustino Manso. Deixei-me ficar em silêncio, imóvel, fingindo ler o que escrevera no meu pequeno caderno. Enfim, dona Anacleta rompeu o silêncio.

— Você já sabe o que aconteceu, não é?

Aconteceu sem pressa, e a decisão foi dela. Dona Anacleta insistiu nesse ponto. A decisão fora dela. Numa manhã em que Faustino saiu para o emprego – naquela época já não trabalhava na loja de tecidos, e sim no correio –, Anacleta entrou no quarto onde Ernesto dormia; quando este abriu os olhos, viu-a à frente.

(Tribunal de família)

Quando cheguei à casa da minha mãe, dei com o carro do general N'Gola estacionado à porta. Caveira, o motorista, palitava os dentes encostado ao muro. O rosto dele lembraria de fato uma caveira – daí a alcunha –, não o tivesse a animar olhos tão vivos. As três cicatrizes verticais em cada têmpora, os caninos afiados, tudo isso o faz parecer ainda mais feroz. Sorriu, ao ver-me, num esgar cruel; fez com a mão direita o gesto de quem empunha uma lâmina e corta a própria garganta (mas era a minha que ele simbolicamente cortava). A voz alegre:

— Chê, miúdo Bartolomeu! O general vai-te matar...!

Dou-me bem com ele, mas naquele momento tive de me conter para não lhe acertar dois murros na caveira. *Caramba*, pensei, *não tenho de estar aqui.* Depois toquei a campainha, e a minha mãe veio abrir a porta. Levou-me para a sala e, num gesto severo, fez-me sentar ao lado dela. Do outro lado da mesa estavam o meu tio, a minha tia e Merengue, fingindo-se distraída. Ninguém disse nada. Então apareceu Johnny, o meu tio mais novo, gordo e jovial. Vinha da cozinha com uma garrafa de cerveja na mão (Cuca, só bebe Cuca). Deteve-se à porta e, olhando para nós, não conteve a sonora gargalhada.

— Porra! Parece que vai trovejar...!

Sentou-se ao meu lado.

— Aqui sou eu o árbitro. Então, vamos ver. Merengue anunciou à família que está grávida e que és tu o pai. Confirmas?

Colocou a garrafa sobre a mesa. Lembro-me de ter pensado em como a garrafa de Cuca é diferente de todas as outras. A fábrica foi fundada nos anos 1940. Talvez seja ainda o modelo original. O formato da garrafa, assim como a marca, um cuco de asas abertas sobre um fundo vermelho e amarelo, tem um ar muito retrô, que a mim agrada. Vêm-me logo à memória imagens de mulheres de alta cabeleira redonda, sustentada à custa de muito laquê – dizia-se na época: "Coitada, fulana caiu e fraturou dois cabelos" –, sutiãs enormes, luvas e chapéus extravagantes, que eram na época acessórios indispensáveis a qualquer senhora. Nunca entendi, aliás, como era possível colocar um chapéu, por mais extraordinário, sobre cabeleiras tão altas e trabalhadas. A minha memória, inclusive a minha memória histórica, inteiramente adquirida nas salas de cinema, está vocacionada para o universo feminino. Lembro-me de ter pensado tudo isso enquanto erguia os olhos para Merengue, a minha tia e o meu tio. Murmurei:

— Se ela diz...

O meu tio baixou a mão direita até o cinto. Imaginei-o a sacar da sua famosa Magnum e a colocá-la com estrondo sobre a mesa. Diz-se que era dessa maneira que ele resolvia as macas, durante a guerra, no chamado teatro de operações, quando comparecia diante das altas chefias militares para justificar determinada manobra ou exigir mais meios. Porém, limitou-se a puxar de um lenço branco e a enxugar o rosto. Aquilo deu-me coragem. Levantei a voz enquanto o olhava nos olhos.

— Sinto muito. A criança é minha. Assumo todas as responsabilidades. Mas me casar com a Merengue, isso não faço!

Merengue deu um salto na cadeira.

— Filho da puta!

O pai agarrou-a pelos ombros, obrigando-a a sentar-se de novo.

— E tu, palhaço, achas que eu permitiria que tu casasses com a minha boneca?! Quem julgas tu que és? Um pé-rapado! Que digo eu?! Um pé derrapado, isso sim, pois tu não andas, derrapas, nem o dever militar foste capaz de cumprir.

Johnny bateu palmas para repor a ordem.

— Calma! Calma! Vamos com calma, ou mando suspender a sessão...

A minha tia, dona Mariquita, uma mulher de lágrima fácil, começou a chorar. A minha mãe começou a gritar com o tio Johnny, Merengue a gritar comigo, N'Gola a gritar com todos, e eu me levantei e fui embora.

(Sonhos ferrugentos e outros sonhos)

Não foi difícil chegar à fala com Arquimedes Moran: tem celular. Em Luanda todo mundo tem celular. Antigamente, disse-me Bartolomeu, os bens de consumo mais ambicionados pelos pobres, entre os bens de consumo ao alcance dos pobres, naturalmente, eram as bicicletas e os rádios a pilha. Hoje são os celulares. Dona Anacleta deu-me o número de Arquimedes. Liguei para ele e expliquei-lhe que estamos a realizar um documentário sobre a vida de Faustino Manso e que gostaríamos de entrevistá-lo no seu ambiente, em casa. Não pareceu surpreso.

— Vivo muito perto da Quinta Avenida! — riu. O sotaque completamente angolano. O riso também. — Quinta Avenida, no Cazenga, é claro. Perguntem por mim junto do embondeiro, alguém lhes indicará a casa.

Bartolomeu assegurou-me conhecer o Cazenga. Filmou lá inúmeras vezes. Melhor ainda, já esteve na casa do velho Arquimedes. Procurou-o numa ou noutra ocasião a pedido de amigos estrangeiros de visita a Luanda.

— Malta bué conhecedora e exigente — esclareceu, sem esclarecer, todavia, o assunto acerca do qual os seus amigos eram tão conhecedores e exigentes. Passado um pouco, insistiu: — Malta bué exigente mesmo, minha tia. Nunca vi ninguém sair desapontado da casa do velho Arquimedes.

Eu pensava que as pessoas viviam com dificuldades em Luanda, até entrar no Cazenga. Julgava que os musseques que espreitavam afoitos entre as esquinas dos prédios (barracos cinzentos cobertos de poeira) eram o pior que havia aqui e o pior que poderia haver em qualquer lugar do mundo. Enganei-me. Subestimei, como quase sempre, a maldade dos homens. O Cazenga estende-se por intermináveis quilômetros de caos e pesadelo. O jipe alugado em que seguíamos, com Bartolomeu ao volante, foi avançando ao longo de uma rede de buracos a que só por ironia alguém pode chamar estrada. Vencemos lentos caudais de lama, densos charcos cobertos de nenúfares, e outra vez buracos, valas escavadas no próprio lixo, milhões de latas de refrigerantes esmagadas, sacos de plástico, caricas, cadáveres de cães, trinta anos de detritos por tratar.

Era fim da tarde, e a poeira cobria tudo. A própria luz parecia flutuar, fragmentando-se nas partículas de poeira, dando ao conjunto uma profundidade, o vigor de um quadro épico, a fazer lembrar as fotografias que tornaram famoso Sebastião Salgado.

Casas baixas de ambos os lados da estrada. Palmeiras tortas saltando de dentro dos quintais. Ali um salão de beleza, a acreditar no que anuncia o letreiro (é necessário bastante fé); acolá uma barbearia, com um espelho quebrado, um cartaz à porta: "Entra feio e sai bonito. Fazem-se penteados tipo puxinho, banana, canudo ou onda. Aplicação de tiçagem, enroladinho à frente. Aplica-se *curly*". Mais além, a sede de um partido político. A seguir a fachada "neoclássica" de uma Igreja do Reino de Deus. Por toda parte a multidão desencontrada, a transportar tralhas às costas, a discutir, a rir, alguns mesmo a dançar.

— É aqui! — anunciou Bartolomeu, parando o carro.

Saímos. Um velho, sentado num tijolo, com T-shirt do MPLA e bermuda, testemunhava, perplexo, o fragoroso colapso do mundo. Bartolomeu cumprimentou-o com deferência; quis saber se Arquimedes estava em casa. O ancião esboçou um gesto de desânimo. Queixou-se que lhe doía a alma, ao menos foi o que percebi, queixou-se que lhe faltava o ar, queixou-se dos novos tempos e do esquecimento a que o haviam sujeitado os seus antigos camaradas de armas; finalmente, apontou sem entusiasmo para a casa atrás de si e suspirou.

— Lá dentro...

Entramos. Era um quintal atulhado de misteriosos maquinismos ferrugentos. Uma figueira de bom porte, ao centro, derramava uma sombra escura. Atrás dela via-se o duro tronco cor-de-rosa de uma goiabeira.

Havia também uma macieira-da-índia e dois ou três compridíssimos pés de papaia. Uma rede de dormir estava esticada entre a goiabeira e a figueira. Julguei que a rede estivesse vazia, mas eis que vi saltar lá de dentro, vestido apenas com uns calções de ganga muito gastos, um velho mirrado, completamente calvo, com a pele manchada como um dálmata e uma barba entrançada, grisalha, que lhe chegava ao umbigo. Com a idade, há pessoas que se expandem e outras que se retraem. Umas explodem, outras implodem. Arquimedes Moran implodiu. Ao menos fisicamente, se comparado com a fotografia que vi em casa de dona Anacleta. Por dentro, contudo, ferve de energia. Avançou para mim dando pequenos saltos. Estendi-lhe a mão. Ele a agarrou, puxou-me em direção a si com uma força surpreendente para alguém de aspeto tão frágil e deu-me um sonoro beijo em cada face.

— Então você é a caçula, Laurentina? O meu compadre sabia fazer filhos. Uma vez mandei imprimir uns cem cartões de visita para lhe oferecer nos anos. Dizia: "Faustino Manso/reprodutor independente".

Fez-nos sentar a uma mesa de plástico, à sombra da figueira. A casa tinha a porta e as janelas escancaradas. Num dos quartos, uma mulher entrançava o cabelo de uma menina. Noutro, duas moças, muito jovens, descansavam, nuas, sobre um colchão bastante sujo (mesmo a distância era possível adivinhar a sujidade do colchão). Uma garota dos seus doze anos saiu da casa com os braços carregados de cervejas e dispô-las sobre a mesa, à nossa frente. Entregou-me uma Coca-Cola. Estava gelada. Mandume apontou, intrigado, para um complexo aparato, a arder em ferrugem, composto por uma série de alavancas e êmbolos e rodas dentadas, meio oculto por trás da ramagem da mangueira.

— E aquilo, o que é?

Arquimedes Moran encolheu os ombros.

— Um sonho. Um sonho mecânico. Deixei-o aí para me lembrar de que também aos sonhos a ferrugem devora. A ferrugem nunca dorme.

Enrolou um cigarro e acendeu-o. Um cheiro doce, muito forte, espalhou-se no ar. Bartolomeu sorriu.

— Essa é da boa!

O homenzinho o olhou, indignado.

— Como da boa, rapaz?! É a melhor! Sabes muito bem que não existe em outro lugar do universo melhor liamba do que aquela que produzo.

Mandume se assustou.

— Liamba?!

— Não lhes disseste? — Arquimedes Moran ergueu-se de um salto. Agarrou-me por um braço. — Ah, venham! Venham daí! Vou mostrar-vos a minha plantação.

Fomos os três atrás dele. Entramos na casa, atravessamos um corredor às escuras, uma cozinha em ruínas – duas mulheres atarefavam-se diante de uma panela enorme, posta a ferver sobre uma fogueira acesa no chão – e, por fim, desembocamos no quintal. Fiquei muda de espanto. Num dos cantos havia uma estufa comprida, alta, prestes a estalar com a pujança do verde. Era como se tivessem colocado lá dentro toda a selva amazônica. Em outro canto, encostado ao muro, estendia-se um aparelho que me pareceu servir para secar folhas. O resto do terreno estava ocupado pelo mesmo arbusto de elegantes folhas serradas que ameaçava estourar a estufa.[23]

— Tenho aqui umas boas dezenas de variedades diferentes de *Cannabis* — gabou-se Arquimedes Moran. — Algumas ainda nem sequer foram classificadas. Você sabe que a *Cannabis* é cultivada há mais de quatro mil anos? Os chineses já fabricavam papel com *Cannabis sativa* oitenta séculos antes de Cristo! Na verdade, a história da civilização está diretamente ligada ao cultivo da espécie. Combater o cultivo de *Cannabis* é um ato contra a história e contra a civilização. Cultivá-la é um ato de resistência contra a barbárie.

Dirigiu-se a um dos arbustos, separado dos restantes por uma pequena rede de plástico, e acariciou-lhe as folhas, amorosamente, como quem afaga um cachorrinho.

— Esta aqui é uma variedade melhorada por mim ao longo de mais de vinte e cinco anos. Tenho um cliente, no Rio de Janeiro, que já me ofereceu fortuna pelas sementes. Não vendo. Vendo-lhe as folhas, é claro, mas não as sementes. Seria como vender-lhe a galinha dos ovos de ouro. Esse cliente, o meu melhor cliente, era meio hippie, fabricava e vendia perfumes nas ruas e nas feiras de Paraty, até que há uns dez anos

---

23. "Folhas compostas, finamente recortadas, serreadas, inflorescências axilares, e frutos aquênicos arredondados", segundo o meu querido *Houaiss*. Ah, é pura poesia!

herdou uma grande fortuna. Então contratou um agrônomo português, um gajo porreiro, o Antunes, cuja única tarefa é viajar pelo mundo selecionando e recolhendo sementes e folhas de *Cannabis*. Visitei-o uma vez, meu cliente, lá no Rio de Janeiro. Ele vive, nem de propósito, num bairro chamado Jardim Botânico. Um palacete! Aqui em Luanda acho que nem há casas assim, com piscina, sauna, sala de cinema, biblioteca e, a melhor parte, sala de fumo. Ali, na sala de fumo, ele guarda as folhas de *Cannabis* que o Antunes recolhe. Sabe como eu chamo isso? *Savoir vivre*, assim, em francês, porque só em francês é possível dizer parvoíces, inclusive obscenidades, sem nunca parecer parvo ou ordinário.

*

(Depoimento de Arquimedes Moran)

Não nasci em Nouvelle-Orleans. Sim, eu prefiro dizer Nouvelle-Orleans, gosto mais. Nasci numa tranquila cidadezinha na margem esquerda do Mississippi, chamada Ethyopia, mas fui criado em Nouvelle-Orleans. Lembro-me do rio, um lento fluir de lama, mas nem sei se me lembro dele por realmente me lembrar dele ou se me lembro dele de tanto ouvir a minha mãe contar que costumava passear comigo ao longo da margem. Ela repetia sempre que, ao crepúsculo, tocado pela luz lassa do sol, a corrente lamacenta se transformava em ouro puro. Então, quando penso em Ethyopia, o que vejo é um rio de ouro a deslizar. O meu pai era mágico – não um mágico autêntico, um curandeiro, como existem tantos por este país fora –, mas um mágico de fantasia, desses que tiram coelhos das cartolas. O meu querido pai tirava coelhos não da cartola, não usava nenhuma cartola, mas de dentro da boca. Vomitava-os. Vomitava coelhinhos brancos, muito pequenos, mas muito perfeitos. Todavia não se atirou de uma janela, não, não com onze coelhos;[24] levou-o a bebida, uma cirrose hepática, antes de completar cinquenta anos.

Entrei muito jovem para o mundo do show business. Aos sete anos, já tocava piano, com algum talento, nos espetáculos do meu pai.

---

24. Refere-se, evidentemente, a personagem principal do conto de Júlio Cortázar "Carta a una señorita en París", em *Bestiário*, de 1950.

Até que, um dia, um amigo, um gajo mais velho, jornalista, me levou a uma espelunca onde tocavam os New Orleans Rhythm Devils. Fiquei paralisado. Dei com o Sylvester Page atrás do contrabaixo e percebi logo que era aquilo que queria fazer para o resto da vida. No fim do espetáculo, fui falar com ele e pedi-lhe que me ensinasse a tocar o instrumento. Penso que Sylvester achou graça do meu entusiasmo. Na época não havia muita gente que se interessasse pelo contrabaixo. Ficamos amigos. Quando ele morreu, deixou-me o Walker de herança. A minha carreira, deveria dizer, a minha curta carreira, começou verdadeiramente nessa altura. Toquei com os Original Dixieland Jazz Band e com James France Durante, o velho Jimmy, nos Original New Orleans Jazz Band. Assim que começou a guerra, fui para a Marinha. Mas eu não gostava daquilo. Odeio a guerra. Qualquer forma de violência. E odeio ainda mais o patriotismo, a disciplina e os uniformes, todas referências essenciais para o sucesso de um exército. Então, quando o navio no qual eu prestava serviço aportou em Luanda, saí, com mais um grupo de companheiros, para espairecer e não regressei. Conheci Faustino Manso nessa mesma manhã. Entrei num bar para refletir, pensar no passo que daria a seguir...

... Lembro-me de que me doía o estômago de tanta ansiedade...

Não tinha muito dinheiro, não falava uma palavra de português e receava que a polícia desse comigo e me entregasse aos norte-americanos. Estava ali, absorto, bebendo uma cerveja e comendo tremoços quando vi entrar um rapaz com um violão a tiracolo. Eu levara o contrabaixo, com o pretexto de que tinha um amigo músico na cidade e de que prometera tocar com ele numa festa de casamento. Bem, aconteceu exatamente assim. Foi a única vez que disse a verdade julgando que estava a mentir. Faustino viu-me sentado ao lado do Walker, eu dava nas vistas, e veio ter comigo. Neste momento, enquanto lhe conto isso, volto a ouvir a voz dele. Uma bela voz, uma voz de hipnotizador, compreende? Calma e muito segura. Bastava-lhe falar para que as pessoas gostassem dele. Para mim, Faustino Manso, o grande sedutor, era sessenta por cento voz, trinta e cinco por cento charme e cinco por cento doçura. O charme, aquilo a que costumamos chamar charme, não é outra coisa senão a boa educação associada à boa postura. Faustino tinha boa educação, tinha boa postura e era um homem muito doce, sem nunca deixar de ser viril. Mas a voz – ah, a voz! –, a voz era a sua arma principal. Chegou bem perto de mim, olhou para o contrabaixo, mostrou-me a viola e disse-me: "Tenho de admitir que a sua é maior que a minha!".

Em português, claro. A seguir reparou na minha expressão, no meu ar assustado, e traduziu para inglês. Já nessa altura Faustino falava razoavelmente inglês. Não achei graça nenhuma, mas ri também. Aquilo de que eu mais precisava naquele momento era um amigo. Alguns minutos mais tarde já estávamos a conversar como se nos conhecêssemos desde sempre. Provavelmente, sim, nos conhecíamos. Eu acredito na reencarnação ou em alguma coisa semelhante à reencarnação. Enfim, para não perder o fio da meada, depois de alguns minutos e de duas ou três cervejas, Faustino disse-me que precisava de passar em casa para mudar de roupa e que depois teria de tocar num casamento, então convidou-me a acompanhá-lo. Era o casamento dele. Você sabe, a música é uma linguagem universal, e o universo, uma linguagem musical – outra coisa em que acredito, de forma que não me foi nada difícil tornar-me, em poucos meses, um tipo imprescindível nas festas que se faziam aqui nesta cidade. E, deixe-me que lhe diga, grandes festas. Além disso, as pessoas gostavam de música norte-americana, já havia meia dúzia de tipos que ouviam jazz, conheci até quem dançasse sapateado, olhe, Liceu Vieira Dias, o grande Liceu![25] De forma que, mesmo sem querer, transformei-me numa espécie de profeta da geração mais jovem. Durante os primeiros anos, vivi meio assustado, sempre com receio de que a polícia desse comigo, eu estava em Luanda ilegal, não se esqueça, mas, assim que aprendi a falar português e a disfarçar o sotaque, fui registrar-me como angolano – ou melhor, como português. Naquela época era comum as pessoas chegarem à vida adulta sem papéis. Ninguém me perguntou nada. Deram-me os documentos de que precisava, em nome de Arquimedes Mourão, e nunca mais tive preocupações. Hoje só as pessoas mais velhas sabem que sou norte-americano. Casei-me, casei-me à moda da terra, muitas vezes, e tive muitos filhos.

---

25. Carlos Aniceto Vieira Dias, mais conhecido como Liceu, um dos fundadores da moderna música popular urbana de Angola.

Saudades?!

Saudades dos Estados Unidos?! Ah, filha, não tenho saudades nenhumas! E, quando me dá para sentir saudades, sabe o que faço? Ligo a televisão, procuro a CNN, ouço o Bush a falar, dois minutos, três minutos, mais que isso não mereço, ninguém merece, e dou graças a Deus por já não ter nada a ver com aquele país.

Voltando ao Faustino, sim, naturalmente, fui eu quem ensinou aquele doce cabrão a tocar contrabaixo. Mas a partir de certo momento, vou ser franco, era eu quem aprendia com ele. Faustino possuía um talento natural, entregava-se ao instrumento como – desculpe a pobreza da metáfora – uma ave se entrega aos céus. Ele era a música enquanto a tocava. Costumava encontrar-me com Faustino ao fim da tarde no Café Rialto, porque ficava – ainda fica, continua lá, invencível! – logo ao lado do correio, onde ele trabalhava. Naquela época, quem também trabalhava no correio, na tesouraria, era Ilídio Machado – diz-se que foi na casa dele que foi fundado o MPLA, mas eu acho que é calúnia.

... Estou a brincar, hein? Corte o que acabei de dizer, não quero problemas...

Fato é que o Ilídio trabalhava no correio e era uma pessoa querida por todos. Às vezes também ele aparecia no Rialto. Numa dessas ocasiões, já depois de ter bebido bastante, Faustino inventou toda uma história segundo a qual o meu contrabaixo, o Walker, estava assombrado pelo espírito do Sylvester Page e que quem quer que o tocasse se transformava numa espécie de matumbola, num corpo vazio, de que o espírito de Page se apropriava para voltar a tocar o instrumento. Um disparate, tudo aquilo, devaneios de bêbado, mas as pessoas acreditaram nele. Ainda hoje há gente que repita essa estória.

Faz-se tarde. Daqui a pouco vocês não terão luz para filmar. Deve querer saber por que ofereci o Walker a Faustino Manso, certo?

*

Então, vou-lhe dizer: porque inventei outra vida para mim, e o Walker era uma lembrança inútil e incômoda. Um estorvo, no caso, um volumoso estorvo. Um contrabaixo só é útil para dois tipos de pessoas: para um contrabaixista ou para um náufrago. O náufrago pode navegar dentro dele até uma ilha deserta e depois usá-lo para fazer uma fogueira. Eu era um náufrago que tocava contrabaixo.

Depois transformei-me noutra coisa.

*

E, finalmente, porque Faustino o merecia mais que eu. Se fosse norte-americano ele teria sido o Mingus. Mas era angolano, minha filha. Num certo sentido, foi mais longe que o Mingus.

Foi Faustino Manso.

(Caçadores de diamantes)

Brand Malan aguardava por mim, sentado de perna cruzada e fumando um charuto, a uma das mesas do Vida e Caffe, assim mesmo, com dois Fs, que é um dos poucos lugares em Cape Town onde se pode comer um bom pastel de nata e saborear um café decente. Levantou-se para me cumprimentar.

— Alegra-me ver-te de novo, Pouca Sorte!

Sentei-me, e logo um dos empregados me trouxe um café e um pastel de nata. Brand sorriu.

— Vês como eu gosto de ti? Nem precisas de dizer nada. Eu sei o que tu queres, já tinha feito o pedido...

— Sabes o que quero agora?

— Suponho que sim. — Retirou um livro de dentro de uma pequena mochila e empurrou-o na minha direção. — Com os cumprimentos do meu pai.

Diamonds Hunters, de Wilbur Smith. O senhor Malan tem um apurado sentido de humor e autoironia. Abri o livro e vi o envelope enfiado entre as primeiras páginas. Voltei a fechar o livro e guardei-o cuidadosamente na minha pasta. Bebi o café e comi o pastel de nata enquanto ouvia Brand contar como se divertira nos últimos dias, a dançar nas discotecas e a seduzir parolas. Parolas, o termo é meu. Que tipo de mulheres se interessa por um matuense tipo Brand?

Amanhã viajaremos juntos, de regresso a Angola.

(Um dia cinzento)

Há manhãs que parecem vir de muito longe. Chegam cansadas e frias, arrastando pelo chão o solene véu de noiva de uma fina neblina rendilhada. Vêm certamente de outra estação, muito ao norte, como aves migratórias ou como loiros expatriados, de pele muito branca, ainda confusos, assustados, esperando na fila a sua vez de mostrar o passaporte.

Por exemplo: nesta manhã.

Espreitei pela janela do quarto e vi Luanda a flutuar sobre as águas sujas da baía como uma Ofélia triste. Mandume deu comigo assim e estranhou.

— O que se passa?

(Eu, a triste Ofélia.) Há dias que me pergunta o mesmo. Há dias que não lhe respondo nada. Foi embora a balançar a cabeça. Também ele anda estranho. Conheceu uma menina de rua e decidiu salvá-la. Ao que parece, a garota tem aids. Uma tragédia. Uma, entre dez ou doze milhões de outras minúsculas tragédias, tantas quantas as vidas angolanas que uma meia dúzia de nacionais e outra meia dúzia de estrangeiros mantêm na mais extrema miséria por pura ganância. Ela, a menina, tem uns olhos enormes, muito mais maduros que o resto do corpo. A impressão que tenho é que está apaixonada por Mandume.

Liguei para Bartolomeu e pedi-lhe que viesse me ver. Algo na minha voz o assustou. Meia hora depois, batia à porta. Deixei-o entrar. Sentou-se no chão, encostado à cama. Prefere sentar-se no chão. Ia dizer-lhe "estou grávida", mas ele se adiantou.

— Fiz merda, minha querida! Engravidei a Merengue!
— Como?!
— Merengue está grávida.
— Há quanto tempo sabes disso?
— Há uns dias. Já te devia ter contado, tens razão. Mas ainda estou meio atordoado. Não consigo pensar direito.
— Bem, eu também estou grávida!

Bartolomeu começou a rir, mas depois viu-me muito séria e empalideceu. A seguir, fez algo que eu não esperava: levantou-se e abraçou-me. Abraçou-me como um homem abraça uma mulher. E eu – como poderia ser diferente? – desfiz-me em lágrimas.

(Uma surpresa)

O carteiro esperava por mim no saguão do hotel. Levantou-se ao ver-
-me chegar. Chama-se Hipólito e é como se imagina que um legítimo
Hipólito deva ser: um sujeito alto, desengonçado, com uma comprida
cara de cavalo e gestos lentos e cerimoniosos. Uma daquelas pessoas
que parecem sempre vestidas de terno e gravata, tudo em tons sombrios, mesmo quando não usam nada além de cueca.
— Menina Laurentina, chegou isso para si.
Estendeu-me um envelope castanho. Li o nome do remetente,
Seretha du Toit, e logo soube do que se tratava. Dei quinhentos quanzas
ao bom Hipólito; ele agradeceu com um singelo gesto e recuou. É como
se fosse o meu carteiro pessoal. Faz questão de me entregar a correspondência em mãos, esperando por mim o tempo que for necessário.
Eu pago-lhe a atenção, evidentemente, e assim tenho a certeza de que
nenhuma carta se extravia.

Dentro do envelope havia um cartão-postal de Seretha. Um leão a
rugir, larga juba dourada, olhos em brasa, e atrás, em tinta violeta, a letra imperiosa da coreógrafa:

"Minha querida,
conforme o prometido aqui vão cópias de algumas das cartas que
Faustino me enviou. Selecionei aquelas que poderiam ter mais interesse
para o vosso trabalho – e para si, em particular. Calculo que a esta altura
já você deva conhecer a verdade, ou o que quer que seja que se pareça

com a verdade, sobre o seu pai. Espero que não desista do documentário. Faustino Manso foi um músico extraordinário. Foi, sobretudo, um homem bom. Nos nossos países, nestas partes de África, sempre tão convulsas, a memória não é um bem de primeira necessidade, não se come, não nos podemos com ela proteger do frio e nem das doenças ou das calamidades – desprezamo-la. Todavia, não é possível construir um país sem investir na memória. Eu vejo-a como a uma construtora de memórias.

Aceite a minha amizade e o meu abraço solidário de mulher,
Seretha du Toit"

*

(As cartas de Faustino Manso para Seretha du Toit.
Alguns fragmentos.)

Lourenço Marques, 1962

"[...] Em certas noites, os meus sonhos são vermelhos. Graves vozes se erguem e ouço-as, receoso. Temo por ti, ao mesmo tempo que se enche de orgulho o meu pobre coração. Sei que no fim triunfarás. Devia ter permanecido ao teu lado, mas não sou, nunca fui, capaz de qualquer ato de coragem. Perdoa-me."

"[...] Não me foi difícil conseguir trabalho no correio. Todavia, noto, neste país, comparando com o meu, maior antipatia racial, uma desconfiança (olhares de viés, sussurros) compensada pela solidariedade de alguns colegas metropolitanos, que fazem questão de se deixar ver comigo em lugares públicos. Lembra um pouco a África do Sul, com a diferença de que este é um racismo confidencial, sem soberba, pois entre nós o discurso oficial exalta a ideia da mestiçagem. Chamam-lhe luso-tropicalismo. Prefiro assim. Quero dizer, entre um racista envergonhado e um racista orgulhoso, escolho o envergonhado. Antes quero sofrer a pequena traição, o comentário reles, mas em voz baixa, à agressão clara, ao murro explícito. Qualquer insulto magoa. Mas um murro magoa muito mais."

"[...] Descobri um lugar onde se toca algum jazz; nada que se pareça com o District Six, é claro, mas ainda assim bastante interessante. O Walker despertou entre os nativos natural curiosidade. Vamos ver o que acontece nos próximos meses."

"[...] Quando penso em ti e em Cape Town, o que me acontece sempre que não estou a pensar em ti e em Cape Town, do que sinto mais falta é tudo quanto a ti se relaciona: os amigos, as longas conversas em casa do Trevor (na cozinha) bebendo e fumando, e fumando e bebendo e fumando. Vez ou outra a Thulisile fazia um bolo. Servia-nos pratinhos com queijo. O Trevor e a Thulisile a fumarem *dagga*. O Milton já bêbado a repetir as mesmas anedotas sem graça e rindo delas, sozinho, em sacudidas gargalhadas. O riso dele provocava-me sempre uma espécie de angústia, era uma maneira de chorar, não fiquei muito surpreso ao saber que se suicidou. Lembras-te de uma ocasião em que o Frank apareceu e tocou piano e eu o acompanhei com o Walker, e tu, finalmente, te juntaste a nós com um saxofone? Não me recordo a quem pertencia o saxofone. Mas lembro que surpreendeste toda a gente. Não a mim, que sempre admirei o teu fôlego – e o teu fogo. O teu fogo íntimo. Ah, Bailarina, a falta que tu me fazes!"

"[...] Tenho andado a dormir muito mal. Voltaram os pesadelos. Ou melhor, o pesadelo, pois, como bem sabes, é sempre o mesmo, ainda que assuma formas bem diversas: naquela manhã em que regressei para casa, com um braço magoado, depois de ter caído com a minha Scooter, e encontrei a minha mulher no quarto do Ernesto. Se tivesse ido trabalhar, mesmo com o braço magoado, nunca teria saído de Luanda. É claro, também não teria te conhecido. Vê como são as coisas, um motorista distrai-se num cruzamento, a olhar as curvas de uma mulata, e atropela um pobre tipo numa Scooter. Nada grave, apenas alguns arranhões no braço direito do indivíduo atropelado, e tudo se resolve rapidamente com um sincero pedido de desculpas e uma troca de comentários brejeiros sobre a periculosidade das mulatas. A mulata podia ter-se demorado mais um minuto em casa, a compor a maquiagem, e nada teria acontecido. O motorista podia ter-se atrasado a engraxar os sapatos enquanto tomava a bica, no café do costume, e nada teria acontecido. Eu próprio poderia ter-me limitado a passar por uma farmácia, para um curativo rápido, e ter seguido depois para o correio. Penso muito nisso enquanto estou estendido na cama, à noite, tentando eludir os pesadelos. Refaço, minuto a minuto, o dia daquele motorista e daquela moça. É uma espécie de jogo. Chamo-lhe o Jogo de Deus e das Coincidências. Imagino que, se conseguir jogá-lo com suficiente convicção, acordarei no dia seguinte ao lado de Anacleta."

"[...] Ocorreu-me agora que as coincidências excluem Deus e Deus exclui as coincidências. Quanto a mim, creio mais em Deus que em coincidências, mas receio mais as coincidências que Deus. O fato de não ser possível acreditar simultaneamente em Deus e em coincidências é algo que não me preocupa. Nós, os crioulos – é assim que nos define um amigo meu, Mário António de Oliveira, um dos maiores intelectuais que Angola tem –, nós, os crioulos, conseguimos conciliar o inconciliável. Somos um paradoxo de sucesso."

Lourenço Marques, 1963

"[...] Prometi ser sincero contigo e contar-te tudo. Serei sincero. Há dias caí doente. Dores no corpo. Calafrios. Pensei logo que fosse paludismo, mas achei que poderia recuperar sem ajuda. Na manhã seguinte, porém, estava ainda pior, a arder em febre, de forma que telefonei a um amigo, que me levou ao hospital. Julgo que passei um mau bocado. Em determinada altura, acreditei que tinha morrido. Lembro-me de abrir os olhos e dar por mim a flutuar entre o suave fulgor de nuvens muito brancas. Pensei: *Afinal a morte é branca*. Depois, eu a vi, um anjo negro, e veio-me à memória a canção do António Machín, 'Angelitos Negros'. Ela chama-se Elisa e é enfermeira. Uma menina ainda, mas tão forte quanto tu e sem o estorvo dos escrúpulos. Irá muito longe – em todo caso, mais longe que tu."

Lourenço Marques, 1965

"[...] Os nacionalistas moçambicanos já estão a operar no Niassa, ao longo da lagoa, e ameaçam os terminais ferroviários da linha de

Nacala. Os brancos andam nervosos. Por vezes surpreendo um ou outro a olhar-me com desconfiança, mas também (é curioso) com uma espécie de temerosa admiração. Parece impossível, mas muitos colonos não acreditavam que os negros portugueses, ou ditos portugueses, pudessem se revoltar e que essa revolta fosse capaz de colocar em xeque a sua presença aqui. Ainda agora muitos acreditam que Portugal ficará para sempre em África."

Lourenço Marques, 1969

"[...] Não te zangues comigo, meu amor, mas aconteceu de novo. O que queres? Deu-me a natureza um coração indomável e a felicidade de atrair a atenção das mulheres. Neste caso, ela chegou pelo ar, o céu é o seu elemento, e, por isso, mais que qualquer outra, creio que se justifica que a tenha confundido com um anjo. São muitos anjos, bem sei, consigo ouvir daqui os teus justos protestos. Não haveria galinheiro para guardar todos. No entanto, perdoa-me se insisto: a Alma é especial, tão especial que nunca a terei só para mim, bem sei, o mais que posso ambicionar será viver a intervalos – nos intervalos em que estou com ela – e hibernar nos restantes. [...] Queres que a descreva? Vou tentar: esguia e flexível e muito clara, um sorriso como flores no deserto. Olha-se para ela e tem-se a sensação de que não a sujeita a força da gravidade nem, a bem dizer, força alguma. Não sujeita mesmo. Saiu da casa dos pais, em Moçâmedes, muito jovem e foi na boleia até Joanesburgo. Trabalhou como garçonete num restaurante, ao mesmo tempo que tirava o brevê. Conheci-a no Polana, onde, como já te disse, estou trabalhando. Um pianista acaba por conhecer imensa gente."

Lourenço Marques, 1970

"[...] Vou deixar Lourenço Marques. Elisa convidou-me a sair de casa. Suspeito que mantém, há vários meses, um *love affair* com um advogado bastante conhecido aqui na praça. Em todo caso, o nosso casamento, se é que lhe posso chamar casamento, já estava morto e cheirava mal. Lamento pelos meninos, mas também por eles não me resta outro caminho. Não tenho armas nem coragem para lutar contra Elisa. Ela foi muito clara. 'Estás a atrasar a minha vida', disse-me. 'Estás a prejudicar o futuro das crianças.' Elisa diz essas coisas terríveis, e outras ainda piores, sem jamais levantar a voz. A voz dela continua a mesma, exígua e mansa como sempre foi; o corpo, sim, mudou. É como imaginar um leão que conseguisse impor a sua autoridade miando como um gato."

"[...] Decidi fixar-me em Quelimane. Um amigo, goês, propôs-me sociedade num negócio de tecidos. Ele tem uma loja em Quelimane e necessita de alguém para a administrar. Não sei se alguma vez te contei isto, mas possuo certa experiência no ramo, comecei a vida a trabalhar numa loja de tecidos, em Luanda, propriedade de um irmão do meu pai."

Quelimane, 1970

"[...] Aqui estou eu, junto ao rio dos Bons Sinais, em mais uma reencarnação. Sim, sou ainda Faustino Manso, músico e compositor, mas sou também o senhor Faustino, do Bazar Central – pessoa, aliás, mais respeitada que o músico. Consegui um quarto num antigo casarão colonial, um edifício magnífico, pertença de uma família outrora próspera e hoje quase arruinada. A último descendente dessa família é uma atraente jovem senhora chamada Ana, Ana de Lacerda, que aqui vive na companhia de uma velha aia. Ana é uma mulher viajada. Estudou artes em Paris e lá estava em maio de 1968 quando os estudantes incendiaram as ruas. Esses dias marcaram-na muito. Andou também nas barricadas. Regressou às pressas a Moçambique para acompanhar a mãe nos seus últimos dias, e isso salvou-a, digo eu, da revolução. Tem um pôster do Mao na sala de jantar, ao lado do retrato do avô, um senhor de farto bigode e olhos graves e curiosos. Olheiras fundas. Tenho certeza de que não aprova as ideias da neta."

"[...] Há um novo inquilino no casarão dos Lacerda. Um simpático professor de português, chamado Dário, que parece fazer mais sucesso que eu entre as mulheres. Jogamos xadrez, depois do jantar, enquanto tomamos chá. Conversamos muito sobre tudo e mais alguma coisa, exceto política. Nem ele, nem eu entendemos muito de política."[26]

Quelimane, 1972

"[...] Tenho passado alguns fins de semana, quando posso estendê-los por mais dois ou três dias, na Ilha de Moçambique. Estou apaixonado por aquele pedaço de terra, pelo mar, de um verde-esmeralda como só encontrei nos teus olhos. Mergulho no mar imaginando que estou a mergulhar em ti, que navego por teus sonhos e teus segredos. Vem ter comigo outra vez. Foi tão bom rever-te. Se vieres, prometo fazer-te uma canção. Se não vieres – tanto pior –, irei eu ter contigo, mesmo me arriscando a afrontar a Lei da Imoralidade. Todas as leis. A fera besta da estupidez."

Quelimane, 1973

"[...] Soube pela Thulisile da tua prisão. Foi também ela quem me deu o endereço para onde envio agora estas poucas palavras. Espero que cheguem a ti com a força com que neste momento as coloco no papel. Amo-te muito, amo-te sem esperança e sem promessas, que é o amor mais puro e mais autêntico que o coração de um homem pode experimentar. Saber-te presa é saber-me preso. Ando pela cidade com o pensamento em ti. 'Por onde andas tu?', perguntam-me, e eu respondo: 'Por Seretha'. E há quem pense que é algum subúrbio de Quelimane. Tenho aprendido tanto contigo, sobretudo o valor da dignidade, que, olhando para trás, nem reconheço quem fui antes de te conhecer: amo-te!"

---

26. A referência ao meu pai deixou-me por instantes transida de espanto. Sentei-me a reler a carta, esta passagem, uma e outra vez, e então – de repente – compreendi a razão por que Juliana se parece tanto comigo (ou eu com ela).

Quelimane, 1974

"Nesta manhã, um colega interrompeu uma das minhas aulas. Chamou-me à porta e segredou-me: 'Aconteceu uma revolução em Portugal, mas ainda não se sabe se é das direitas ou das esquerdas'. Terminei a aula e fui direto para casa escutar a rádio. Encontrei a Ana eufórica. Colocou uma bandeira da Frelimo na janela. Gritou-me: 'Agora, sim, é a independência!'.
Quando receberes esta carta, já haverá certamente mais notícias de Lisboa. Eu nem sei bem o que pensar. Ajuda-me tu [...]."

"[...] Começou a confusão. Estou neste momento a ouvir o Rádio Clube de Moçambique. Uma voz de mulher pede à população de Nampula para se reunir na frente do governo. 'Este movimento espontâneo está triunfante por todo o lado', diz a mulher. Agora é um tal Comandante Roxo que fala: 'Atenção, Niassa; atenção, Reserva de Intervenção e gê-és, é o vosso Comandante Roxo que vos fala, é o vosso Comandante Roxo que vos fala, daqui de Lourenço Marques, estejam prontos a atuar se necessário. Povo do Niassa, reúna-se e faça manifestações a favor do movimento de libertação de Moçambique'. Ana anda pela casa, aos gritos: 'Reacionários! Fascistas! Querem transformar Moçambique numa nova Rodésia. Não passarão!'. E depois, ironizando: 'São loucos! Com um Comandante Roxo, onde é que estes tipos pretendem ir?'. O que eu mais admiro nela é o fato de ser capaz de ver o lado ridículo das coisas, mesmo quando essas coisas mostram mais os dentes que o seu lado ridículo e se preparam para a morder. Também os colonos que ocuparam o Rádio Clube parecem ser capazes de algum sentido de humor, ainda que involuntário. O slogan deles é 'Todos unidos jamais seremos traídos'. Daria vontade de rir, não fosse o fato de essa comédia ter tudo para terminar em tragédia."

Ilha de Moçambique, 1975

"Meu amor, preciso desesperadamente da tua lucidez, do teu conselho. As últimas três semanas foram das mais difíceis e turbulentas que já vivi desde que saí de Luanda. Há um mês, esperava mais um filho, fruto de uma ligação com uma moça desta Ilha, Alima; pensava a sério em casar-me com ela, casar-me realmente, pedir o divórcio para Anacleta e casar-me, quando adoeci e, na sequência de uma série de testes médicos, vim a descobrir algo que me deixou prostrado durante vários dias: sou estéril. Sempre fui. Estava nisto, fechado em casa, numa profunda depressão, quando recebi um telefonema de Luanda a informar-me que o meu irmão, Ernesto, fora assassinado, na própria casa, vítima de bala perdida. Poucos dias mais tarde, chegou-me às mãos uma carta de Anacleta. Pede-me perdão, jura que sempre me amou. O que havia entre ela e o Ernesto era um pacto – ela chama-lhe pacto –, porque me queria muito e tinha medo que a deixasse se me não desse filhos.

O que devo fazer?

Há dias que não consigo dormir. Sinto a cabeça a estalar. Estendo-me na cama e é como se a noite se deitasse sobre mim, como se me esmagasse a noite, com todo o peso da escuridão.

Ajuda-me, por favor. Só posso contar contigo.

Entretanto, lá fora, há um mundo que se acaba e outro que se prepara para nascer, e eu não sei muito bem a qual pertenço."

Luanda, Angola
4 de março de 2007
(Um e-mail de Karen Boswall)

"Continuo a trabalhar no documentário sobre os dugongos. Como sabes, os barcos a vela dos árabes cruzam mais ou menos as mesmas águas, quentes e protegidas, entre o trópico de Capricórnio e o trópico de Câncer, frequentadas pelos dugongos. O que talvez não saibas é que existe uma lei, ainda hoje em vigor, segundo a qual é proibido manter relações sexuais com golfinhos e dugongos dentro dos barcos. Ocorreu-me que talvez as sereias tenham nascido desse comércio carnal, não só estranho, mas ilícito. Talvez, no decurso dos séculos, alguns pescadores tenham se apiedado de uma ou outra fêmea dugongo – ou se apaixonado por elas. Pode ser que, depois de as violarem, devolvessem-nas grávidas ao mar.

Nas entrevistas que realizei com os ilhéus de Bazaruto, todos insistiram na ideia de que não é possível confundir um dugongo com uma sereia. 'Que pergunta estúpida!', disseram-me. 'São completamente diferentes. Os dugongos possuem mamas grandes, e quando têm bebês, mergulham de costas com um filho a mamar de cada lado.'

Sabes que a caixa onde encontraram as pedras nas quais Moisés escreveu os dez mandamentos foi confeccionada com pele de dugongo?

Espero poder contar-te muito mais em breve, ao vivo.

Beijos,

K. B."

(O senhor Malan)

Eu e o senhor Malan. Os dois sentados sobre a falésia e, ao fundo, diante de nós, o liso mar sem fim. O senhor Malan tem barba branca, a qual ele acaricia, vez por outra, com a mão esquerda. Com a direita, segura um cachimbo. Poderia escrever aqui "um pensativo cachimbo", trocando cigarro por cachimbo, para se ver que também eu li Eça de Queirós. Um pensativo cachimbo, pois. Diz-me:

— Nós, os africanos...

Fala comigo em inglês. Fala inglês como se tivesse pedras na boca, que é a maneira que esta gente, a gente dele, tem de falar inglês. Diz-me:

— Nós, os africanos, sabemos que o melhor chão está quase sempre coberto de espinhos.

Olha para mim a direito, olha-me nos olhos com os seus olhos francos, muito claros, enquanto diz "Nós, os africanos". Entendo o que ele quer. Acho que entendo. Também este, como o outro branco, lá no Karoo, procura levar-me para o seu lado. Eu, porém, não estou em lado algum. Sou de passagem, o que é diferente de estar de passagem. Sou o que não tem lugar em lugar nenhum. Todavia, concordo com ele, com um leve aceno de cabeça, por questão de cortesia. A minha concordância (a minha cortesia) o anima. Ergue um pouco a voz.

— Quando digo boa terra, posso estar a referir-me, por exemplo, ao povo angolano. Os espinhos são os dirigentes deste país. — Ri. — Você sabe muito bem, Albino, você sabe que eu vim para cá de boa vontade, de peito aberto, trabalhei muito, mas, quando dei conta, tinham-me roubado tudo. A minha fábrica, aquela fábrica, já lhe disse isto? Não havia outra igual aqui nem na Namíbia, tampouco na África do Sul. Enquanto ela não deu lucro, enquanto só deu trabalho, não tive problemas. Porém, mal comecei a ganhar dinheiro, logo apareceu o governador a rondar, interessado, e depois um general, e depois alguém ainda mais acima.

Conheço a história. A história nunca muda, mudam apenas os nomes. Sei de cor, inclusive, o discurso oficial: cabe-nos o esforço de construir uma burguesia nacional, e já agora, rapidamente, os meios importam pouco. Outros países, hoje muito respeitáveis, viveram processos semelhantes. Respeitabilidade é o nome que os ricos dão ao esquecimento. Trata-se de recuperar o que nos foi roubado. Essa frase, então, acho-a um primor. Escutei-a, deliciado, de pessoas muito diversas. Algumas de lágrimas nos olhos, sinceras, o coração nas mãos.

— Trata-se de recuperar o que nos foi roubado.

Outras com um sorriso cúmplice, mortas de rir.

— Entendes? Trata-se de recuperar o que o colonialismo nos roubou.

Ao senhor Malan, reconheço, assenta mal, tirando a cor deslavada, a pele de colono. Bem sei que, se eu ousasse defendê-lo com tal argumento (nunca o faria, não sou parvo), logo alguém haveria de retorquir:

— Não é colono?! Pois olha, é pior, é carcamano, não nos roubou, mas roubou de nossos irmãos negros, sul-africanos. Além disso, esqueceste que em 1975 eles entraram aqui, a partir tudo, desde Moçâmedes até Novo Redondo. Este agora está a pagar. Paga ele pelos outros.

Certo. Volto a balançar a cabeça, ligeiramente, em sinal de concordância. O senhor Malan já nem presta atenção. Vai direto:

— ... De forma que o que estou a fazer nem sequer pode ser considerado roubo. Estou apenas a recuperar o que me roubaram...

Ah, bom! Certo. Pelo visto, é um discurso mais popular do que eu imaginava. Com uma ligeira adaptação aqui e ali, pode ser utilizado por todo tipo de ladrões. Quanto a mim, não me importo. O senhor Malan descobriu diamantes e sabe extraí-los sem levantar alarido. A mim cabe apenas escondê-los na carrinha e chegar com eles a Cape Town. Faço isso tranquilamente, nunca tive o mínimo problema, já faz uns bons cinco anos. É um trabalho fácil e lucrativo. Estou, pouco a pouco, a criar a minha reforma. Dentro de cinco ou seis anos, terei dinheiro para comprar uma vivenda em Cape Town, virada para o mar. Poderei sentar-me no jardim, a ler e ver passar os barcos. Poderei, finalmente, começar a esquecer – e a ser esquecido.

(Quase no fim, ou talvez não)

A luz, ou o que resta dela – um fio, uma suposição –, surge pelas janelas abertas, misturada com a umidade e o salgado rumor do mar, e deixa-se depois cair exausta sobre os lençóis muito brancos. Alfonsina está sentada na cama, com as pernas cruzadas e o tronco direito, em posição de lótus. Mantenho-me de costas para ela, mas a vejo refletida no espelho do guarda-roupas. O ar parece arder (deve ser do espelho), carregado de ferrugem.

— E então... — sussurra. — Agora podes beijar-me?

Agora, isto é, agora que sei que o corpo magro de Alfonsina serve de prisão a uma mulher de trinta anos, trinta e poucos. Agora que confirmei a extraordinária história da sua vida, pois vi documentos e ouvi-a falar de acontecimentos que uma garota de onze anos, praticamente analfabeta, não poderia conhecer.

Minúsculos mosquitos albinos, pequenas borboletas tímidas, flutuam ao redor. Estão parados. Estão como parados. O tempo se detém, mas o meu coração continua a bater. Tenho as mãos úmidas (enxugo-as na calça). Um peso no peito. Vem-me à memória um episódio que não recordava havia muito tempo. Numa ocasião, quando era criança, não devia ter mais de cinco anos, os meus pais me deixaram na casa de uma amiga. Ela perdera uma filha e tinha um quarto cheio de bonecas. Deitaram-me numa pequena cama, no quarto da menina morta, e adormeci. Acordei no meio da noite, sem saber onde estava, e olhando ao redor vi as bonecas, dezenas delas, a toda a volta, muito loiras e pálidas e com uns olhos enormes. Vigiavam-me. Acho que não dormi o resto da noite, aterrorizado, ou dormi, mas foi como se não dormisse, porque mal fechava os olhos as bonecas transportavam-se para os meus sonhos. Não sei por que me lembro das bonecas. Faço um esforço enorme e volto-me para Alfonsina. Sento-me na cama, na outra ponta da cama.

— Não sei — digo-lhe. E realmente não sei. — Não sei se posso.

Alfonsina se ergue, segura o vestido pela barra e tira-o pela cabeça. Agora, penso, agora que sei tudo. Nesta manhã Laurentina me disse "Temos de falar" e começou a falar antes que eu tivesse tempo de me proteger. Não a deixei chegar ao fim.

— Eu sei. Não digas mais nada. Sei tudo.

Ou quase tudo. Basta-me rever, e tenho feito isso sem descanso, ao longo dos últimos dias, as horas e horas que gravei com ela, para saber exatamente em que minuto, em que lugar, comecei a perdê-la. Vejo o sorriso dela a abrir-se no rosto moreno, os olhos a iluminarem-se (16h52), e ouço-a dizer: "Meu Deus! É tão lindo o teu país!".

A boca em grande plano. Os lábios vermelhos. Os dentes como clarões. A seguir a câmara se afasta, e uma cordilheira imponente começa a erguer-se, muito ao longe: falésias ásperas, amarelas, recortadas contra o azul brilhante do céu. Novo cenário: chove. Eucaliptos abraçam a estrada. Vacas cruzam a chuva como barcos lentos num rio plácido. A mão dela pousa no ombro de Bartolomeu (17h32). Imagens distorcidas pela água que escorre nas vidraças.

Sim, meu amor, só desconheço, e quero continuar a desconhecer, os pormenores. Naquela noite, em Cape Town, eu estava acordado quando tu chegaste, às três e tal da manhã. Ouvi-te, no corredor, a conversar com Lili (Lilith?), a portuguesa ruiva, historiadora ou bibliotecária, já não recordo, por quem Bartolomeu mostrou interesse (ou o contrário). Não te disse nada nessa altura nem na manhã seguinte, porque não queria envergonhar-te. Também não te disse nada quando descobri, por acaso, ao abrir um dos livros que tens andado a ler (*Ada ou Ardor*, do Nabokov), o resultado positivo de um teste de gravidez. Até para me trair te revelaste desatenta.

Fecho os olhos, e, quando volto a abri-los, caiu a noite. Torno a fechá-los, e caiu a noite. Não me apetece abri-los nunca mais.

(A invenção de Moran)

No Cazenga, enquanto nos despedíamos de Arquimedes Moran, perguntei-lhe para que serviam as estranhas máquinas abandonadas no quintal. Bartolomeu fizera-lhe a mesma pergunta, ao chegarmos, mas o velho iludira a resposta:
— Sonhos — retorquira. — Velhos sonhos ferrugentos.
Comigo foi mais explícito. Disse-me que havia inventado uma máquina capaz de produzir arco-íris. A referida máquina, assegurou-nos, tinha capacidade de produzir não apenas arco-íris normais, mas também duplos e triplos, e até alguns invertidos ou enrolados nas pontas. A estes últimos ele deu o nome de "arco-íris perversos", creio que partindo da etimologia da palavra, "virado às avessas", e não por supor que tais fantasias coloridas fossem capazes de atentar contra a moral pública e os bons costumes.
Arquimedes Moran acreditava que a sua máquina poderia transformar-se num extraordinário divertimento público, superando inclusive o interesse pelos fogos de artifício. Infelizmente, decidiu construir as máquinas no fim dos anos 1970, em plena ditadura marxista, período não muito favorável à poesia. Terminara o último protótipo quando lhe entrou pela casa um grupo de agentes da segurança de Estado. Um vizinho o denunciara. Segundo o vizinho, cidadão norte-americano, provável agente da CIA, vinha construindo no quintal estranhos aparelhos destinados a se comunicar com o inimigo. Moran foi imediatamente algemado e conduzido à prisão de São Paulo. Durante três semanas, partilhou uma minúscula cela com um jovem alto, muito magro, muito

febril e exaltado, que lhe explicou a diferença entre o comunismo e o social-fascismo, e porque a revolução soçobrara em Moscou, mas triunfara em Tirana. Ao fim desse tempo de involuntária instrução revolucionária, levaram-no à presença de um homem simultaneamente "muito amável e muito desagradável".

— Sente-se — disse o homem, indicando-lhe uma cadeira. — Informei-me sobre o camarada. Sei que veio parar aqui por um lamentável equívoco. São tempos difíceis estes nossos, tempos difíceis para os sonhadores. Vi-o tocar algumas vezes no tempo colonial. Na minha opinião, o fato de o camarada ter abandonado o campo capitalista e escolhido viver entre nós, ter escolhido ser angolano, representou uma enorme vitória sobre o imperialismo norte-americano. Infelizmente nem todos os nossos camaradas pensam assim, são atrasados, são matumbos, o que se há de fazer? De forma que lhe recomendo cautela. Há um carro, lá fora, para levá-lo a casa. Esqueça, por favor, que esteve neste lugar. Foi um sonho mau. Já passou...

Assaltou-me um pressentimento. Perguntei-lhe se, por acaso, o interrogador não se chamaria Monte. Magno Moreira Monte. O velho olhou-me, num breve sobressalto.

— Exatamente. Vejo-o volta e meia, aqui ou ali, sobretudo nos poucos concertos de jazz que acontecem na cidade. Cumprimentamo-nos com um aceno. Fingimos ambos que aquilo que aconteceu nunca aconteceu. Monte também estava no funeral de Faustino, sabia? Nessa altura veio ter comigo e disse-me que salvara alguns papéis do tempo em que trabalhava para o governo, papéis esses ligados a Faustino Manso e que gostaria de entregá-los à viúva.

— E entregou-os?

— Não. Aconselhei-o a não aborrecer dona Anacleta. Você sabe, menina Laurentina, os tempos mudaram, pode não parecer, mas hoje eu sou muito mais forte que ele. Vivo nesta casa, assim, nas condições em que está a ver, porque quero. Porque gosto de viver aqui. Mas juntei ao longo dos últimos anos bastante dinheiro. Conheço todo tipo de gente, os bandidos que deram certo e os que não deram. Monte, pelo contrário, é um pobre-diabo. Assim, disse-lhe para não incomodar dona Anacleta, quero que a minha comadre possa viver descansada os anos que lhe restam. Para que importuná-la com o passado?

— E as máquinas? — quis saber Mandume, que parece cada vez menos interessado na história de Faustino Manso. — Essas máquinas realmente funcionam? Nunca pensou em recuperá-las?

Arquimedes Moran olhou-o enfastiado.

— Já vos disse, também os sonhos não resistem à ferrugem. Entretanto, envelheci. Compreendi o óbvio. A verdadeira beleza não se pode aprisionar, não se repete, e não se prevê. Um arco-íris será belo enquanto permanecer indomável.

(Onde se revela o segredo de Albino Amador)

Cheguei ontem a Luanda após dez horas de estrada. Saí de Benguela às nove, e já passava das dezoito quando finalmente alcancei as portas da cidade. Depois foram mais duas horas para vencer o trânsito. Luzes e metais em convulsão, a multidão a explodir de ódio. Os rádios aos gritos dentro dos carros. Em alguma curva, ferros retorcidos. O sangue escuro a brilhar sob os faróis. Ando nisso há anos e não me habituo. A boa notícia é que os chineses avançam muito rapidamente na reconstrução da estrada. Acho que foi a última vez que enfrentei os buracos da Canjala.

Nesta manhã encontrei-me com Bartolomeu no Café del Mar.

— Dá-me os parabéns! — disse-me. — Vou ser pai.

Voltou a tratar-me por tu. Na verdade, trata-me agora como se nos conhecêssemos desde sempre. Talvez pense que somos amigos. Não somos, mas não me compete informá-lo disso.

— Engravidaste Laurentina?

Olhou-me surpreso, até um pouco desconfiado.

— Como sabes que foi Laurentina?

— Intuição feminina...

— Feminina?

— Feminina, sim! A minha porção mulher é a minha porção melhor. Quem dera pudesse todo homem compreender ser o verão o apogeu da primavera.

Bartolomeu não deve ouvir muito Gilberto Gil. Uma questão de geração. Olhou-me com estranheza – como se olha um louco manso –, mas não me contestou. Em vez disso, sorriu, triunfante.

— Na verdade, vou ser pai duas vezes. Engravidei também Merengue, a minha prima.

Senti náusea. A voz saiu-me rouca:

— E, então, a irresponsabilidade te enche de orgulho?

— O que queres dizer?! — Empalideceu. — Mas que porra de conversa é esta?!

— Tens razão. Não tenho nada a ver com isso. O problema é teu.

— Não tens mesmo! Deu-te para ser padre outra vez? Uma recaída? Aliás, quem és tu para me dares lições de moral?

Levantei-me, tirei algum dinheiro e deixei-o sobre a mesa. Bartolomeu levantou-se também. Segurou-me o braço.

— Não te chateies, Pouca! Não vale a pena...

Nem respondi. Mandume foi embora há dois dias. Lamento. Teria gostado de me despedir dele. Quando cheguei em casa, encontrei Mefistófeles extremamente ansioso. Mefistófeles – ainda não vos falei dele – é um gato. Bem, não exatamente um gato: digamos que é um gato, mas luxuosamente vestido, com uma pelagem de um negro profundo, sobre a qual sobressaem, como estrelas a brilhar na noite, pequenas pintas brancas. Encontrei-o na Canjala, estendido na beira da estrada, com uma perna partida. Não opôs a menor resistência. Peguei-o e coloquei-o no assento ao meu lado. Assim que cheguei a Luanda, levei-o a uma veterinária, amiga minha, que o tratou.

— Este animal não é um gato — preveniu-me. — Mal esteja recuperado, vais ter de levá-lo de volta à floresta.

Quis saber por que, assemelhando-se tanto a um gato, exceto na roupa, Mefistófeles não se pode considerar gato. Ela riu.

— Porque tem outros hábitos. O hábito, realmente, não faz o monge, o que faz o monge são os hábitos, os bons e os maus hábitos.

Mefistófeles acalmou-se depois que me viu. Estendeu-se aos meus pés e adormeceu. Suponho que gosta de mim. Somos feitos da mesma matéria que os pesadelos, e ele sabe disso. Em 1988, matei um rapazinho. Foi acidente. Ele estava me chantageando. Tinha fotos comprometedoras e ameaçava divulgá-las. Durante seis meses, fui-lhe dando dinheiro. Bastante dinheiro. Numa noite apareceu em minha casa, e eu disse-lhe que não estava disposto a pagar-lhe nem mais um dólar. Discutimos. O rapaz era um marginal, um pequeno ladrão, e costumava andar armado. Apontou-me uma pistola. Eu estava tão desesperado que, em vez de acalmar, reagi. Lutei, lutamos. Caímos ambos no chão, e a pistola disparou e ele ficou imóvel. Foi assim. Simples assim. A morte é muito fácil. Passei sete anos na cadeia. Perdi o futuro, os amigos, a família. Perdi tudo, exceto a memória.

(A última fala de Mandume)

Só compreendi que já não era eu, ou que eu já era outro, quando, de manhã cedo, desembarquei em Lisboa. Uma luz muito limpa surgia sem pressa pelas colinas da cidade. Estranhei o silêncio, a clara geometria das coisas. As ruas deslizando num suave murmúrio. Não me contive, exclamei feliz:

— Lisboa está tão bonita!

O taxista voltou-se para mim (contra mim), indignado.

— Como?!

— Lisboa! Está tão bonita...!

— Lisboa está bonita?! Bonita?! Como pode dizer um disparate desses? Isto nunca esteve tão mal, uma choldra! Você não percebe porque é estrangeiro...

— Eu não sou estrangeiro, meu caro senhor, sou português!

— Você é português?! Ah! Ah! Então eu sou sueco...!

Há uns três meses talvez tivesse preferido ignorar o comentário. Agora, não. Expliquei-lhe que havia nascido em Lisboa, filho de pais angolanos, e que podia por isso ter escolhido ser angolano. Mas escolhera ser português. Ele, o desgraçado, não tivera escolha – era português por imposição do destino. O homem olhou-me, atordoado, e não retorquiu.

Alfonsina foi se despedir de mim no aeroporto. Forcei-a a aceitar todo o dinheiro que trazia comigo (é claro que não é solução, não há solução!) e prometi-lhe regressar em breve.

Evidentemente, não regressarei.

(Faustino Manso e a segurança do Estado)

Confesso que, depois de tudo que ouvi sobre Magno Moreira Monte, fiquei um pouco receosa de encontrá-lo sozinha. Por isso insisti que Bartolomeu fosse comigo. Achei-o, afinal, invulgarmente sofisticado e atencioso, embora, sim, os olhos – a forma como os finca no interlocutor – sejam um pouco assustadores. Excluindo os olhos, é, fisicamente, um tipo insignificante: mirrado, quase calvo, com barba grisalha, áspera e mal aparada, como um aposentado de pijama. Levantou-se assim que nos viu chegar, apressando-se depois a puxar uma cadeira para que me sentasse.

— Faça favor, menina, por obséquio...

Um boteco tosco, armado em cima do passeio, no alto do Quinaxixe, com vista para o caos urbano e meio submerso pelo violento ruído do trânsito. Uma barraca com teto de lona, em pirâmide, três mesas de plástico, meia dúzia de cadeiras. O conjunto chama-se Chapeuzinho, e eu não teria dado por ele sem as indicações de Monte.

— Então você é a caçula de Faustino Manso?

Confirmei, intimamente envergonhada pela pequena mentira. Monte pareceu farejar a minha hesitação. Debruçou-se sobre mim.

— Vi-a no funeral. Imagino que tudo tenha sido muito difícil para si. Encontrar o seu pai e perdê-lo logo a seguir. — Voltou a recostar-se e fechou os olhos. De olhos fechados era absolutamente inofensivo. — Faustino Manso foi um músico extraordinário, mas, infelizmente, poucos deram por isso.

Bartolomeu, que até então mal falara, quis saber se Monte trouxera os papéis de que falara a Arquimedes Moran. O ex-policial lançou-lhe um vago olhar de desprezo e ignorou-o. Continuou a falar comigo, apenas comigo, como se estivéssemos os dois sozinhos, como se não estivéssemos ali, debruçados sobre o caos, e sim num café elegante, trocando impressões sobre a situação política na África Austral, filmes e livros, além de curiosidades da vida animal. O que eu achava de Kapuscinski? Se lera o *Ulysses*, de James Joyce? E o *Livro do desassossego*? Na opinião dele, o fato de Fernando Pessoa nunca se ter referido à sua infância em África, sendo a infância uma referência fundamental na construção da identidade... essa misteriosa elipse explicaria o surgimento dos heterônimos (para falar com franqueza, não entendi a relação entre uma coisa e outra); falou ainda, longamente, sobre borboletas e besouros, formigas e formigueiros, abelhas, sereias e quiandas e como distinguir umas das outras. Enfim, calou-se. Sorriu, abriu uma mala de couro, muito grossa, e tirou de lá um pequeno dossiê de capa verde.

— São cópias, é claro. Tem aí dentro bastante material sobre o seu pai. Relatos de escutas telefônicas, algumas cartas apreendidas pela extinta Direção de Informação e Segurança, relatórios de agentes, sei lá. Divirta-se.

Divirta-se?!

— Diga-me uma coisa, senhor Monte. Por que diabo a polícia secreta angolana se interessou pelo meu pai? Até onde sei, ele nunca manifestou a menor curiosidade por questões políticas...

Monte estremeceu, nervoso. Depois sorriu.

— Você é muito nova. Não faz ideia do que foram aqueles tempos. Um país ameaçado por todos os lados. Inimigos externos e inimigos internos. Não fôssemos nós, nada disto existiria. — Apontou para a praça, para a cidade que se estendia suja, miserável, a perder de vista. — Nada! Tente compreender. Faustino reapareceu em Angola em 1975, pouco antes da independência, depois de muitos anos a viajar pela África Austral. Ocorreu-nos que pudesse ser um agente do apartheid.

— O meu pai um agente do apartheid?!

— O que quer que lhe diga? Acha que o Bureau of State Security, da África do Sul, o famoso BOSS, de que você naturalmente nunca ouviu falar, acha que o BOSS enviaria para Angola um agente que se parecesse com a imagem que o vulgo faz de um agente? Se eu enviar um agente infiltrado para o meio de uma floresta, vou querer que ele se pareça com uma árvore, com um passarinho, com um ratinho, não vou querer que se pareça com um leão, sobretudo porque nas florestas não há leões.

Fiquei sem resposta. Bartolomeu agarrou o dossiê e se levantou.

— Vamos?

Monte ergueu-se, pressuroso, e veio ajudar-me a afastar a cadeira. Enquanto se despedia, com um ligeiro cumprimento, mendigo e altivo ao mesmo tempo, acrescentou que só me havia dado os documentos em sinal do muito apreço que lhe merecia a memória do meu pai. Fiquei feliz por não ter de lhe apertar a mão.

(Excerto de um relatório da Direção de Informação e Segurança de Angola, Disa, sobre o cidadão Faustino Manso, músico e funcionário público. Relatório não assinado.)

"[...] O indivíduo em causa é visto com frequência na companhia de um tal Arquimedes, elemento antissocial que se notabilizou, nos últimos anos do colonial-fascismo, como fornecedor de entorpecentes tradicionais (liamba) à burguesia branca. Consta ser cidadão norte-americano. Segundo um vizinho, Baptista Batista, revisor no *Jornal de Angola*, Arquimedes estaria a construir um complexo mecanismo óptico destinado a enviar informação militar para o regime racista do apartheid. Recorde-se que Faustino Manso viveu durante vários anos na África do Sul, depois em Moçambique, tendo regressado ao país recentemente. Acreditamos que seja agente infiltrado, em cooperação com o dito Arquimedes [...]."

(Excerto de uma chamada telefônica entre o cidadão Faustino Manso, músico e funcionário público, e Fátima de Matos, doméstica, sua amante, ou ex-amante, em Benguela.)

"Faustino Manso: Alô, Fatita?
Fatita de Matos: Alô, és tu, Faustino?! Meu Deus, és mesmo tu?

Faustino Manso: Venho sendo, meu amor, mas cada vez com mais dificuldade. Estou velho.

Fatita de Matos: Não digas disparates. Um homem como tu não envelhece. Velha estou eu. Velha e acabada. Onde estás tu?

Faustino Manso: Em Luanda, meu anjo. Voltei para Luanda.

Fatita de Matos: Voltaste para Anacleta?

Faustino Manso: Voltei.

Fatita de Matos: Depois de tudo o que ela te fez?

Faustino Manso: Ela fez-me o mesmo que tu me fizeste. Ambas me enganaram, não foi? Mas quero crer que também tu o fizeste por amor...

Fatita de Matos: Não sei de que estás a falar.

Faustino Manso: Sabes, sim, meu anjo.

Fatita de Matos: O que sei esqueci. Queria esquecer também as noites todas em que dormi sozinha, cheia de frio, um frio horrível, o frio de não ter o teu abraço. Sabes o que tem sido a minha vida? A minha vida tem sido um samba triste.

Faustino Manso: Lamento muito, sinceramente. Lamento do fundo do meu coração. Queria ter-te dado outra vida.

Fatita de Matos: Vens-me ver?

Faustino Manso: Não posso...

Fatita de Matos: Não podes ou não queres?

Faustino Manso: Não posso. Não posso errar outra vez.

Fatita de Matos: Não podes errar? Não podes errar com Anacleta, é isso? Porque eu sou um erro, fui sempre um erro na tua vida..."

(Excerto de um relatório da Direção de Informação e Segurança de Angola, Disa, sobre o cidadão Faustino Manso, músico e funcionário público. Assina o relatório o agente Ermelindo Lindo, dito Caxexe.)

"[...] Tendo-me sido incumbida a sigilosa missão de seguir o camarada músico Faustino Manso, suspeito de colaboração com o regime racista da África do Sul, cabe-me informar que lhe dei encontro na Cervejaria Biker, em alegre confraternização com um jovem militar de nome (ou alcunha) Babaera. Sendo este, como depois apurei, indivíduo natural do extremo sul, fronteira com o sudoeste africano, território ilegalmente ocupado pelo regime racista do apartheid, muito desconfiei de que o mesmo pudesse estar passando informação para o inimigo. Camaradas dele, porém, me asseguraram ter o referido militar enfrentado as tropas sul-africanas com extraordinária bravura quando, em 1975, elas invadiram o país [...]."

(Carta de Alima à sua filha Laurentina)

"Querida filha,

Escrevo-te esta carta com a ajuda de uma freira brasileira radicada aqui na Ilha e que domina as letras melhor que eu. Não quero tropeçar no português. Tenho vivido estes últimos dias, desde que partiste, numa grande intranquilidade. Espero rever-te em breve. Conversar com mais tempo. Recuperar os anos em que nos perdemos uma da outra. Entretanto, sinto que te devo uma verdade, a da tua origem. Sei que te disseram que o teu pai foi um músico angolano, que conheci ainda criança (eu era ainda criança), chamado Faustino Manso. Durante todo esse tempo, deixei que as pessoas pensassem assim, inclusive a minha família, para proteger o único homem que amei em toda a vida. Esse homem já era casado quando o conheci. Por coincidência, a esposa ficou grávida mais ou menos ao mesmo tempo que eu. Ele, o teu pai, é português. Foi embora antes que eu voltasse a mim (fiquei vários dias em coma, entre a vida e a morte), naquela confusão da independência, e nunca mais soube nada dele. Chama-se, ou chamava-se, rezo todos os dias pela sua saúde, Dário Reis. Talvez tu consigas encontrá-lo.

Envio esta carta para o endereço que me indicaste.

Beijo-te com muito amor.

Tua mãe,

Alima"

(Laurentina reencontra o pai)

Dário esperava-me no aeroporto. Entramos num táxi e fomos para o meu apartamento. Eu estava fria, distante, e ele logo percebeu isso, tenho certeza, mas não disse nada. Foi só quando nos sentamos à mesa, na cozinha, para tomar chá, que se atreveu a perguntar-me, timidamente, como correra a viagem e se tínhamos recolhido material suficiente para montar o documentário.[27] Finalmente, tossiu, tomou coragem e perguntou-me se acontecera alguma coisa, o que me preocupava. Olhei-o com cólera.

— Alima — disse-lhe. — Alima contou-me tudo.

— Então a encontraste. — Levantou-se e foi até a janela. — Supus que a pudesses encontrar.

— E que mais supuseste tu?

Olhou-me num espanto magoado.

— O que queres dizer?

— Não supuseste por acaso que Alima merecia saber a verdade?

— Tenta compreender, filha. Na época, achei que fosse a melhor solução. Afinal de contas, não podia ficar com as duas, certo?

— Com as três, já agora. Deixaste em Moçambique outra filha, Juliana. Conheci a mãe, dona Ana de Lacerda. Lembras-te dela, não lembras?

---

27. Sim, temos material suficiente. Dona Anacleta, porém, recusou-se a contar em depoimento a "verdadeira história de Faustino Manso".

Dário voltou-se para mim. Vi como se apoiava à parede. Deu dois passos e voltou a sentar-se.

Então atirei-lhe:

— Estou grávida. Vou ter um filho.

— Muito bem! — Suspirou. Deve ter pensado que o pior já passara. — Parece-me uma boa notícia, não? E posso saber quando pretendes apresentar-me o pai?

Sorri-lhe. Não sei onde fui buscar forças para sorrir. Talvez ao desespero de todas as suas mulheres. Olhei-o de frente e disse-lhe apenas:

— Nunca. O meu filho não tem pai.

Hotel Terminus, Lobito, Angola
16 de março de 2007

(Ardência marítima)

Cheguei ontem a Benguela para visitar um amigo. Hospedei-me no Hotel Terminus, com o cândido propósito de recuperar memórias de infância. Não tive grande sucesso. Lembro-me apenas de que naquela época o hotel era maior. O mundo, já se sabe, encolhe à medida que crescemos.
Fui à praia depois do jantar. Não havia ninguém. Estrelas brilhavam na límpida imensidão do firmamento. Consegui distinguir o Cruzeiro do Sul e Vênus, a quem os antigos chamavam Lúcifer, a que carrega a luz. Despi-me e entrei no mar – a água era lisa e tépida – com a sensação de que mergulhava na própria noite. No século XIII, escrevia-se "noyte". Digamos então que me senti mergulhar na noyte, sugado por seu vórtice escuro, e que fechei os olhos e que quando os reabri vi as estrelas girarem ao meu redor. Movia os braços, e cada movimento parecia gerar um tumulto de estrelas. Conheço pessoas que passaram por essa experiência e entraram em pânico. Outras, em êxtase. Muitas falam em embriaguez, a maioria, em sonho. O fenômeno é provocado por um pequeno organismo unicelular, a noctiluca, capaz de emitir luminescência, e chama-se ardência marítima ou, no sul de Portugal, agualusa. Fiquei muito tempo no mar, divertindo-me, como um pequeno deus inclemente, a criar e desfazer constelações. Dei-me conta, ao sair, de

que havia uma esguia sombra de mulher estendida na cadeira ao lado da qual eu deixara a roupa. Reconheci-a assim que me aproximei: a Bailarina. Vestia um biquíni preto, reduzido, com aplicações de missangas, ou outro material semelhante, que pareciam cintilar vagamente, como pirilampos sob a pele escura. Sentei-me ao lado, em silêncio, e desta vez foi ela quem falou primeiro:

— Leve os sonhos a sério — sussurrou. — Nada é tão verdadeiro que não mereça ser inventado.

Editora Planeta Brasil | 20 ANOS
Acreditamos nos livros

Este livro foi composto em Utopia Std
e impresso pela Geográfica para a
Editora Planeta do Brasil em fevereiro de 2023.